창연 산문선 09

숨

황보정순

소설집

창연

차례

■ 작가의 말 • 4

숨 • 6
둥지 • 26
멍게 • 46
물푸레나무 • 66
앵무산 • 84
멜람포디움 • 104
해바라기 • 126
다시, 꽃이 피었다 • 142
연어의 꿈 • 162
글 만드는 남자 • 210

작가의 말

올해로 여섯 번째 책을 내게 되었다. 이번 작품은 고민 끝에 내려진 결과물인데 색다른 면도 포함하였다. 그중에 어느 대목을 찾아서 다시 편집을 하게 되었고 요소마다 아픔이 스며든 대목도 물리칠 수 없었다. 원고를 고치고 다듬는 일은 한계에 불과했다. 늘 마음이 불안한 가운데 지금까지 움직여온 일들이 따랐던 것도 사실이다. 어느 대목을 다시 고쳐야 할지는 결정을 할 수 없었다. 그렇지만 그동안 발표해 왔던 작품을 함께 실을 수밖에 없었다. 이 또한 내 안에 소장된 것들을 꺼내어 어느 대목에서는 불필요한 일이라 치부할 수도 있었겠지만 결국은 결부시키는 쪽으로 끝내고 싶었다. 그동안 발표되지 못했던 중편과 단편 일부를 포함하게 되었다. 그런데 올봄에는 참 힘들었다.

마침내 햇볕을 쬐는 날이 많아졌다. 늘 보았던 소나무는 내가 발견하지 못했던 심각한 문제가 생기고 말았다. 나는 항상 이 소나무를 지켜보면서 살아왔다. 내가 보기에 이 소나무는 늘 푸르고 듬직했다. 소나무를 보면 여러 가지의 유형을 갖고 읊조렸던 일들이 많다. 그런 가운데서도 문제점이 무엇인지 알지 못했고 지금까지 살아온 것 같았다. 내가 그동안 아껴왔던 소나무에 특별한 영양분을 줘야 할 시기가 온 것이다. 내 주변에서는 이런 일로 많은 위로를 해주었다. 그런데 이 사람이 이 말 하면 이 말이 옳았고 또 저 사람이 이 말 하면 더 맞는 말 같았다. 어느 한쪽이 옳은 선택인지 숨을 몰아쉬기가 힘겨운 계절을 맞게 되었다.

2024년 여름, 앞산은 푸른색이 가득이다
황보정순

숨

 윤은 새벽길을 나서기 위해 바빴다. 집안의 잡다한 일을 팽개치고 나선다는 것은 낯설었다. 그동안 몇 번을 확인하고 검토하지만 그렇게밖에 생각할 수 없다. 그리고 숨을 한번 크게 들이쉬고 입술을 가볍게 깨물었다. 내면에서 완벽하게 여겨지지 않아 찜찜함이 따랐다. 이런 염려로 집을 나선다는 부담감이 많았다. 현실과 현실 사이의 희미한 존재로 불확실한 흔적을 염려한다. 닷새 동안 밭일을 심하게 하였더니 피로가 풀리지 않은 상태다. 어두운 조명을 켜고 빗질을 하며 스타일에 신경을 썼다.
 "이런, 이런! 이러고 바깥바람을 쐬겠다고 작정을 했으니. 아무래도 염색장사 굶어 죽게 생겼네. 나도 참 어쩔 수 없는 여자야…."
 그녀는 모처럼의 외출에 흰머리가 신경 쓰였다. 시골에서 도시로 나서는 기분은 더욱 신경 쓰인다. 그동안 뒷밭에 심었던 작물은 잘 자라고 있었다. 정성 들여 관리하였던 푸릇한 콩잎이 바람에 나풀거렸다. 작물까지 사방을 살피며 점검을 한다. 완벽한 기분은 아니지만 모처럼의 외출은 흡족한 기분이다. 아무 걱정 없이 편하게 놀다 올 수 있겠다는 생각이다. 윤은 이른 아침에 창문을 열면 산이 먼저 보였다. 최근에는 능선마다 푸른빛이 절정이었다. 그 지점은 항상 눈여겨보는 곳이며 노안이 닥친 자신에게는 눈이 밝아지는 느낌이다.
"밤새 잠을 못 잤다면서?"
수임은 윤을 반기며 소리쳤다.
"내가 잠을 못 잤다는 건 어떻게 알았어?"
"그럴 것 같아서 묻는 거야."
"천리안 같아…."
"국제시장은 깡통시장이라예…."
일행을 태워 갈 관광버스기사가 왁자한 틈에서 말을 섞는다. 그렇지만 누구도 기사의 말에는 관심 없다. 기사와는 안면이 많다는 이유로 눈짓만 할 뿐이다.
"어디가 어딘지 우리가 암미꺼. 유람 삼아 버스를 대절한 거지요."
"일손을 멈추니 해방된 기분이지요?"
기사의 말은 부담 없는 말만 한다.
"그래도 마음은 콩밭에 가 있오. 편한 맴은 아니라예."
"고마 여기 하던 버릇은 싹 잊어 삐라."
모두가 하나같이 부산을 방문하는 일에만 관심이다. 서로의 반응은 약간씩 틀렸지만 다람쥐 쳇바퀴처럼 일삼던 일을 접었기 때문이다. 그런 과정에서 천금 같은 하루를 즐기는데 목적을 두었다. 구체적인 프로그램도 없이 대형버스를 타고 집을 나섰다. 간혹 집 걱정만 할 사람들이지만 흡족한 마음이다. 간혹 먼 길도 아닌데 걱정을 놓지 못하는 성격도 많았다. 농사일만 생각하면 이골이 날만도 한데 그런 삶을 버리지 못하였다.
"내 오늘에야 말하지만 서도, 국제시장에 드나든 지가 얼마 만인지 모른다."
"누군 안 그렇고. 살다 보면 시간이 나더나. 먹고사는 일이 우선이지."
"나도 국제시장은 언제 가보고 못가 봤는지 모른다. 벌써 40년 전에 가보고 못 갔으니 세월이 유수 같다. 우얀다꼬 이러고 살았을 고. 살림이라고는 거창하게 산 것도 아님 서로. 뭐가 그리 바쁜지 국제시장에도 못 가보고 살았으니…."
"오늘 구경 실컷 해라. 천 날 만날 일구디(일구덩이)서 얼마나 쌔(혀)가 빠졌는데…."
"여기 모인 사람 중에 거기서 웬만하면 안 와도 된다."
"억꾸져라. 쫒겨 날라고 큰소리치는 것 봐라. 네 책임 질 자신 있나?"

동네를 벗어난 적이 없는 특별한 날이다. 한결 같이 현실적인 여건에 뜻이 같았다. 푸념을 하기에는 적당한 셈이 따랐다. 윤 또한 하루가 새롭다는 듯이 즐겼다. 그럴듯한 변명을 아끼지 않았다. 국제시장은 시집오고 처음이라며 앞 다투어 말을 한다. 농사일로 특별한 외출을 못하던 탓에 서로의 기분을 다독였다. 국제시장을 선택한 것은 물건을 사기 위한 것도 아니며 부산 거리가 관심거리다.

"봉혜야! 네도 집밖은 처음이제? 우리 중에 누가 동네 밖을 나서 봤을라고."
"천날 만날, 비닐하우스 안에서 고매(고구마) 줄이나 부둥켜안고 살던 팔자가 뭔 구경을 하고 살았겠오?"
"우리 면, 관할 전체가 고매줄이 특산물이라 어쩔 도리가 있었나."
"그렇게 해서 우리가 먹고사는 지역인데 어디로 나서 볼끼고."
"집 밖을 나서본다는 것은 엄두도 못해본 일이고. 다문

1kg라도 더 따갖고 10kg 정량을 맞출라 하면 얼마나 요독(힘)을 써야 되는데."

"입이 포도청이라고 죽자, 살자 고매 줄에만 목숨을 걸었지요."

"우리 지역은 그래도 야문 사람들이 많아서 그런 기라. 네, 내 할 것 없이 물 쓰듯이 돈을 써봐라, 가정이 풍비박산이 나는 건 당연지사고. 안 그렇더나? 우리 주변을 두고 생각해 봐라. 우리가 어디로 쫄랑거리고 댕기고 살겠더노."

"참말로, 형님! 돈이라도 수중에 있어야 댕기던지 말든지 하지예. 손에 쥔 돈이 없는데 무슨 외출이 있었겠습니꺼?"

"맞다. 그건 자네 말이 맞다."

"고 마, 우리들 팔자가 이짝, 저짝이라예. 팔자가 그런데 우얍니꺼. 그래서 이러고 살았지. 만약에 우리가 도시서는 안 그러고 살았을라꼬예?"

"누구처럼 서방이 돈이라도 잘 벌어 줘 봐라. 우리가 비닐하우스 안에서 고매 줄이나 따고 앉았겠나? 궁상맞게 살다 보니 도리가 있나?"

"참말로 없는 집구석에 와갖고 집안 형편에 맞춰감서 산다꼬 얼마나 악을 쓰고 살았는데. 우리 인생 생각하면 맘이 아프다."

"참말이다. 우리가 어데 돈 쓸 줄 몰라서 이래 살았겠나."

"몇 해 전에 웃담에 살았던 우암댁이 봐라. 나매(남편)가 계집질해서 결국은 우예됐노. 본처 우암댁이를 쫓아내고 후실을 집으로 끌어들이더니 우예 됐노. 고 마, 우암댁이 생각 잘했지. 이혼하고 니가 살디니 신상이 편하던 갑디리. 맛난 것 맘대로 사 먹고 좋은 옷도 사 입고 팔자만 좋단다. 문 디, 나매가 후실을 델고 살더니 있는 전답을 몽땅 팔았다데. 늙으면 개고생이지. 안 봐도 훤하다."

"여편네 하나도 근사 못함서 무슨 계집질을 한다꼬, 쯔쯔 쫏…."
"고마 그 당시에는 우리 지역에서 사건이 나도 보통 큰 사건이 아니던 기라."
"소문 땜에 골 안이 떠들썩했디라."
"우암댁이 시집와서 악착같이 모아 전답도 사고 재미나게 살았는데. 우암양반은 그딴 짓은 뭣 하러 해갖고 식구들 뿔뿔이 흩어져서 사는지 몰라."
"쳇, 눈에 콩깍지가 씌었지. 맨 정신에 그렇게 하겠나."
"그맘때 우암양반이 다방출입을 한다는 소문이 파다했다. 우암댁이 말은 소 판돈을 물 쓰듯이 쓰고 다닌다데. 없이 사는 사람이 갑자기 돈이 생기니 우예 표가 안 나겠노. 결국은 야시 같은 년이 거머리마냥 찰싹 붙어서 떨어지지도 안 하고 우암댁이 이혼시키고 같이 산다 아이가."
"그놈의 사랑은 눈이 뻰 기라. 눈이 멀어도 보통 먼 기, 아이다."
"나이 무 갖고 사랑이 뭣고. 미쳐도 보통 미친 짓이가."
"나중에 고생을 해봐야 똥인지 된장인지 알지. 그래봐야 오래가겠나."
"말짱한 여편네를 내쫓아 감서 살아봐야 나중에 벼락 맞을 끼다."
"최근에는 남은 전답까지 거의 다 팔아 불고, 그 많던 소도 하나하나 팔아 치우더니 소도 얼마 남지 않았다더라. 첩이란 것이 돈 떨어지면 안 봐도 비디오다. 돈 없다는데 어떤 년이 붙어 살 끼고. 가뜩이나 촌구석에서. 아나, 곶감이다."
"안 그래도 읍내 나가서 살림을 차렸다 안 하요. 촌에서 뭐 보고 살 끼요. 우암양반, 소여물 챙기준다꼬 아침저녁으로 오고 가나 보던데…."

"저러다 쪽박 찰날 얼마 안 남았다. 저런 생활은 오래 못 간다. 생각을 해봐라. 뭔 통수가 있을 끼라고. 지나가는 사람들 붙잡고 물어봐라. 그 짓이 옳은 강."

"여자가 돈 보고 붙어살지. 돈 떨어져 봐라. 붙잡아도 못살고 줄행랑 칠 끼다."

버스를 대절한 여자들은 지난날을 회상하며 시끌벅적하다. 산과 들을 지나 여러 귀퉁이를 굽이굽이 돌아서 버스는 달렸다. 근간에는 고속도로 사정이 많이 좋아졌다. 부산시내를 접하게 되자, 하늘을 봐도 그렇고 집들과 건물 모습이 다르듯이 공기가 점점 탁해졌다. 버스 안은 인원수가 정해진 까닭에 모두가 한산하게 앉았다. 하품이 많아지고 온몸은 나른해졌다. 시골공기와 달라서 대도시 공기는 느낌이 달랐나. 멀미를 하는지 버스 안은 잠에서 완전히 곯아떨어졌다. 버스가 시내로 접어들자 붉은 신호등에 멈췄다. 어깨를 스치며 지나치는 사람들과 신호를 받은 차들이 빼곡하게 줄을 이었다.

"아이고, 이 사람들아! 시방 버스 칸에서 잠이나 자서 될 끼가. 여가 부산이다. 눈 좀 떠봐라. 국제시장이 코앞인데 뭔 잠들이고. 눈 뜨고 바깥 구경에 신경 좀 써라. 아이고야, 참 많이도 변했다. 내 처녀시절 하고는 영 딴 판이다. 그때 거리는 온데간데없고 우예 된 사건이고."

"우얀다고 이렇게 변했을고. 참말로 기함할 일이다."

"우예 촌사람들 아이라 할까 봐, 촌티 좀 짝짝 내라."

"사돈 남 말하고 있네. 네도 방금 전에 탄복하던데 뭔 소리고?"

"내는 일전에 시누가 암이 들어서 문병 다녀간 길이라서 익숙하다."

"아 참, 그렇지! 그나저나 시누는 우예 됐노. 수술경과는

숨_11

좋다 카더나. 별일은 없어야 할 낀데 걱정이겠다."
 "요즘은 의술이 좋아서 많이 좋아졌다. 지금은 요양병원에서 요양 중에 있다는 연락은 받았어예."
 "네, 내 할 것 없이 별일 없이 살다 가야 할 낀데, 우리 앞날도 걱정이다."
 넷이서 서로가 이야기를 하는 동안 본인사정은 뒷전이고 남의 걱정에 인심이 후하다. 계절이 바뀌면서 연배가 비슷한 이웃은 인정이 넘쳤다. 텃밭에서 재배한 무와 시금치를 부족함 없이 심어서 이웃과 서로 나눠 먹었다. 적막한 시골 살림이라지만 속상함을 털어놓고 살았다. 초현실적인 삶의 과정만 품고 살아온 이웃이다. 모두가 한결같아 서로의 실체를 잘 알았기에 허물이 없었다. 가가호호 숟가락이 몇 개인지는 상식적으로 알고 있었다. 휴일조차 없는 일상은 다람쥐 쳇바퀴 도는 형국이 같았다. 그들의 친정엄마가 걸어온 삶처럼 똑같이 살아오고 있었다.
 "오늘은 날씨가 후덥지근하다. 집에는 무사히 돌아갈 낀지 모르겠네."
 "그래서 하는 말인데, 일하는 것이 편하지. 노는 일은 아무나 못한다."
 "맞다! 노는 것도 체력이 따라줘야지. 죽도록 일만 하는 팔잔지, 벌써 힘들어지는데 우야믄 좋노?"
 일행은 모두가 고개를 끄덕였다.
 "우리가 언제 놀고먹는 팔잔가. 시방부터 다리가 아파 온다."
 "그래도 우리가 얼마 만에 온 나들인데. 노는 팔자가 따로 있나."
 "그새 못 놀고 간다면 세상 사람들이 웃을 일이다."
 "하머. 덕석을 깔아줘도 못 놀겠다는데. 이일을 우야믄 좋노."
"놀기 좋아하는 재주가 따로 있나."
"구석구석 다니다 보면 그것이 그것인 것 같고, 내 눈에는 마땅한 물건이 하나도 눈에 안 찬다."
"아직 반도 못 돌아봤는데 여기가 거기 같고, 저기가 여기 같고 당체 헷갈려서 물건도 제대로 못 사겠다."
"우째 가는데 마다 똑같을고. 구조가 똑같아서 내싸마 도통 모르겠다."
"촌구석에 살다가 모처럼 구경 나와 갖고 뭐가 제대로 보일 끼고. 차분하게 살펴 감서 적당한 것 있으면 무조건 사라."
"천날 만날 몸빼만 입고 다녔는데 뭔 디자인이 눈에 찰 끼고?"

상점은 대낮인데도 불구하고 조명을 밝히는 곳이었다. 나란히 어깨를 맞대고 좁은 길을 어슬렁거렸다. 걸어가는 모습이 가관이다. 수시로 드나드는 곳이 아니기에 모두가 어색하다는 몸짓이다. 눈길은 지나가는 사람들만 관망하였다. 이웃을 방문하듯 앞서거니 뒷서거니다. 그러다 문득 국정을 논하다가 당 싸움하는 정치판 이야기를 읊조렸다. 비교적 최근의 일보다 오래된 기억을 많이 했다.

"수입 상품이 참 많다. 그 흔하다는 중국산도 있지만 일본산도 많고 그래서 국제시장인가…."
"국제시장이라도 깡통시장이람서?"
"우리 대한민국 상품도 남아 돌 낀데 과자도 수입 산이네. 표시된 것이 영어노 아니고 어데 글인시 시저분하게 쓰였다."
"아이가, 모른다고 무시하지 마라. 그래도 엄연히 국적 있는 글이란다."

숨_13

"당체, 무식해서 알아볼 수가 없으니 말이다."
"모르면 어때서. 무식하면 용감하다고 그냥 무시해 뿌라."
"맞다. 모르면 안 사면 될 것이고 뭔 걱정을 사서 하는데."
"그나저나 단 디 따라서 댕기라. 여기서 길 잃어버리면 나중에 개고생이다."
"지나가면서 간판이라도 제대로 기억하면서 댕겨야겠다."
"하며. 저기 있는 간판이라도 잘 보고 다니자. 국제시장 팻말을 잘 기억하고 댕기면 아무 문제가 없을 끼다. 우리가 지금 여기가 어디쯤에 위치해 있는지도 생각하면서 댕기면 될 끼다."
"몽땅 못 찾으면 안 가고 여기서 죽치고 살면 되겠네."
"뭔 뚱딴지같은 소리고. 아도 아이고 어른들이 길 잃고 헤매면 안 우습나?"
"그렇게만 된다면 고매줄도 안 따도 될 끼고. 예서 돈 벌면 얻는 수입은 오히려 고매 줄 돈보다 월등하겠지."
"계산은 빠꿈이네. 누가 몰라서 그럴까. 고마 촌구석에서 살기 싫다는 사람은 남아라. 식당서 돈 벌면 수입은 상당할 끼다."
"착각하지들 마소. 요즘 시대가 어떤 시댄데. 코로나19라 캐도요. 경기가 얼마나 없는데 예서 돈 벌 생각을 하요. 뉴스도 안 보고 사요? 기존에 일하던 사람도 내보내는 판국이라던데."
"아이고 고마 꿍짝이 맞다. 집에 남은 서방들은 우얄 낀데."
"시방 그런 생각까지 할 마음이가."
"고 마, 어디 마땅한 데서 쉬다가 가자?"
"아이가, 예의가 있어라. 이 비좁은 곳에서 앉을자리가 어데 있노?"

"여기 땅값은 우리들 사는 곳 하고는 판이 틀리다. 평당에 땅값을 치자면 우리 마당 보다도 값이 엄청 많을 끼다. 가뜩이나 금싸라기 땅이라는데. 아무 데나 엉덩이 깔고 있어 봐라. 정신없는 여자라고 잡아간다."

"우예된 판국인지, 하나같이 모르는 소리가 없네."

부암댁이 버럭 소리를 질렀지만 웃음이 난다는 듯이 깔깔거렸다. 잠시 걸음을 멈추며 오고 가는 사람들 행위만 바라본다. 국제시장을 자주 왕래하는지 관심이 많았다. 자신의 형편은 뒷전이고 행동과 표정을 엿본다. 빼곡한 가게를 지나치며 또 다음 영업장을 기웃거린다. 이런 모습을 지켜보던 영업주만 애가 탈지경이다. 사지도 않고 디자인을 들먹이며 색깔이 칙칙하다는 말만 남기며 지나쳤다.

"아이고, 아까도 본 상품들이 여기도 그 물건들이네. 똑같은 상품이 가게마다 진열하여서 해안에 몽땅 팔릴까 싶다."

"똑같은 물건이라도 뭐가 뭔지 모르겠다."

"안 살 끼면 말 마라. 주인 엿듣겠다. 자꾸 그러고 뎅기 봐라. 빼도 못 추리고 말 끼다. 겁도 없이 소리 내고 있네."

"내싸마, 내 느낌대로 말하지. 말 못 하고 뎅기다 보면 더 촌시럽을 낀데."

"참말로 대도 안하는 소리만 하고 있다. 얼른얼른 가자. 길을 막고 있으면 뒷사람은 우예 지나 가노."

"같은 품종이 굉장히 많아요."

"아이가, 저것 좀 봐라. 저 블라우스는 내가 입으면 딱 이겠다. 색깔도 화사해 보이고 집에 있는 청치마랑 입으면 되겠네."

"그러면 당장 입어나 봐라. 이럴 때도 있는 기다. 집에 가서 후회하지 말고."

"스타일은 옛날이나 지금이나 거기서 거긴 기라."

"세련된 모양도 아닌데 맘에 드는 갑다."
"고 마, 안 살 것 같으면 아무 소리 마라. 사는 사람 맘 상한다."
"돈 보태 달라 카나. 뭔 다고 관습 할 끼고."
부암댁의 얼굴이 홍당무처럼 붉어졌다.
"한해라도 젊었을 때 많이 사 입어라. 뭣 땜에 못 사 입을 끼고."
"하며. 맘에 드는 옷 있음 사 입고 가자. 우리가 예서 이러고 싶어서 온긴데 뭣 땜에 못 사 입을 끼고."
"옷마다 백화점 물건처럼 메이커도 아닌데 아끼지 말고 팍팍 쓰라."
"맞다! 못하는 기 병신이지. 한 푼 더 아껴봐야 표 나더나."
"우리가 언제 바람을 피우고 살았나. 술 담배를 하고 살았나. 어디 가서 돈을 헤프게 쓰고 살았나. 우린 자격이 충분한 사람이다."
"대한민국에 우리 같은 사람이 어데 있다고. 주머니에 꼬깃꼬깃 쑤셔놓고 벌벌 떨지 말고, 갖고 싶은 것 모두 사 입고 가자."
"오늘은 단합대회가 아주 잘 되는 날이다."
윤의 선택에 합세하는 상황이다. 국제시장은 가게로 빼곡한 곳이었다. 가게를 지나칠 때마다 머릿속은 계산을 놓치지 않았다. 간혹, 큰마음먹고 물건을 만지작거린다. 자신의 형편을 알기에 적당한 가격을 살폈다. 신발도 사고 치장에 맞는 액세서리도 만지작거렸다. 얼굴이 햇볕에 노출한 모습은 영락없는 농촌아낙이다. 자신의 외모보다는 생각만으로 움직였다. 연예인을 상상하며 자신은 어느 연예인 같았다. 드라마의 여주인공처럼 우아한 모습을 상상한다. 알이 굵은 반지를 골라 끼워보는 자태도 해본다.
"아이쿠, 이런! 무쇠솥 같은 손가락에 반지가 뭔 뽄이 될 끼라고. 만구 강산에 뽄이 나야 말이지."
부암댁이 생각의 일부가 사라지는 듯 정색을 하며 돌아본다.
"집에 가서 후회하지 말고 하나 끼고 가자. 뭔 다꼬 못해보고 살 끼고."
"형편은 나중에 생각하고 사라. 여기서 아껴봐야 가정에 도움 되는 것 없다. 지금까지 살림 살아준 것만 해도 얼만데, 이런 것도 하나 못하고 살면 우얄 끼고."
"우리가 여기서 몇 푼을 아껴봐야 빌딩을 살 것도 아니고. 저질러보고 가자."
자신의 경험담이겠지만 도를 닦는 심정으로 살아온 아줌마들이다. 수입이 일정치가 않은 삶이었다. 밭이나 논에서 거둬들이는 결실이 평생수입이었다.
"하머! 지질이 궁상은 그만 떨고, 사고 싶은 물건 있으면 맘껏 사라. 오늘 돈 준비 못한 사람 있으면 말해라. 내 오늘 갖고 온 돈 좀 있다."
"고 마, 지줌 삼지돈은 챙겨 왔을 낀데 뭔 걱정을 하는고."
"내 그냥 해본 소리다. 낸들 별 수 있나. 그냥 해본 소리다."
비좁은 골목에서 시끌벅적하다. 오래 서 있어서인지 다리가 뻣뻣해 옴을 느낀다. 지친 때문인지 몸동작이 느릿했다. 뇌의 일부가 먹먹할 뿐이다. 간간이 살아온 내력이 생각나고 울컥울컥 쏟아낼 것만 같은 기분도 많았다. 그래도 잠아온 날을 회상하기에는 위안이 되는 날이었다. 서로가 이웃이고 눈빛만 봐도 표정을 읽을 수 있었다. 너덜너덜하고 목이 널어진 옷을 입어도 흉 잡히지 않는 관계다. 등을 떠밀어도 이탈하지 않고 자리를 지켜온 세월을 안다. 하루하루 살아온 동안 화나고 불쾌한 기분은 천 번도 더한 세월이었다. 가정을 지키고 참아온 세월은 아깝지가 않았다. 검은빛을 내던 머릿결도 햇볕을 노출되어 황색 빛이 난무하다. 골이 깊어진 주름살도 낯설지가 않다. 하루하루 호미만 들고 잡풀을 뜯는 동안 젊음이 사라진 결과물이기도 했다.
"우리가 나날이 특별한 외출이 있는 것도 아니고 토시하고 몸뻬나 사볼까 싶다. 네들은 취향에 맞춰서 뽄을 내던 말든 해라."
"우리가 언제 바람난 사람들이가. 무슨 특별한 외출이 있다고. 밭에 나갈 때 필요한 옷이면 될 끼다."
"토시는 예서도 팔고 있네. 누가 토시가 필요하다 했노?"
"토시정도야 집에서 재봉틀로 만들어 쓰면 될 낀데."
"아이고, 몇 푼 한다고 인색하게시리. 인자는 미싱도 옛날 말이다. 벌써 고물 쟁이 줬는데 뭐라 캐샀노."
"몇 푼 아껴봐야 가게에 보탬이 될 끼가. 앞뒤 재지 말고 싸라."
"쳇! 돈 좀 갖고 있다고 큰소리는…."
"아닌 말로 돈 없으면 내가 돈 빌려 준다 캐도."
"뭔 재벌 같은 소리 하네. 기백 냥이나 갖고 온 사람 같다. 인자 여기서는 단 디 보고 다니라. 저기 '국제시장' 간판까지 똑바로 봐 놔라. 한 눈 팔지 말고 잘 따라붙어라."
"여기서 시간을 정하고 가는 것이 좋겠다. 태평세월만 하고 있다가는 집에도 못 가겠다. 언제 구경하고 다시 올 낀지 생각들 해봐라."
"그것도 일리 있는 말이다. 나중에 5시까지 이 장소에서 모이자."
"그럽시다. 내 쪽으로 따라붙을 사람은 내인대로 오소."

윤의 목소리에 몇몇이 다가왔다. 그들은 쉽게 내뱉는 독설마저도 금방 풀리는 관계다. 한때는 살기 싫다고 도망갔다는 소문이 잦았다. 그러면서도 외면하며 웃고 넘겼던 것이다. 거친 흙만 일구며 살아온 일상은 모두가 형편이 같았다. 욱신거리는 다리를 끌고 골목을 누비던 끝에 먹자골목에서 걸음을 멈췄다. 공중을 향해 고개를 치켜세워 본다. 시원한 곳이 생각나기도 하고 갑갑한 탓에 숨만 몰아쉬었다. 사방은 칙칙한 공간만 있었다. 가슴이 답답하여 같은 동작을 여러 번 반복한다. 누구도 이럴 때 가벼운 제안도 없었다. 앞사람 동작만 그대로 따라서 갔다.

"여기서 요기나 하고 갑시다. 내가 살 테니 드시고 가지예?"

"밥 먹은 지 얼마나 됐다고."

"배고프면 먹어야 하고. 참지 말고 배불리 먹자. 우리가 언제 체면 차리고 살았나. 예서라도 실컷 먹고 가자."

"겸연쩍은 태도는 난전에 팔고 오든지 않고 와카요?"

"먹고 죽은 귀신은 때깔도 좋다더라. 군음식으로 어묵이나 먹고 가자. 노는 데는 배가 불러야 구경꺼리가 보인다."

"하머요. 배가 불러야 구경이 되지예. 금강산도 식후경이랍디더."

"맞다. 애낄 걸 애껴라."

"다리는 우예 이리도 몽창시리 아플고."

"내는 점심을 먹었다고 해도 먹은 기 어디로 가는지 출출하네예. 소화기능이 좋은지 돌아서면 금방 배가 고파예. 소모성 체질이라더니 그 짝 인가 싶어예."

"젊어서 그렇지. 나이 들어봐라. 먹고 싶은 것도 없다. 뭣이 몸에 좋은지 먹고 싶은 것도 없어지더라. 젊었을 때 많이 먹어라."

"아이가, 누가 뭐라고 했다고. 내 말에는 신경 쓰지 말고 실컷 먹어라. 나는 먹은 기 어데로 가는지 살도 없고 뼈만 남았다."

두 파트로 나뉘어도 새로운 선택은 찾기 어려웠다. 어느 나라 사탕인지 글귀가 어렵다. 누구나 자신의 작업복으로 두루두루 입을 것 같아 골랐다. 결국은 몸빼를 손에 든 사람만 있다. 옷이란 것이 박음질이 잘되어 떨어지는 물건은 없었기 때문이다. 국제시장 구석구석을 뒤져보았으나 선뜻 사고 싶은 물건은 더 이상 없다고 여긴다. 간혹 신발의 디자인을 만져보며 신어보는 정도다. 매일 밭에서 보내는 탓에 색다른 외출복과 구두와 액세서리는 외면하였다.

"우리가 막무가내 가다가는 해만 넘기고 말 끼다. 여기서 돌아가는 것이 어떻겠노? 가게마다 우리가 찾는 물건은 없을 상 싶다."

"꼭 사고 싶은 물건도 없는데 고마 되돌아갑시다."

"그럼 그렇게 합시더. 예서 더 밍기적 데다간 오도 가도 못하겠어예."

"우리가 포기하는 일에는 이력이 난사람들 아이가. 왔던 대로 되돌아가자. 우리가 밭일 고되다 해도 오늘 같은 날은 밭일은 새발에 피다. 일하던 사람이 논다는 것이 더 힘든 일인 줄 알 것 제?"

"누구나 밭에 나가서 죽자, 살자 일만 하던 사람들이 오늘은 힘이 들 끼요. 논다는 것이 얼마나 힘든지 알 끼요."

"놀아도 아무나 노나. 내 시방은 다리가 아파서 주저앉고 싶다."

"아파도 참고 안 있나. 말캉 수입품에다가 우리가 먹어 보지도 못한 과자도 있고 이래서 국제시장이라고 하는 갚다. 막무가내 댕기기만 했지. 어디가 어딘지 도통 알 수가 있어야지."
"우리가 아직도 못 가본 곳이 수두룩할 끼다."
"아무래도 깡통시장은 다른 곳에 있는 상 싶다."
"깡통을 어디다 쌓아놓고 판다는 말인지. 아무리 두터(살펴)봐도 깡통시장은 안 보인다. 우리가 찾던 예는 아닌 갚다."
"우리가 제대로 아는 것도 없이 무심결에 왔는데 뭘 알 끼고."
"도대체 이 더운 날 우리가 뭣 하는 짓인지 모르겠다."
"촌사람들이 예까지만 온 기 어딘데. 도시사람들은 이해 못 하겠지만 우리가 예까지 온 것만 해도 출세 핸 기라."
"깡통시장은 누구 말마따나 국제시상하고 가삽난다. 혹시 아나. 마주 보는 곳에 있다는 말도 있던데. 온종일 이쪽저쪽 얼매나 살폈는데. 골목골목을 다 댕기 봐도 손에 든 건 하나도 없고 다리가 아파서 주저앉을 판이다."
 부암댁은 선선한 시간에 밭에서 풀만 뜯고 앉았던 생각을 한다. 어제와는 다른 몸짓이 낯설다. 사랑채에 비 온다고 깻단을 뭉쳐 두었던 것이 걱정스럽다. 부산 날씨는 햇볕이 아까웠다. 햇빛을 보니 집일이 걱정되어 눈알이 돌아갈 것 같다. 깻단은 공기가 통하지 못하면 곰팡이가 생길 것을 염려했다.
"오늘 날씨가 죽인다. 어제 깻단 뭉쳐놓았는데 괜찮을라나 모르겠네."
"햇볕이 이렇게 좋을 줄 알았나. 기왕 집 밖을 나섰는데 걱성은 뭣 하러 하노."
"생각이 많으면 고단할 뿐이다. 뭣 하러 고생할 일만 생각하노."
"내 맘에는 오나가나 걱정이 태산이다."

"집에 혼자 남은 영감쟁이는 그런 치닥거리 하나도 못할까 봐."
"오죽하면 내가 걱정만 하고 있겠노."
"말 안 들으면 밥도 주지 말고 쫓아내 삐라. 이 즉지 말도 안 듣고 간도 크다. 도시 사람 같으면 벌써 쫓겨나서 노숙자 되고도 남았겠다."
"집에 남은 영감쟁이 귀가 가렵겠다. 어지간히도 구시렁댄다. 이 즉지 델고 살았는데 어데 가서 버릴 끼고. 돈을 얹어서도 폐물이라고 안 델고 간다."
"쳇, 돈만 갖고 간단다. 뭣이라 카노."
"참말로 영감쟁이만 불쌍하게 됐네. 어쩌다 그렇게 됐노. 지금껏 같이 살아왔는데 우얄 도리가 있나, 고마 참아라."
"따뜻한 기운은 겨울에만 찾고 시방은 푹푹 찌는 여름철이다. 후덥지근한데 무슨 쓰 잘 데 없는 소리만 늘어지게 하노…."
 모두가 하나같이 생각한 말은 지치지도 않는다. 어디서 힘이 솟는지 말과 행동은 딴판이다. 그들은 집 주위를 빙빙 돌면서 속울음을 울던 한 때를 기억한다. 남은 새끼들 걱정에 오도 가도 못하고 살았다는 푸념도 있다. 부암댁은 생각하기 싫은 날을 자꾸 되새겼다. 아비라는 사람은 집 나서면 함흥차사가 되어 불만이었다. 대낮에 어디를 간다고 말한 적이 없었다. 이런 사실은 며칠 동안 소문이 나서 얼굴 들고 골목을 나서는 것도 못하고 살았다. 그녀는 대숲에서 부는 바람을 만나는 것이 낫다고 여겼다. 밭에서 풀이나 뽑고 앉아야 기분이 풀렸다. 아무리 생각을 접고 다짐을 해보지만 뜻하지 않게 화가 불쑥불쑥 치밀었다.
"멀쩡한 집 두고 개고생 한 것이 한두 번이가."
 윤이 고개를 돌렸을 때 그녀의 얼굴빛은 낯설었다.

"그래도 마음에 묻어둔 아픈 기억은 평생 지워지지가 않아."
"하머. 우리가 언제 마음 놓고 놀아보던 팔자 더나. 이 즉지 살아왔지만 우얄 도리가 있었나. 고마 산다고 살아온 거지."
"요즘 우리들 사는 방식하고 도시서 살아가는 젊은 사람들하고는 딴판인 기라. 우리들이 가진 것이 없어 그렇지. 지난 기억이지만 참말로 속 많이 썩고 살았다. 여기 모인 모두가 그렇다고 보지. 어느 누구 할 것 없이 앞에서 말 못 하고 살았으니 속이 안 녹고 배길 사람 어디 있었을 라고…."
윤은 함께 어울렸던 사람들과 균형 감각을 잃은 채 섰다. 하루해는 어느 듯 뉘엇뉘엇해서 갔다. 숲으로 어우러신 환성에서 벗어나 낯설어하는 표정만 가득이다. 자신의 일터를 걱정하는 일은 당연지사다. 자신이 있어야 할 곳을 잊지 못하는 모습으로 분주했다.
"네 말대로 몸빼 하나 샀다."
"에게, 겨우 몸빼 하나만?"
"이거면 됐지 얼마나?"
"이왕 예까지 와갖고 하나만 달랑 사 갖고 간단 말가."
"이만하면 만족한다. 뭔 돈을 함부로 허비할 끼고."
윤 주변으로 모여든 일행 셋은 손에 하나씩 들고 소리친다.
"내 시방은 기운이 쫙 빠지고 어지럽다. 우얀 일인지 모르겠네."
"니무 아꺼서 뭐에 쓸 끼고. 임만 생각해도 십중팔구는 영양 실족인 갑다."
"갑자기 돌팔이 의사가 나셨네. 안다이 소리하고는…."
"여러 소리는 그만하고 냉큼 차에 올라타라. 뒤에 차 밀리는 것 좀 봐라."
 윤 주변은 자신의 말을 먼저 하기 위해 소란스럽다.

둥지

둥지

　7월 중순은 무더위가 기승을 부리는 날이 많았다. 모퉁이를 벗어나자 신나게 달리던 앞차가 속도를 늦추며 달렸다. 민서도 따라서 속도를 줄였다. 그때 뒤따르던 차가 지그재그를 하며 추월해 갔다. 그런 행위를 피해 달렸지만 가슴이 답답해왔다. 한참을 달렸을 무렵 전화벨이 울렸다. 얼핏 짐작하건대 사무실 김 국장의 얼굴이 생각났다. 밀린 자료를 혼자서 하고 있을 것 같아 걱정했다. 그러나 민서의 예측은 엉뚱하게 빗나갔다.
　"난데, 누나!"
　동생 수였다.
　"왜, 뭔 일이라도 생긴 것이여?"
　불길한 예감에 수의 답변을 무시하고 여러 가지 질문만 던졌다.
　"엄마의 병세가 생각보다 좋지 못한 것 같아."
　수는 말을 잇지를 못하고 머뭇하였다.
　"엄마가 어떻다고?"
　"요양원에서 큰 병원으로 옮기라고 하시네."
　"그럼 엄마가……."

민서는 불길함에 사로잡혔다. 그동안 녹내장과 치매로 눈이 멀어진 엄마는 요양원 생활을 오래도록 하고 있었다. 이런 상황이 지속되면서 원상복구는 어려운 문제였다. 그렇지만 젊은 날처럼 건강하기를 원했다. 엄마가 옛날처럼 완쾌가 될 것으로 믿었는데 회복이 되지 못하고 나빠만 갔다. 엄마는 요양원에서 앞이 보이지 않았지만 노래 가락은 즐겨 불렀다. 엄마의 레퍼토리는 '한 많은 대동강'이다. 박자 토시 틀리지 않고 불렀다. 그런 엄마가 자식들 형편만 고려한 채 자신의 시력이 멀어져 가는 것도 참고 있었음을 안다. 자식은 자신의 앞가림만 연연하였으므로 엄마를 돌아보지 못하는 형편을 엄마는 알고 있었다.

"아휴, 시간만 자꾸 가버리네."

엄마의 넋두리를 엿들은 간병인 장여사는 레퍼토리처럼 질문을 한다.

"애들하고는 미리 약속한 것이 있었어요?"

"한숨 푹 자고 일어나면 낫겠지 했는데 낫지도 않고 이러고 있으니……."

"그렇게 간단한 게 아니에요. 걱정하지 마시고 맘 편히 지내세요."

"내가 이러고 있으면 아이들이 많이 힘들어할 거야."

"애들이 많이 보고 싶으신가 봐요."

"지들 살기가 어려우니 내가 포기를 하는 수밖에……."

"걱정 마시고 한숨 푹 주무셔요."

장여사의 말을 엄마는 안심하고 귀담아듣는 형이었다. 그러나 코로나로 인해 면회조차도 할 수 없었으니 안타까웠다. 이런 가운데서 엄마의 소식이 갑자기 닥치고 말았다. 민서는 먼 거리에서 짐작만으로 엄마의 상태를 들어야 했다. 그동안 허송세월한 탓에 엄마는 지난날의 모습을 찾을 수 없었다는 것을 알고 있었다. 양로원 생활을 한지도 8년이 가까웠다. 양로원에서는 기력이 없다는 이유로 엄마를 병원으로 모셔 가라고 통보해 왔다. 그들은 죽을 삼키는 기력이 없어졌다고 말했다. 코와 위를 연결한 비위관을 통해 죽물을 보충해야 했다. 엄마는 뇌 기능을 다하지 못하는 상태에 있었다. 엄마의 모습은 어디에도 찾아볼 수 없는 형상이 되어 갔다. 뼈만 앙상한 채 숨만 겨우 쉴 뿐, 희망이라고는 없어 보였다. 마침내는 링거에 의지한 채 목숨이 지연되는 쪽으로 관리되고 있었다. 의사는 모든 절차를 말하였고 청천벽력과 같은 결과에 초조할 수밖에 없게 했다. 민서는 상황을 파악한 나머지 먹먹하기만 했다. 그동안 자식의 형편이 나아지기를 기다리고 있었던 엄마였다. 긴 기다림 끝에 외롭게 늙어가고 있었음을 예측한다. 자식은 늘 바쁘다는 핑계만 따랐다. 그런 시간들이 엄마에게는 오래도록 지속되었다. 엄마는 기다림 끝에 지쳐서 화병이 쌓여갔다. 민서는 이런 엄마의 걱정에 속이 울렁거렸다.

"긴 병에 효자 없다더니 힘겹게 생겼어."
"누나, 여기 상황은 자주 연락해 줄게."
"생각해 보자꾸나."
"걱정하지 마요."
"미안하다. 내 형편이 이 모양이니……."

무더운 아침 하늘은 청명하고 맑았다. 형제들의 생각도 마찬가지로 엄마의 죽음이 가까워졌음을 짐작하고 있었다. 요양원에서는 직계 되는 사람만 면회를 허용한다고 통보가 왔다. 엄마의 모습을 뵈었을 때 민서의 몸은 엄마처럼 굳어졌다. 엄마를 생각하면 숨이 멎는 듯했다. 엄마의 모습을 생각하면 가슴의 통증이 더했다. 엄마의 죽음을 받아들여야 한다는 것이 고문이었다. 마음은 헤아릴 수 없는 심정으로 눈물마저도 나오지 않았다. 민서는 엄마에게 아무런 도움이 되지 못하고 살아왔다는 생각에 몹시 힘들었다. 엄마를 생각하면 근심만 가득이었다. 함께 살아보지도 못하고 세월만 보내고 말았다는 사실이 가슴 아팠다. 자식으로서는 이루지 못할 일을 갖고 매일같이 바쁘다는 핑계만 따랐다. 그런 까닭으로 연연하였더니 최근의 엄마의 모습은 낯설었다.

얼굴에 버짐이 많았던 6살의 민서는 씻지도 않고 돌아다녔다. 집을 나서면 아주 가까운 위치에 공동새미가 있었으나 씻는 것에 탐하지 않았다. 공동새미에서는 아침저녁으로 엄마들이 물을 길어 날랐다. 엄마는 저녁을 하기 위해 양동이로 물을 이고 다녔다. 부엌에는 큰 항아리가 놓여 있었다. 물을 가득 채우기 위해서 여러 번 새미를 오고 갔다. 누구나 이렇게 물을 길어 날라야 하는 어려움은 당연하였다. 무거운 짐을 매일같이 머리에 이고 다녔으므로 키가 작아졌다고 했다. 그렇지만 사람들의 대다수가 키가 작은 것은 아니었다. 엄마의 외가 쪽으로는 하나같이 키가 작았다. 날이 밝아오는 시각이면 새미 안은 물안개가 자욱하였다. 꿈자리가 뒤숭숭한 아침은 새미에서 오고 가는 이웃과 문제를 해결하였다. 여럿이 지혜가 모아져서 대책을 강구하는 장소기도 했다. 주변의 일상사는 새미에서 정보가 오갔다. 계영이가 장가를 가던 날도 마찬가지로 소문이 파다했다. 계영이 각시가 코가 너무 크다고 흉을 보다가 키가 팔대장승같다고 입소문이 나돌았다. 남의 사생활은 관심이 많은 여자들이 많았다. 여자들의 입빙아는 계속해서 이어졌다. 이런 모습을 민서는 예의주시하는 눈길을 갖고 있었다. 민서는 이웃에 사는 친구 영미와 함께 집에서 놀았다. 이런 관계는 매일 이뤄지는 모습이다. 하필이면 계영의 각시가 새미에서 상추를 씻고 있었다. 모습을 바라보던 끝에 엄마들이 하던 행위를 따라서 하였다.
"엄마들 이바구가 맞는 말인지 모르겄네. 썩을 것! 진짜 코가 큰 것이여, 뭐여?"
민서의 말은 순식간에 구분도 없이 소리친다.
"잘 보이는 겨?"
영미는 무슨 뜻인지 가늠을 못하고 묻기만 했다.
"엄마들 말을 어디로 듣고 있었냐. 새미에서 하는 말이 그렇다 안 허냐."
민서는 자신 있게 소리쳤다. 마루에서 빤히 보이는 까닭에 계영이 오빠 각시의 얼굴은 뚜렷이 보이는 위치였다. 그런 까닭에 소리가 들리는 것에는 생각도 못하였다.
"계영이 오빠는 외항선 타던 시절에 연애편지로 사귀던 여자라는 디. 도대체 어디가 좋다고 저렇게 코가 큰 여자를 각시로 삼았나 몰라."
민서는 어른들의 말을 그대로 소리 내어 외쳤다.
"우리가 어른들 말을 어떻게 다 알 거여. 그란디 아무리 생각혀 봐도 계영이 오빠 각시가 코는 진짜 커 보이네. 나는 저렇게 코가 큰사람은 처음 봤어야."
미영은 작은 소리로 말을 하였다.
"염병, 네가 델고 사는 것도 아닌디, 뭔 걱정을 하는 것이여. 그라고 보니 키도 엄청 크네."
민서는 소리를 높여 계영오빠의 각시를 향해 세세하게 살피며 쫑알거렸다. 아무런 상관도 없는 일에 어린 마음은 어른들의 흉내를 내며 소리쳤다. 그런데 한가로운 오후 가 되어서였다. 바로 그때 분홍색저고리를 입은 계영오빠 각시는 엄마들보다 생각이 달랐다. 조용한 목소리로 민서를 불렀다.
"민서야! 오늘 학교는 잘 다녀온 겨?"

민서라고 불러주는 탓에 내심 놀라웠다.
"내 이름을 어떻게 알았는디요?"
"왜 몰라! 민서가 교동에서는 아주 착하다는 소문이 났던 데 뭘."
"그려요? 누가 나보고 착하다고 했다는 것인지 모르겠는 디요? 어른들 말대로 계영오빠 각시를 흉보고 있었는 디요."
"그렇지 않아야! 민서를 나쁘다고 말한 사람은 아무도 없었어. 난 이미 민서가 착한 어린이라고 생각을 했어. 민서는 내가 볼 때 아주 착한 학생이여. 누구보담도 말이여."
계영오빠각시는 민서의 마음을 꿰뚫고 있었다. 조용히 듣고 있었던 민서는 고개를 숙인 채 부끄러워하였다. 계영오빠 각시는 조근 조근한 말로 사람을 대하였다. 교동 동네에 대해서도 잘 모르는 가운데 시집온 사람 같았다. 그런 계영오빠각시를 흉만 보았다는 생각을 하면 부끄러워서 어디로 숨고 싶은 심정이었다. 계영오빠 각시는 그날 이후로 뜻하지 않게 친구처럼 지내게 되었다.

아버지는 민서와 동생을 학교수업이 끝날 시각이면 학교정문 앞에서 기다리셨다. 수와 진은 두 살 터울이었다. 아버지는 항상 맛있는 중국집 요리로 먹게 하셨다. 만두와 탕수육 그리고 자장면을 시켜 실컷 배를 채우게 했다. 이렇게 배불리 먹은 형제들을 아버지는 흐뭇해하셨다. 엄마는 영문도 모른 채 밥을 굶고 기다리셨다.
"얼른 밥 먹게, 자리에 앉아라!"
"배불러서 못 먹겠는디!"
"뭐여? 또 뭘 먹였기에 저런 디야?"
엄마는 아버지의 표정을 살피며 소리쳤다.
"자장면 먹였어."

아버지는 엄마에게는 관대하지 못했다. 그런 아버지는 자식을 아끼는 마음은 누구보다도 컸지만 엄마에게만은 무뚝뚝했다. 엄마는 속앓이를 하면서 마음을 달래기도 했다. 그런 날은 예상치 못한 일이 따랐다. 멀리 붉은 구름이 몰려왔던 날이었다. 하늘을 바라보고 있었던 엄마는 눈길을 멈추더니 갑자기 아버지를 쏴보았다. 무표정한 얼굴은 무슨 생각을 감추고 있는지 말하지 않고 노려만 봤다. 엄마의 속마음은 자식들에게도 훌훌 털어놓는 법이 없었다. 묵묵히 밥이나 하고 밭일이나 하며 바깥일은 해보지 못한 삶이었다. 간혹 집 밖을 나선다는 것이 자식들 먹일 반찬을 사기 위해 오일장에나 가는 정도였다. 그런 날은 동백기름을 머리에 발랐고 햇볕은 머릿결을 빛나게 했다. 새미에서 만났던 사람들도 삼삼오오 긴 다리를 걸어서 장에 갔다. 그들도 마찬가지로 동백기름으로 머릿결을 단장하고 나섰다. 나풀거리는 치맛자락이 바람에 의해 하늘하늘하였다. 물속으로 자맥질하던 두루미가 그들의 치맛자락을 눈여겨보는 일은 당연했다. 수심이 얕은 강물 속의 모래는 밑바닥이 훤히 보였다. 모래빛깔이 하얗게 드러난 강물은 일급수였고 고기떼들이 유유히 헤엄쳐 다녔다. 이런 곳에서 민서는 수와 진을 데리고 엄마를 따라서 해질 녘이면 목욕을 하였다. 동네 아낙들도 아이들을 데리고 나와 얕은 곳에서 목욕을 시켰다. 모래사이로 조개가 밟혔고 조개크기의 돌이 매끈거렸다. 민서의 나날은 어디선가 소리가 나면 놀 수 있는 공간이 수두룩했다. 친구들과 오래도록 놀고 있을 즈음 엄마는 민서를 살짝 불렀다.

"왜, 재미나게 놀고 있는디?"

민서는 친구들과의 놀이에 깊이 빠져 있었다.

"읍내 미장원하고 있는 분이 언니인 데서 연락이 왔다. 네 아버지가 수양집에서 술이 진탕이 되었단다. 얼른 가서 아버지 모셔 와라."
 "엄마는 천 날 만날 내만 갖고 그런데. 가기 싫은 디."
 "얼른 다녀오랑게."
 민서는 느릿한 걸음으로 친구들을 뒤로하고 읍내에 가야 했다. 엄마의 부탁은 거절을 못했다. 엄마는 항상 민서를 심부름시켰다. 아버지가 민서의 요구는 들어준다는 것을 이용하였다. 마침 동생들이 주변에서 놀고 있었으므로 읍내 가는 일은 심심하지가 않았다. 동생들도 민서의 말이라면 따랐다. 자갈길은 발이 아팠다. 가다가 앉아서 손장난에 시간 가는 줄을 몰랐다. 어떻게 읍내에 닿았는지 시간에 연연하지는 않았다. 아버지가 머문다는 곳은 미장원을 운영하는 분이 언니부터 만나야 했다. 분이 언니는 아버지의 행선지를 살 알았다.
 "언니야, 엄마가 가보랬는디. 아버지가 어디 계신다고?"
 "민서야! 얼른 저기 보이는 저 집에 가봐라. 저쪽으로 가보면 아버지가 있을 것이다. 네 아버지 오늘 수금한 돈으로 술집에 물 쓰듯이 쓴다. 얼른 싸게 가보더라고."
 분이 언니는 아버지가 수금한 돈을 어떻게 아는지 엄마를 생각하며 안타까워했다.
 "그려? 그러면 나가 후딱 가 볼 겨."
 민서는 어렸지만 질투심이 가득했다. 동생들을 앞세워 분이언니가 말한 집으로 향했다. 분이 언니 말대로 아버지는 어떤 여자와 술래잡기를 하는 중이었다. 아버지의 웃음은 집에서는 보지 못한 모습이었다. 동생들을 똑바로 벽에 기대어 서게 하고는 소리쳤다.
 "아버지, 거기서 뭐 하는 것이여?"
 민서는 엄마의 행위를 대신하듯 크게 소리쳤다.
 "……!"

"이사장! 애들이 찾아왔어? 이제 가 봐야겠네?"
한복을 곱게 입은 여자가 얼굴을 내밀었다. 분이 언니 말처럼 술집을 운영하는 주인 같았다. 주인의 소리에 술래잡기 하던 여자와 아버지가 보였다. 함께 놀던 여자는 자기 방으로 급히 들어가 숨어 버렸다. 아버지는 민서 형제들을 발견하더니 얼굴이 홍당무가 되어 바라보고 있었다.
"뭣 하러 와갖고?"
아버지는 어이가 없었던지 변명을 못하고 얼버무렸다. 그때 민서의 눈길은 매서웠다. 엄마를 대신한 질투심이 쌓였고 엄마는 자식을 앞세워 왜 이런 방법을 유도하는지 이해 못했다. 당장 무슨 말을 할 듯, 말 듯 입술이 움직였다. 그렇지만 그 이상의 행동은 기억나지 않았다. 아버진 민서에게 포로로 잡혀가는 신세였다. 그날 오후는 자갈길을 오래도록 걸었다는 생각을 희미하게 생각이 났다.

아침 햇살은 눈부셨다. 초가지붕에서는 아침기운을 느끼게 할 만큼 김이 모락모락 피어올랐다. 조용한 아침은 동생들이 일어나고 시끄러운 분위기가 지붕을 뚫을 듯했다. 엄마는 부엌에서 아침을 준비 중이었다.
"엄마, 뭘 혼자서 먹는 거여?"
민서는 엄마의 입모양을 보며 소리쳤다.
"먹기는 뭘 먹었다고?"
"방금 삼키는 것 봤는데."
"이놈의 자식! 침도 못 삼켜 부냐? 먹기는 뭘 먹었다고 그런디야?"
엄마는 침을 삼키다 말고 민서에게 추궁을 당하는 것이 어이없어했다.
"빨리 주라, 뭘 먹었는디."

민서는 알지도 못하는 엄마의 입안을 확인하고 싶었다. 그러나 엄마는 눈을 지그시 흘기며 웃고 말았다. 그런데도 민서는 한눈에 봐도 너무나 당연한 물증을 확인하려는 듯 엄마의 입안을 살폈다. 눈을 제대로 뜨지도 않은 수와 진이 민서 뒤를 따랐다.
"누나, 왜 그래?"
"방금 엄마가 분명히 뭘 먹었는디 안 먹었단다."
"누나가 제대로 본 것이여? 엄마는 거짓말 같은 것 절대로 안 하는디."
수는 민서를 미워하는 눈길을 하고 있었다.
"진짜랑게!"
민서는 수가 말한 뜻을 알았다. 수는 한눈에 봐노 고분한 성격이었기 때문이다.
"엄마, 배고파!"
진이 잠결에 나와 엄마를 불렀다.
"진아! 배는 네만 고픈 게 아니 여."
"누나는 배도 안 고픈 갑네."
"안 고프긴. 나도 배가 엄청 고프당게."
"세수부터 하고 오니라. 세수를 해야 밥을 먹든지 말든지 하제. 도랑가에 나가 봐라. 며칠 전에 비가 억수 같이 내렸어, 도랑물이 콸콸 흐르고 있을 겨. 앞집 봉희는 벌써부터 세수하고 갔을 것이다."
며칠 째 비가 온 것은 도랑을 보면 알 수 있었다. 풀냄새 풀풀 나는 도랑물은 맑았다. 도랑물이 발목까지 찰랑찰랑되었다. 이런 때 친구 봉희는 노랑에서 세수를 하며 다녀긌다. 민서는 수와 진을 데리고 고양이 세수를 하듯 대충 씻었다. 어떤 날에는 눈을 제대로 뜨지도 않고 더듬더듬 물길을 따라 올라갔다. 하필 뒤를 따르던 봉희는 소스라치듯 소리쳤다.

"민서야! 네 방금 구렁이 밟고 지나갔어야. 제대로 보도 안 하고 다니면 뱀인데 물린다. 잘 보고 다니랑게."
"뭐시라? 내가 그럼 구렁이를 밟았다는 거여? 진즉에 말하지 않고 그러냐."
민서는 등이 오싹했다. 잠이 들깬 눈은 휘둥그레졌다.
"구렁이가 어딧데? 벌써 도망을 가뿐 것이여, 뭐여. 네는 제대로 보도 안 허고 거짓말을 하냐?"
민서는 억울하다는 듯 봉희를 몰아세웠다.
"내가 분명히 봤어. 거짓말은 뭣 땜시 할 거야."
봉희는 순간 억울하다는 듯 민서에게 따졌다.
"참말이여? 네가 그러는 것 보아하니 구렁이는 없었나, 부네."
민서는 솔직하게 마음을 풀어 버렸다. 봉희와는 돌아서면 보는 얼굴이다. 아침을 먹고 나면 동생은 뒷전이고 고무줄놀이에 정신없었다. 손에 닿으면 잡힐 듯 한 구름을 보면 거리가 얼마나 가까운지 짐작하며 걸었다. 가도 가도 끝이 없는 길을 많이도 따라 걸었다. 눈앞에 보이는 거리를 생각하면서 하늘에 뜬 구름을 향해 달렸다. 의문이 잔뜩 실린 눈동자는 끊임없이 이런 행각을 하였다.
"진아, 네는 뭐 하고 있었어? 빨리 와야. 저 구름을 잡을라믄 열심히 달려야 되는 겨."
"누나, 힘들어서 못 뛰겠어."
"자식, 사내자식이 어찌 그렇게 힘 달가지가 없디야. 빨리 오더라고. 까딱하믄 구름이 도망가고 없어진당게. 얼른 뛰어서 가야 혀."
"누나! 내는 더 이상 못 가겠당게."
"맞을래? 사내새끼가 그러면 안 디야. 해보도 안 하고 포기부터 하는 거여."

거리에서 옥신각신 중에 있을 때 엄마가 보였다.
"엄마, 누나가 자꾸 귀찮게 그래."
진은 엄마를 발견하면서 소리쳤다.
"네 내인데 혼나 볼래? 사내자식이 고자질이나 하고 말이여."
"와 싸우고 그러는 것이여? 민서는 동생하고 잘 놀지도 않고 뭔 짓이여?"
엄마는 동생을 살피며 소리쳤다.
"말을 들어야지. 나 혼자 갈라네. 넌 엄마 따라서 가든가."
"어데 갈라고 그러는 것이여?"
엄마는 궁금하여 물었다.
"구름 잡으러 가는 중이었는디, 진아가 못 가겠다고 우네."
"뭐여? 네는 될 소리를 혀라. 하늘에 떠다니는 저 구름을 어떻게 잡을 거인데. 당장 그만둬야. 구름은 누구도 잡을 수 없는 것이여."
엄마는 민서를 보며 웃음을 참고 있었다.
"민서야, 저기 정자나무에 가면 그늘이 있잖여. 시원한 데 가서 놀아. 쓸데없는 일에 땀 흘리지 말고. 진아 델고 가서 놀더라고. 수는 어데서 놀고 있는 거여?"
"수는 봉희보고 델고 있어라 했어."
민서는 실망이 가득한 눈길로 구름만 바라본다. 엄마의 말을 듣고는 기운이 빠졌기 때문이다. 구름은 잡을 수 있었는데 놓치고 만 것이 분했다.
"얼른 가봐라. 수가 누나 찾아서 울겠다."
"엄마는 하필 이때 와서 그러는 것이여."
민서는 울상이 되었다. 왜 구름을 잡을 수 없다는 것인지 엄마를 이해 못 했다. 생각하면 화가 치밀었다. 진을 데리고 봉희가 있는 곳으로 힘껏 달렸다. 자갈길은 먼지가 자욱했다. 큰 차가 지나가면 먼지로 인해 얼굴이 뿌옇게 되는 것은 당연했다. 그런 와중에 방역차를 만나면 신이 났다. 방역차는 몸속의 회충을 없앤다고 믿었다. 이런 차가 나타나면 모두들 입을 벌리고 달렸다. 하얗게 뿜어져 나오는 방역차 꽁무니를 너도나도 덩달아 따라다녔다.

엄마가 심어놓은 마당은 채송화꽃으로 즐비했다. 봉숭아꽃도 있었지만 유일하게 채송화꽃이 마당을 압도하였다. 여름 한낮에는 따가운 햇볕에 의해 채송화꽃이 눈 부셨다. 아버지가 자전거로 읍내 일을 보시고 마당에 들어서면 꽃들이 아버지를 먼저 반겼다. 햇볕처럼 눈부신 꽃이었다. 별다른 말씀이 없었던 아버지가 엄마를 불렀다.
"허허허. 뭔 꽃이 이렇게 많이 핀 거여. 민서야! 다들 어디 갔어?"
"나 여기 있소."
엄마가 한참 동안 뜸을 들이더니 나직한 목소리로 말했다.
"애들은 모두 어디 가고?"
아버진 엄마에게 정을 나누는 표현은 없었다. 그런 사소함은 접어두고 민서를 비롯하여 수와 진을 찾았다.
"놀다가 올 것인디, 걱정을 뭣 땀시 한다요."
"배고픈 것도 모르고 놀고 있는데. 애들이나 얼른 불러와."
아버진 엄마의 사소함 보다는 자식들을 먼저 생각하였고 엄마의 표정은 나중에 살폈다. 아버지의 애정표현은 찾아볼 수가 없었다.
"아이고 참말로, 본시 나는 사람 측에도 안 든당게. 새끼들만 찾아 싸."
"이런 여편네가요. 얼른 애들이나 불러오랑게."
엄마와 아버지는 동갑이었다. 서로가 이해를 하거나 사소한 동정 따위는 찾아볼 수가 없었다. 사소한 말이라도 어느 집처럼 아기자기한 대화는 없는 집이었다. 민서가 보기에는 허구 한날 싸움을 한다고 여겼다. 남편으로서 아내를 위하는 마음은 없었던 아버지다. 아버진 엄마를 위하는 표정은 전혀 없었다. 젖먹이 영아가 태어났어도 여전했다.
"뭔 일을 그렇게 하는 것이여. 나보고 어쩌라고?"
엄마는 아침부터 바락바락 소리를 쳤다.
"뭣이라, 아침부터 쓸데없이 뭔 소리를 하고 있는 것이여?"
아버진 엄마와 얼굴을 맞대고 소리쳤다.
"내가 심판할 겨. 누가 이기는지 해보더라고."
민서는 엄마 아버지 사이를 파고늘었다.
"허허허! 네가 크니까 싸움도 맘대로 못하것다."
아버진 어이가 없다는 듯이 웃었다. 민서의 키가 엄마 아버지의 가슴에 머물렀기 때문이다. 엄마는 분을 삼키지 못하여 아버지를 향해 눈을 흘겼다.
"썩을 것!"
엄마는 달려드는 수와 진에게 밀려 밖으로 나섰다.
"무승부가 되었당게."
민서가 크게 소리쳤다.
"인자는 민서가 많이 커버렸어, 싸움도 못 하것다."
아버진 선언을 하듯 다짐하였다. 그리고 크게 웃으며 싸움이 종료되고 말았다. 그런 모습을 바라보던 민서는 눈치가 빨랐다. 아무래도 아버지가 불리한 조건을 갖고 있었다는 것을 느꼈다. 확실한 근거는 없었시만 민서로서는 중요한 일이 아니라는 것도 금방 판단되었다. 그런 이후로 엄마와 아버지는 당분간 싸움도 없었고 민서와 동생만 챙겼다. 다음날 아버지는 학교수업이 끝나는 시간에 맞춰 정문에서 기다리고 계셨다.
"울 토깽이들, 뭐가 먹고 싶은 거여?"
아버지는 민서에게 먼저 물었다.
"탕수육!"
"나도!"
"나도!"
수와 진도 덩달아 먹고 싶은 마음을 아버지께 전했다. 아버지는 엄마에게 불리함에서 벗어난 까닭에 민서를 우선 챙겼다. 술집에서 일어난 이후까지 민서에게 없었던 것으로 하기 위한 발뺌이기도 했다. 아버지는 형제들에게 관심이 더 많았다. 엄마는 묵묵히 채송화 모종을 돌담처럼 가꾸기 시작했다. 채송화를 줄지어서 자로 잰 듯이 심었다. 밭의 가장자리는 상추가 빼곡히 자랐다. 날이면 날마다 심은 작물은 웃자라기 시작했다. 바람결에 부드러운 상추잎이 하늘거렸다. 아버지는 상추쌈을 먹는 것을 즐기셨다. 수와 진은 엄마가 부르는 소리에 숨을 헐떡였다. 어디서 주운 나무토막을 총으로 삼았던지 총싸움을 하며 놀았다. 수의 얼굴은 흙먼지로 땟물이 진득하였고 누구랑 싸웠는지 눈물 자국이 선명했다.

불볕더위는 바람 한 점 없었다. 엄마는 치매와 녹내장으로 건강이 좋지 못하였다. 이로 인하여 엄마는 요양원에서 오래도록 머물게 되었다. 현실은 당장 코로나19로 인하여 면회가 어려웠다. 그런 가운데서 요양원에서는 단체밴드를 통해 사진으로 엄마의 근황을 보여주었다. 그런 가운데서 엄마에게 이상이 생겼다는 연락을 수에게 전했다. 미음도 삼키지 못하는 형국이라며 가까운 요양병원으로 옮겨야 한다고 하였다. 엄마는 그 후로 일주일 가까이 버텨왔다. 그런 엄마가 요양병원에서는 운명할 것 같다며 직계만 면회를 허용한다고 했다. "그놈의 코로나가 사람 잡네. 이것이 다 뭐 하는 것이여?"

민서는 일회성으로 부직포로 만든 가운과 모자와 신발을 갖춰 입었다. 기본적으로 코로나 검사가 통과되자 병원 측에서는 엄마의 입원실로 안내했다. 엘리베이터로 함께 모인 동생들과 안내를 맡은 사람을 따라갔다. 한동안 엄마를 면회 못 한 탓에 몹시 궁금하였다.

"엄마!"

민서는 엄마를 마주하며 몹시 놀라웠다. 신체적 형태가 달랐다. 이렇게 노쇠한 모습은 상상도 못 했다. 먹먹하여 말이 나오지 않았다. 신체의 모든 장기가 기능을 할 수 없는 상태였다. 민서는 온몸이 떨렸고 입안의 침은 말랐다. 그런데 엄마의 경우는 모든 기능은 중지되었으나 침이 생긴다는 이유로 살아 있다고 진단이 나왔다. 참으로 난감한 것은 의사의 진찰이 믿어지지가 않았다. 면회시간은 10분으로 종결되었다. 방금 전에 엄마가 아닌 마네킹을 보고 나온 느낌이었다. 이렇게 무작정 다녀간다고 하면 무슨 의미가 있단 말인가. 엄마는 아직도 건재한 것으로 여겨야 했다.

"여기서 어떤 결과를 기다려야 한다는 기고? 아무래도 결단을 할 수가 없게 하네."

민서는 수에게 자신의 생각을 말하고 있었다. 먼 길을 아침이 밝은 시각에 출발하여 도착한 곳이다. 출발하기 전 계획은 허무하기 짝이 없었다. 답답한 기분이지만 하늘은 푸르고 맑았다.

"네는 어떻게 생각하는 겨? 엄마를 저렇게 계시게 할 거여?"

수에게 민서는 다그쳤다.

"의사가 진단한 결과라는데 우째해볼 도리가 없는 일인가

벼."
"그렇게 생각하는 겨? 아무래도 병원 측의 농간인가 싶은디."
"그래도 의사 말을 믿어야지. 어떻게 해볼 도리가 없나 보더라고."
"난감하네."
민서는 발걸음을 돌릴 수 없었다. 엄마는 꺼져가는 촛불이었다. 목숨을 다한 모습이 가슴 아팠다. 저렇게 진화되고 있는 것도 살았다고 판단하는 의료진이 안타까웠다. 미음을 호수로 연결하여 투여한다더니 이제는 링거를 일주일 간격으로 두 병을 투여해야 한다는 언질이 있었다. 피도 통하지 않는데 내장기능이 온전히 역할을 하는 것인지 알 수 없었다.
"도대체 돌팔이가 진단을 하는 건가. 뭣 땜에 고통을 주고 그러는 거여."
민서는 수를 향해 전화로 투덜거렸다.
"엄마는 이미 이 세상 사람이 아니랑게. 요양병원에서는 돈벌이 작정으로 저렇게 한다는 것이지. 링거를 투여한다고 해도 환자는 기능을 제대로 발휘하는 건지 물어보라니까. 왐마, 참말로 갑갑해 부러."
지역이 가까운 것도 아니고 통화를 하면서 기운을 뺐다. 엄마는 며칠을 버티지 못하고 운명하셨다는 연락이 왔다. 새벽이 되어서였다. 수에게서 전화가 왔을 때는 희뿌연 밝음이 보였다. 민서는 엄마의 증세를 이미 알고 있었으므로 수긍한다는 표정이다.
"그럼 그렇지. 엄마는 이미 돌아가셨는데 고통만 더하게 했던 것이여. 돌팔이 같은 것들이 운영하는 곳이란 말이여, 하는 짓이 그래 보였당게."
민서는 흥분이 가라앉지가 않았다. 천지도 모르고 살아온

날들이 산 것인가 싶다가 그러면서도 맞받을 말만 생각하였
다. 숨이 끊어지는 순간까지 고통스런 모습을 지켜볼 수가
없었다.

앞선 영구차는 굽어진 산 중턱을 뱀처럼 꿈틀거리며 갔다.
앞선 영구차가 여러 갈래로 밀려서인지 속도를 늦추는 것 같
았다. 산 정상에 오르자 화장장이 저승의 입구처럼 여겨졌
다. 이미 고인이 되어 무거운 짐 내려놓은 묘지들도 빼곡하
였다. 양지에 위치한 장지마다 평온한도 생각되었다. 산수가
우거져 그야말로 온갖 번뇌가 없는 안정감이 돋보였다. 푸름
이 가득했고 붉은 꽃이 피었고 새가 놀고 있었다. 하늘나라
천국을 의미하는 듯했다. 높은 하늘은 구름 한 점 없었다.

무더워서일까. 길 떠나는 새 한 마리 나르지 않는 하늘이
다. 햇빛은 여전히 눈부시고 용광로 같았다. 무더운 여름이
기는 하나 조건이 좋았다. 그런 마음에서 일까. 애끓는 마음
으로는 눈물도 없었다. 누군가는 그랬다. 호상이라는 말을
들먹였다. 딱 알맞은 때에 가셨으니 호상이 아니겠냐고 했
다. 이 또한 상을 당한 사람에게 위로하는 차원이 아니겠는
가. 어쩌면 아직도 풀지 못한 마음은 그대로인데 위안이라고
는 할 수 없다. 수와 진이 의논한 가운데 25년 전의 아버지
무덤을 파묘시켜 엄마와 화장시켰다. 아버지는 공동묘지에
서 모셔왔다. 파묘 업체의 설명으로는 아버지의 묘지는 위치
가 형편없었다. 아카시아 뿌리가 아버지의 무덤을 파고들어
자리를 차지하고 있었다 했다. 그린 과정에서 뿌리가 자라고
있었으니 고인이 얼마나 불편했을까. 뿌리 깊은 곳까지 파묘
한 업체는 촬영해서 보여 주었다. 아카시아가 고인의 무덤을
압도하여 자라고 있었음을 증명해 주었다. 그런 아버지를 파

묘하여 화장을 한 것은 천만다행으로 여겼다.
"지관이라는 작자가 형편이 없는 자였어. 뭔 수작으로 그곳이 명당이라고 그랬을까 잉."
민서는 앞뒤가 없는 불만을 토하고 있었다.
"당시에는 알고 그랬을라고."
수가 민서를 위하는 말이지만 속으로는 마찬가지로 염려하는 부분이다.
"순 엉터리 같은 것이 지관입네 하면서 과시를 한 거여."
지난날의 지관을 엉터리로 판정한 민서는 울화가 치밀었다. 그런 상황을 파묘되고 알았으니 시궁창에서 헤어나지를 못하는 형편이 아니었냐고 아우성이다.
"엄마가 그래도 그립다던 아버지를 뵙게 되어 얼마나 다행인 겨."
민서는 깊은 생각을 멈추고 결과에 만족하였다. 엄마가 그토록 보고 싶어 하던 아버지와 나란히 자연장지에 모실 수 있었다. 돌아가신 지 25년 전의 아버지는 공동묘지에서 영면해 계셨다. 그런 아버지를 엄마와 함께 나란히 모시게 되었다. 화장장에서는 엄마의 죽음만 있는 줄 알았더니 이름 모를 죽음으로 인하여 곳곳이 북적되었다. 코로나로 인해 산자도 죽은 자도 많이 모여든 날이기도 했다. 주변은 산수가 어우러져 있었고 화창한 날씨에 명당자리였다. 햇볕이 따가운 한낮임에도 불구하고 절차가 계속해서 이뤄졌다. 파릇한 잔디가 골프장 같은 평지에 엄마 아버지도 그곳의 일부에서 장지가 마련될 수 있었다. 이제 두 분의 파란만장함 따위는 과거일 뿐이다. 엄마가 그토록 갈망해 오시던 아버지를 만났으니 그곳에서 평안하시길 기원했다.

멍게

멍게

유달산은 해가 뉘엿뉘엿해져 갔다. 8월 한낮 기온은 땅에서도 불이 붙을 것 같은 날씨다. 지구의 변화가 예사롭지가 않다. 시원한 바닷바람과 함께 항구에서는 배들이 빼곡히 모여들어 있었다. 배마다 불이 밝혀지고 낯익은 빛깔이 요소요소에서 연출되어 보였다. 밤비의 움직임은 부지런한 개미들의 군상 같기도 하다. 간간이 바람이 불더니 차츰 너울 파도가 일기 시작했다.

창식은 미동도 않고 누워만 있었다. 평소처럼 집에만 들어서면 말수가 적은 성격이다. 미란과도 평소 대화도 없이 서먹한 하루가 빈번했다. 다음 날 저녁에도 밀수 작전이라도 하고 돌아다녔는지 행선지는 알 바 아니지만 궁금했다. 창식의 성격 탓이기는 하지만 기본적으로 사소한 이야기는 단절하는 편이다. 그 어떤 이유로든 고민을 짊어지고 있다. 소싯적처럼 창식이 아버지는 큰 배를 운영했다는 소문은 여전히 부둣가에 나돌았다. 이 또한 소문에 불과한 일이므로 미란은 믿지를 않았다. 창식은 아버지의 얼굴도 모른 채 성장하였다. 유전적인 피는 타고났다는 소문은 계속해서 들려왔다.

미란은 사소한 소문 따위는 아무짝에도 중요치 않았다. 이 또한 소문에 불과했을 뿐 사사로운 감정에 연연하지 않는 성격이다.

"어디서 밀수라도 하고 돌아온 것이여?"

미란은 참다못해 창식을 보면 항상 빈정거렸다. 느릿한 몸짓을 보면 속 터져서 울화가 치밀었다. 그는 처음과 전혀 다른 세계를 갖고 있었으므로 이해하기는 억울한 부분이 많았다. 마침내 곁을 떠나지 못하게 작전을 세운다. 짬을 주지 않고 몰아붙이는 각오까지 잇따랐다.

"……."

창식은 미란의 다그침에도 불구하고 동작이 느릿하였으며 말을 아꼈다. 그는 미란의 불평 따위는 판소리에 불과한 일로 여겼다. 오래 전의 기억 따위는 떨칠 수 없었던지 말 못하는 고민만 가득이다. 그에게는 눈망울이 또록또록한 아이가 셋이나 된다. 그런데도 불구하고 돈을 벌어 보겠다는 시늉은 못 하고 살았다. 집에서는 밥이 끓는지 죽이 끓는지 관심조차도 없었다. 아침에도 미란이 퍼붓는 소리에 집안은 시끌시끌했다.

"웜마, 귀청 떨어지겠네. 뭔 말을 자꾸 하는 것이여?"

그는 귀가 따갑도록 미란의 푸념을 들어야 했다. 그것이 순리라면 말문을 열 수밖에 없었다. 겨우 일어나는 시늉까지도 미란은 부아가 치민다.

"새끼들을 먼저 생각하란 것이여. 살다, 살다 피를 말려도 유분수지. 삼재라도 든 거여, 뭐여? 썩어 문드러질 몸을 아끼고 살아야……?"

"내 다 알고 있당게."

"웜마! 으째야스까이. 일주일째 벽만 안고 누웠는디, 우찌 말을 안 허고 사남. 생각만 허덜말고 뭔 일이던지 반다시 하란 게."
 "워매, 기달려 보란 게! 좋은 소식이 곧 있을 것잉게."
 "그게 언젠디? 뭔 육갑을 하고 쳐 돌아 뎅겨 싸. 난 아적도 성에 안 차 부러……."
 "웜마, 참말로 갑갑해 부러……."
 둘은 서로가 난감한 표정이다. 창식이 무슨 생각을 갖고 있는지 허둥지둥 어디론가 나설 차비를 한다. 미란의 생각은 풍류객처럼 살아가는 것만 봐도 발끈해진다.
 "많든 적든 생활비는 갖고 와야 도리가 아닌 감? 참말로 징글징글해 분당 게."
 "내 지금은 설명할 수가 없당게. 쪼깐 기다려 보란 게!"
 "좀 달라진 태도를 보이란 말이지. 그동안 이러고 산 세월이 월만디."
 "알고 있응 게."
 "뭔 수가 있간 디? 명 짧은 년 숨 넘어 가불랑게. 시방 산다는 집구석은 돼지 집구석 맨쿠로 해놓고 말이라고 하는 겨?"
 미란은 날카로운 맹수의 이빨을 가진 것처럼 공포감을 심어준다.
 "……."
 창식이 떳떳하지 못해 어디론가 휑하니 나선다. 자신의 기분은 말하지 못했다. 격렬한 싸움도 못하고 당장 피하고 싶었다. 미란의 말은 틀린 말은 아니다. 그는 무책임하게 어디론가 떠나더니 또 일주일이 지났음에도 깜깜무소식이다. 미란은 생각할수록 화가 치민다. 그 뒤로 일요일 아침까지도 연락이 없었다. 창식이 그전과 다름없이 소식이 닿지 않아 분하다. 그가 없는 빈방은 울림도 크다.
 "올랑가 말랑가 어쩔랑가……."

창식이 계속 부재중이었으므로 화가 머리끝까지 치솟는다. 온몸은 사시나무 떨듯 부들부들 떨린다. 피가 얼굴로 모여 흥분을 금치 못한다. 그러나 어느 쪽도 간단하지가 않다는 예감에 항상 불안하다. 예측한 대로 그는 언제 온다는 기약이 없었다.
"시방까지도 이러고 살아온 팔자여……."
미란은 모든 일을 포기하며 중얼거린다. 혼자서 고민하고 혼자서 해결되어야 할 일이 관건이었다. 날이면 날마다 기다림에 지쳐 속을 끓이더니 종기가 생겼고 그것이 결국 곪아 터지기 일보직전이다. 아침에는 온몸이 쑤시고 아파서 일어나기가 힘겨웠다. 온종일 칼을 들고 고기를 다듬는 동작은 기술적이다. 기술을 연마하던 끝에 생선은 장난감 다루듯 쉬웠다. 어린 날 엄마가 하던 일처럼 자식을 위해 살아가는 일이 되었다.
"긍게로, 뭔 놈의 팔자를 고쳐보겠다고 이러고 살아야 했을까……."
미란이 이제는 누가 없어도 자신을 다독이는 일에 익숙했다. 바닷물 냄새가 온몸에 스며들었어도 향수처럼 느껴졌다. 씻은 몸인데도 살결은 바닷물 냄새가 떠나지 않았다. 몸의 마디마디가 아프지 않은 곳이 없었고 관절마다 무시를 못 하였다.
"웜마! 새삼스럽긴……."
미란은 혼자서 자신을 종종 다독였다. 어차피 일어나 움직여도 스트레스는 사라질 일은 아니라 여겼다. 문득 과거를 생각하면 생각조차 하기가 싫은 심정이다. 신안댁이 간혹 창식의 안부를 물어왔다. 그녀는 창식과 인연을 맺게 해 준 장본인이었다. 창식의 행위를 소문으로 알았을 때 미란을 외면하기까지 했다. 미란을 볼 면목이 없었기 때문이었다. 늘 불만으로 고민하는 것을 보면 죄책감이 앞섰다. 그날도 마찬가지로 가정을 외면하고 다니는 창식은 속수무책이라 들었다. 신안댁은 중매를 하였다는 구실로 자책하고 다녔다. 바람처럼 왔다가 사라지는 사연을 신안댁은 너무도 잘 알았다. 마음이 내키는 대로 항구에 나가 고기를 다듬는 일에 정신없는 미란을 보면 안타까웠다. 초록은 점점 더 짙어만 가는데 계절의 변화를 알지 못했다.
"절대로 혼자서는 어렵지, 왐만!"
미란은 혼자서 똑 부러지게 말을 한다. 이렇게라도 말을 하지 않으면 미칠 지경이었다.
"하지만 이건 슬픈 일이지. 새끼를 저렇게 키우게 했어야 돼 간디……."
미란은 건성건성 말을 잇는다.
"참말로 맴이 짠햐!"
미란은 기억을 더듬었다.
"사람 사는 것은 정말 징글징글한 것이여! 속 시끄러워서 미쳐 불겠네. 거시기했어도 어쩔 수 없었던 것이지. 왐만……."
미란이 씁쓸한 웃음을 띠우며 몸을 일으킨다. 이 정도의 운명이라면 받아 주자는 심산이다. 유달산은 녹음이 짙어가고 외부의 광선은 눈부시게 빛이 났다. 망망대해를 바라보면서 기분을 달래는 날이기도 했다. 머리에서 지워지지 않는 창식은 무엇을 하다가 집으로 돌아왔는지 상상이 가지 않는다.
"가장이란 것이 기가 찰 노릇이여. 징혀도 보통 징한 게 아니여, 참말로 징혀……."
미란은 울컥 화가 치밀어 다짜고짜 평소와 다름없이 창식을 나무란다.

"……."

창식은 할 수만 있다면 귀를 틀어막고 싶은 노릇이다. 미란의 기세를 막을 수 없었기 때문에 다시 옷을 주섬주섬 입는다. 목적한 일이 생겼다는 듯 급히 신발을 신고 나선다. 미란은 화가 치밀어 바락바락 소리친다.

"어디 첩년이라도 있남?"

미란은 느닷없는 말을 한다.

"잠시 다녀 올라네."

창식이 미란의 질책에도 불구하고 어디론가 또 나섰다.

"암튼 어지간히 쳐 돌아 뎅겨 싸. 목심이 서너 개나 뎅 게 비네. 네가 궁계 나가 것제. 네가 안 글먼 나가 글 겄냐?"

창식을 향해 먼발치에서도 알아듣도록 소리친다. 간간이 들려오는 소문은 그랬다. 청신호를 타고 김 씨를 따라 멍게 일을 하겠다고 같이 떠났다는 소문도 나돌았다. 믿기지 않았지만 헛소문이라도 괜찮았다. 그가 어떤 일을 하러 갔다면 믿음이 간다는 쪽으로 생각을 한다. 소식을 모르는 것보다는 낫다고 여긴다. 멍게 일을 떠났다면 더 이상 걱정은 없겠다는 생각을 하고 있었다.

"왐마, 후딱 몸이라도 아프지 않고 잘 나아야 일을 갈 거인디, 걱정이여!"

친구 덕배는 창식에게 자주 찾아왔다. 그날도 창식은 소주를 마셨는지 입안에서 소주 냄새가 물씬 풍겼다. 창식은 남보다 못한 주제에 일을 게을리한다고 생각했다. 그럴 때마다 미란과 함께 사는 창식을 안타까워하였다. 덕배는 미란을 돕고 싶은 마음에 창식을 자주 찾아다녔다. 덕배는 미란과 함께 방파제 인근에서 이야기꽃을 피우던 과거가 있었다. 미란이 치맛자락을 여미고 새초롬히 자세를 가다듬은 모습이 여학생다웠다. 이런 미란에게 호감을 느끼고 다가갔으나 미란은 차가운 눈빛이었다. 그럴 때마다 덕배는 애써 억누르며 건조한 목소리로 사방을 살폈다.

"오늘도 지각을 했다고 하던디? 아침에 일찌감치 집을 나서야 할 거인디, 왜 안 하던 지각을 해부렀냐?"

"엄마가 아팠어! 동생들 밥 해 먹이느라 어쩔 수 없었던 것이고!"

"웜마! 그랬어야? 엄니가 건강하셔야 할 거인디 걱정이 많겠어야?"

"너도 소문에 들어서 알겠지만 울 아버지가 오죽 난폭했어야지!"

미란은 고개를 떨치며 말을 잇지 못한다. 간밤에 일어난 소문에 대해 덕배 엄마가 사정을 말하지 않았음을 눈여겨본다. 생각하면 씁쓸한 웃음이 나왔다. 엄마는 가난은 부끄러운 것이 아니라고 형제들에게 늘 말해 주었다. 그러나 아버지는 바다 일이 끝나면 술로서 신세타령을 하며 엄마를 구타하며 살았다. 산다는 것은 참으로 알다가도 모를 일이라 여겼다. 힘든 노동이 끝나면 유쾌한 보상이 있어야 하는데 실상은 어둠이 발목을 잡곤 하였다. 이럴 때마다 주변은 항상 웅성거렸다. 횟집이 즐비하게 포구에 들어섰고 보잘것없는 희망을 하여 소주잔에 흥청망청하더니 결국 아파서 몸져누웠다는 사람도 많았다.

"넌 엄마를 어떻게 했으면 좋겠냐?"

덕배는 미란이 걱정되었다.

"내가 뭔 힘이 있간디! 어떻게 해 줄 수가 없어야. 뭔 능력이 있다고."

"그건 그려, 우리가 뭔 힘이 있것냐. 나도 그냥 해본 소리여."

"왜 안되까이. 아부지가 엄마를 조금이라도 위한다면 좋겠는디."
"맞어야. 아부지들은 워낙에 막강한 게로…….."
그날은 한숨과 어두운 표정으로 뱃머리에 앉아 배들의 움직임만 살폈다.
"살자면 설운 일이 많아야…….."
덕배는 어른들의 말을 잘하였다.
"긍게 말이다. 그런 말은 나도 들었어야."
"넌 이다음에 효도할 자신이 있는 겨?"
"긍게, 앞으로 살아갈 나이가 창창 헌디 뭔 일을 못하것냐. 내 맘은 그러고 싶은 거이 당연허제. 당연히 그러고 살아야 도리잖여. 왐만!"
덕배는 당당하게 자신의 생각을 전했다. 자신의 포부가 한 치의 흐트러짐이 없는 다부진 말을 자주 하였다. 그는 절박한 의지나 다름없었다.
"그렇게 해야 것 제."
"너 아부지는 너들인 데는 끔찍한 분이 잖여?"
미란이 덕배의 부모님을 비교하지 않을 수 없었다. 허구한 날 아버지는 술로서 탕진한 사람이었기에 엄마가 힘들어 했다. 모든 일이 비교가 되는 어린 날의 고민이 머리에서 맴돌았다. 어둠은 삽시간에 몰려들었다. 여기저기서 배들이 불을 밝히자 다이아몬드 빛이 났다. 평소와 다름없이 익숙하게 눈여겨보는 풍경이 곳곳에 펼쳐지고 있었다. 고깃배는 밤낮할 것 없이 그림처럼 바다에 흩어져 있음을 본다. 미술 시간에는 당연하게도 그림을 그릴 때마다 바다가 있고 배가 여러 척 떠 있는 배경만 그렸다. 그런 그림은 덕배도 마찬가지였다. 덕배는 형님이 입었던 맞춤 교복을 물려받아 있고 다녔다. 그런 옷을 입은 덕배는 소매를 펄럭이며 낄낄거리며 뛰어다녔다. 바닷바람에 멸치젓 냄새가 곳곳에서 날렸다. 항구는 항상 사람들로 북적였다. 어두워진 항만을 내려다보면 배들의 움직임이 예사롭지가 않다. 철부지였던 시절은 꿈과 낭만이 넘쳤다. 그럴 때마다 아버지는 뱃일에 동행하기를 원했다. 놀기 좋아하던 덕배를 아버지는 따로 생각한 것이 있었다. 그로 인하여 경험이 다분해지고 곧장 아버지를 도와 바다 일을 따라다니게 했다. 결국 덕배는 대학을 포기하고 배를 타게 되었다. 아버지의 생업을 덕배는 가업으로 물려받은 것이다. 평소에도 마찬가지로 아버지를 따라 고기잡이에 나선 날이 많았다. 아버지는 큰형을 도시에 보내고 덕배를 배 사업에 관여하게 하였다. 덕배는 이런 일에도 관심이 많았으므로 체질이라고 늘 말하였다. 그러던 어느 날 덕배가 곧 결혼할지 모른다는 사실을 미란이 알게 되었다. 미란이 덕배의 결혼 소식이 반가웠다. 그렇지만 덕배로서는 미란을 마음에 두고 가슴앓이 하였다. 미란을 볼 때마다 사랑한다고 말하지 못해 후회를 했다.

바닷바람으로 인해 습기와 염분이 온몸으로 파고들었다. 미란은 이런 익숙함에 물들어 살았다.
"오늘도 해는 벌써 저 짝으로 쩌부리네……."
미란은 깊은 생각에 잠겨있더니 불현듯 잊었던 기억을 더듬는다. 지금은 누구도 살지 않는 곳을 기억한다. 빛의 속도는 어쩔 수 없었다. 왜 그렇게 불안감을 조성하고 사는지 알 수 없어 팔자를 운운한다. 생활이 팍팍한 탓이라 그런지 고상한 여자는 되지 못하였고 판단한다. 그렇다고 현명한 어미도 되지 못하고 창식을 믿고 살아온 것을 생각하면 원망은 산더미다. 모처럼 아이들을 데리고 김밥을 말아 유달산으로 갔다. 최근의 유달산은 인파로 인해 엄청 복잡하였다. 전국적으로 유달산을 보기 위한 인파들로 넘쳐났다.
"이렇게 세상살이가 고되고 서러운디, 시방도 떨어져 사는 이 짓은 뭔 짓이야. 결국은 내 맘 편하면 되는 것이고. 암만!"
미란이 조금은 흥분한 목소리로 자신의 마음을 다독인다. 가족들과 나들이 나온 모습을 곳곳에서 보였기 때문이다. 저런 모습을 보면 볼수록 창식을 원망한다. 지친 마음은 창식의 게으름을 탓하는 말은 아니다. 따지고 보면 맹랑한 어미가 되어서 애들 아빠가 왜 이렇게 돌아오지 않나 하는 마음뿐이다.
"시방 혼자서 뭔 지랄인지 모르것네. 나도 정신이 온전치는 못한 겨."
미란은 눈물까지 글썽이며 노심초사하였다. 여름 햇살은 강렬했다. 눈앞이 땀으로 인해 뿌옇게 보였다. 도처에서는 부끄러움을 느끼게 하는 대상만 보인다. 그냥 지나치지 못하고 곁눈질을 하지 않을 수 없었다. 가장이 저 모양이니 이런 일에도 기가 죽어 산다고 푸념이다. 때때로 형편에 따라서 눈길이 가지 않을 수 없다.
"나 같으면 도망가 불것다."
시장횟집에서 만호댁이 남의 집 일로 속을 끓였다. 아픈 심정 한 토막이 가슴에 옹이로 박힌다.
"웜마! 성님은 아저씨가 군말 없이 집안일을 잘하시나 부요?"
미란이 만호댁의 표정을 살핀다. 시간이 한가할 즈음마다 만호댁은 남의 가정사에 관여했다. 무던한 성품인 미란은 그녀를 견제하였으므로 말을 섞는 일은 하지 않으려 노력한다.
"왜 안 했간? 나도 그런 때가 많았어야! 왜 안 그러 간디! 이렇게 앉았다가도 문득 화가 치솟는 일이 한두 가지가 아니란 말일시."
"그럼시로 도망은 왜 가라고 한다요?"
미란이 헛웃음을 친다.
"난 말일시, 막된 말로 내맴은 그러는 의도가 아니랑게."
"그란디?……."
미란이 말을 하다 말고 머뭇한다. 미간이 깊은 주름은 날이 서 있다. 만호댁은 말끝이 뚝 끊어지고 잘리는 것이 못마땅한 기색이다. 말을 꺼내려다 말문을 닫는다.
"새벽바람에 이런 짓거리를 왜 하고 다니것어? 팔자려니 하는 것이고 새끼들 땜시 이런 짓거리를 하는 것이제!"
"암만요, 내 구실이 형편없응게 이러는 것이고. 남 탓하기는 그러잖아요?"
"그건 자네 말이 백번 맞는 말이제, 왐만!"
"치마 한번 못 입어보고 산 것 생각하면 여자도 아니제."
"왐만, 치마야 입으면 되는 것이고. 왜 못 입어야? 젊어서 좋겠구만."
"말이 그렇단 말일시. 말 같잖은 것이 결국은 말이 되고 만 것이 어디 하나 둘 인갑디요. 작은 것을 하찮게 보다가는 결국 큰코다치는 법이지요."
"긍게, 이런 일을 함시로 할 말은 아니제. 시장바닥에서 막 살았응게로. 할 말 못 할 말 가리는 법이 없어야. 자네가 쪼깐 이해를 하더라고……."
미란은 속으로 놀라웠다. 시장바닥에서 굴러먹은 세월을 생각하면 이해되었다. 가물가물한 고향집 앞에서도 그랬고 학교에서 파하고 집으로 가는 주변은 바다가 광활한 곳이다. 거칠고 비틀어진 바위를 지나 바위답지 않게 반질거리는 곳을 기억한다. 멋모르고 이야기하다가 주인 맹순네가 표독스럽게 노려본다.

"아무리 헐 일이 없어도 그라제. 내 돈은 썩었당가? 얼렁얼렁 정리를 한담 말일시! 근본적으로다가 헐 일이 많고 많아서 불렀당게."
맹순네는 나긋하고도 단호한 어조로 책망한다.
"미안허네. 화 풀더라고?"
만호댁이 먼저 변명에 나선다. 이런 일은 잽싸게 나이 탓으로 돌리고 만다. 도리에 어긋난 일을 그냥 넘겨 본 일이 없다고 변명까지 한다. 미란은 처음엔 몹시 어색한 일이 많았다. 그때처럼 머뭇거리고 저만큼 떨어져 움직이는 일만 있었다.
"낯 모르는 사람끼리 처음 만나서 무슨 정이 있간디. 대충 알아 부러."
"나도 항상 그게 이상 혀요."
"앞으로 살아 보더라고. 사는 게 별수가 있간디."
만호댁이 시장바닥의 텃세를 변명하며 웃어넘긴다.

미란은 모든 것을 체념하면서도 생각이 깊다. 저녁 7시가 되어 좁은 골목을 따라 집으로 향했다. 바람에 신경이 날카롭다.
"썩을 것! 아직도 살았는지 죽었는지 소식을 안 주고 그런디야."
미란은 어둠이 닥치면 창식이 소식을 몰라 안절부절이다.
"아무리 생각 혀도 이건 아니여. 무슨 떼돈을 번다고……."
미란은 좁은 길목을 몇 구비를 돌아서 갔다.
"참말로 환장할 노릇이여! 새끼도 안 보고 싶은 서어, 뭐여!"
미란이 창식이 소식이 끊어지자 생각할수록 화가 치민다. 그가 머무는 장소만 안다면 목을 비틀어서라도 끌고 올참이다. 창식을 애타게 기다리며 속을 끓였어도 기대까지 멈출 수는 없는 노릇이다. 그러나 창식은 여간해서 오지 않았다. 나중에는 오겠지 하는 미련을 버리지 못하고 허송세월이다.
"어디 가서 죽었을라나. 이렇게 있다간 안 돼는디. 지서에 다 신고나 해볼까."
미란은 창식에 대한 집착이 골수에 박혀 잊지를 못한다.
"혹시나 배 타고 어디로 갔남. 그렇다면 소식이 없어도 기다려 보는 것이고."
미란이 혹시나 하는 기대를 버리지 못하고 고민한다. 항구에서 끊이지 않는 뱃고동 소리만 들어도 애간장이 탄다. 그의 행방은 꼬리에 꼬리를 물고 다녔다. 저 뱃고동 소리는 창식이 훌쩍 떠났다가 집으로 돌아올 것을 믿었다.

너무 오래 웅크리고 앉아 있었던 미란은 다리에서 쥐가 날 지경이다. 평일이라지만 코로나로 인해 손님의 발걸음이 많이 줄어들어 장사가 시원찮았다. 오늘도 중간상인에게서 받아 온 멍게를 반도 팔지 못하였다. 젊은 사람들은 눈요기만 하고 좌판 앞으로 지나쳐 갔다.
"왐마, 이러다 목구멍에 풀칠하기 힘들겠네. 이럴 으째야 스까이! 아까만 혀도 싱싱하던 멍게였는디, 힘달 가지가 하나도 없어 부린다냐. 으째야스까이."
미란은 푸념으로 인해 땅이 꺼질 것 같은 한숨이다. 집으로 돌아가는 일은 생각도 못 하고 있다. 점심때를 넘겼으나 배고픔을 모른다.
"먹고살자는 짓인디, 국수라도 한 사발 먹고 하세나?"
눈빛이 예사롭지 않은 여수댁이 보다 못해 참견을 한다.
"먹을 힘이라도 있음 좋겠어요."
미란은 지난날을 기억하면 숨이 막힌다.

"그래도 그러는 것은 아니제. 당신이 건강해야 가족이 있는 것이여."
"승님 말씀이 맞아요. 나가 쪼깐 거시기해도 새끼들 밥은 해서 먹이요."
미란은 가슴의 통증이 또 재발하는 느낌이 왔다. 무성한 소문 뒤에 찾아온 가슴의 통증은 여전히 낫지를 않았다. 핏기라고는 찾아볼 수 없는 모습이다.
"장사도 시원찮은데 냉큼 병원에나 가보더라고. 가서 링거라도 한 대 맞고 오더랑게."
"그러잖아도 그러고 싶어요. 이러다 내 명에 못 살겠네요."
"왐만, 우선 살고 봐야 쓸 것이 아닌감. 멍게는 냅두고 냉큼 가보더랑게. 나머진 손님 찾으면 내가 팔아 놓을 것인게."
"그려요. 성님만 믿고 다녀 올라요."
"병이 안 나고 버틸 재간이 있간디. 버티는 것이 용한 거여. 몸뚱이가 쇳덩이도 아니고 병에 이기는 장사는 없다고 하지 않은 감, 몸도 쉬어 가면서 움직여야 데는 겨."
"나, 다녀올라요."
미란은 깊은 한숨을 내쉬며 겨우 자리를 털고 일어났다. 포장을 하고 계산을 하는 사이 어지럼증이 동반하고 걸음을 걷기가 힘들다. 하마터면 넘어져 일어나지를 못하고 죽음이 눈앞에 와있는 느낌이다. 말도 많고 탈도 많은 세상살이를 접고도 싶은 심산이 많았다. 햇살은 아직도 쨍하다. 힘겹게 걷는 동안 비지땀이 온몸을 적셨다. 이마와 등줄기에 땀으로 인해 비를 맞은 느낌이다. 병원 문턱을 오르는 높이기 만만찮다.

미란은 노심초사하면서도 환자로 남아 링거에 의존하고 누웠다. 피곤하고 지친 몸은 잠에 푹 빠졌다.
"몸을 너무 혹사시킴서 사시 었소. 영양실족인가 부네요. 요즘 세상에 영양 실족이라니 뭣 땜에 그렇게 하셨소?"
불룩한 배를 가진 의사는 기운이 빠진 미란을 달래듯 추궁한다.
"나가 이러고 싶어서 살간디요. 병원에 온께 안 아프던 심장이 더 아퍼요."
너무 실망스러워 어안이 없다는 생각에 쓴웃음을 띤다. 그러면서도 화가 치민다. 바닥 생활의 결정체인 자신의 삶을 자극하였기 때문이다. 창식의 얼굴이 갑자기 떠오르더니 울화가 더 치밀었다.
"참말로 미쳐 불 것네. 시방 환자인 나를 이렇게 속을 상하게 하는 병원을 찾았다니……."
의사가 무슨 말을 하는지에 대해서는 관심이 없었다. 어디에 신경을 쓰고 있는지 생각이 엉뚱했다. 미란은 흐린 눈으로 반쯤 넋이 나간 것처럼 창가를 바라본다.
"푹 쉬고 맛난 것도 많이 먹고 운동도 하셔요 잉."
의사는 이렇다 저렇다 할 문제로 더 이상 말하지 않았으며 영양 실족이라는 말만 남기고 가버린다.
"저놈의 의사란 것이 생각하는 것 하고는. 시방 나보고 쉬란 말이여. 참말로 화려한 낭만만 갖고 운영하네……."
미란은 문득 아프니까 쉴 수 있음을 느낀다. 마음 편히 발 뻗고 눕는 일은 흔하지 않았다. 갯가로 나가 조개를 캐는 일이 있었어도 놀지는 못했다. 바다와 접한 곳에는 먹을 것이 있었고 돈이 된다는 것도 알았다. 주고 또 주고도 아깝지 않은 자식을 위해 주변의 상황을 인용한 때문이다. 파도가 출렁이는 곳에서 길들여진 세월은 수천 번의 허리를 굽히며 일해 온 사실이다.

"웜마, 돈이 좋은 것이네. 돈이 날 살렸어야……."
 미란이 가벼운 몸으로 침대에서 일어난다. 창밖은 무더운 햇빛이 도배를 하고 있었다. 바깥 구경을 보며 금방이라도 눈물이 쏟아질 것처럼 그렁그렁하다.
 "가서 갯물에 손 적셔야 금쪽같은 내 새끼들을 먹여 살리지……."
 무거운 몸으로 골목을 빠져나와 시끌시끌한 시장에 접어든다. 뱃고동 소리는 사방에서 울렸다. 무더운 바람이 어깨를 스치고 지나갔다. 시장 좌판에서처럼 자신의 어깨를 다독여 주는 포근한 바람이 불었다. 여수댁의 머리끝이 살짝 보였다. 모두가 힘겨운 살림을 하며 좌판에 앉아 손님을 맞고 있다. 눈치와 기분으로 인해 고성이 오가는 장터다. 곁눈질하면서 오전에 앉았던 자리를 헤집고 들어선다.
 "살만한 겨?"
 여수댁이 눈을 내리깔면서 사정을 살핀다.
 "네. 고마워서 어쩐대요?"
 목구멍에서 가느다란 소리가 났다.
 "웬만하면 쉬지 않고 그런데……."
 "정신은 온전한데요, 뭐!"
 "누가 그걸 몰라서 그런데. 병원서는 죽지 않는다고 했남?"
 "죽는 게 쉽남요. 이러다 괜찮을 상 싶어요."
 "웜마, 그놈의 돈이 뭔지. 그려, 악착같이 벌어서 돈에 파묻혀 보더라고."
 "긍게요. 그렇게만 된다면 허벌나게 할 것이요. 웜만!"
 미란이 회복이 빨라 슬금슬금 기운이 난다. 몸에 딱 맞는 옷을 입은 듯 앉은자리가 쉴 곳이라는 것을 안다. 어디에 가서도 편하게 누울 자리는 없었다. 손길이 닿는다면 오히려 편안한 쉼터였다.
"미쳐 불것다. 멍게는 아직도 못 팔고 남았으니 이럴 으째 야스까이."
여수댁이 인상이 험악했다.
"남음 가져가서 젓갈이라도 담아 볼라요. 몽땅 버리지는 못하겠고……."
어찌할 바를 모르고 있는데 낯익은 남자가 길을 막고 섰다.
"웜마, 이것이 누구여?"
미란이 창식을 얼떨결에 바라보며 기겁할 지경이다.
"놀랐는가?"
참으로 뜻밖에 창식이 배시시 웃으며 겸연쩍어하고 섰다.
"이런 썩을 것! 으째야스까이."
미란은 어안이 벙벙했다. 너무 오랜만에 나타난 창식을 알아보지 못할 뻔했다.
"잘 있었는가?"
창식이 남의 식구 대하듯 묻는다.
"그동안 딴살림을 하고 왔나 보네. 여기가 어디라고?"
미란이 마치 법정에서 끝난 사이처럼 힐끗 보며 푸대접이다.
"생판 남 대하듯이 하는 것이여?"
창식은 떳떳하다는 태도로 미란의 기분을 살핀다.
"그동안 빚쟁이가 찾아오는 일은 없었구만. 뭔 조사를 할 것이 있다고?"
세 들어 사는 동안 바람처럼 떠돌기만 하던 창식으로 인해 찾아온 빚쟁이는 없었다. 가족을 외면하고 가장 구실을 못한 것이 불만이었다. 생각하면 할수록 부아가 솟구친다. 무슨 낯으로 불쑥 찾아왔는지 기함할 일이다.

"장사도 안 되는 마당에 후딱 정리하고 가세?"
여수댁이 눈치가 고단수다. 창식의 아래위를 예리한 눈초리로 살피더니 표정이 냉랭하다. 미란에게 지독한 외로움을 갖게 하였던 남자를 칼로 난도질하듯 살핀다.
"이자라도 받을 게 있었남? 뭔 짓거리를 하고 자빠졌다가 느닷없이 온 것이여."
미란이 무시를 하는 언행도 예사롭지가 않다. 어디서 무엇을 하다가 해가 바뀌어도 나타나지 않더니 이렇게 불쑥 찾아 왔나 싶은 마음이 서럽다.
"집은 전에처럼 저기서 살고 있는 것이여?"
창식으로서는 체면 따위는 외면한 듯 이렇게 묻는다.
"상판대기는 철판을 깔았나 부네. 고물로 바꿔도 시원찮을 것이여."
미란이 매몰찬 어조로 장안을 울린다. 판소리 추임새 같은 곡조가 파도 소리와 함께 울려 퍼진다. 굵직한 목소리는 득음이라도 터득한 듯 장단을 갖춘다. 피를 토하듯 소리친다. 바닷바람 또한 소리를 끄집어내는 판소리의 한 대목이 아닐 수 없다. 구슬프다 못해 피를 토하듯 꺼억 대며 온몸은 땀으로 흥건하다. 아팠던 몸의 일부가 또 아파왔다. 창백한 낯빛이 되기도 하다가 기절할 지경이다.
"나중에 보더라고······."
창식은 가슴이 울렁거렸다. 많은 사람들의 눈길을 피해 도망을 갔다. 미란의 저 소리를 다 듣지 못하고 뒷걸음질하며 갔다. 바닷바람에 이골이 날 법도 한데 바닷바람을 잊지 못하고 다시 찾은 것은 그도 어쩔 수 없는 갯사람이 분명했다.
"난 시방도 볼 것이 없는 디, 뭔 소리여?"
목이 따가웠을까. 이제는 탁한 소리를 내었다. 주변은 마당공연이라도 실컷 관람한 때문인지 삼삼오오 등을 돌린다.

어디서 저 같은 소리가 터져 나왔는지 마치 고름이 터진 것 같기도 하다. 이런 모습을 여수댁은 말없이 듣기만 할 뿐이다.
"으째야스까이. 우악시러운 거. 증허게 씨월씨월 해쌋네."
여수댁은 어안이 벙벙한 표정이다.
"장사 그만하고 가보세……."
여수댁이 한 번 더 미란의 마음을 다독인다. 몸이 달아오른 미란을 더 이상 머물다간 낭패를 본다는 것도 지당했다. 어둠에서도 조목조목 섬들이 보였다.
"성님, 나가 이렇게 살다 간 내 명에 못살겠오. 나가 이러다간……."
미란이 가슴이 조여 왔다. 겨우 부둣가로 빠져나가 호흡을 조절한다. 의지대로 못하고 다니는 현실이 억울했다. 창식에게 독사처럼 덤벼들었더니 기운이 빠졌다. 세상살이가 억울하다는 것을 느끼면서도 미란을 달래는 방법을 모르는 창식이다. 그는 겁먹은 아이처럼 우왕좌왕했다. 마침내 어둠이 내리고 하늘을 가득 메우고 있는 별을 올려다본다. 별 하나하나가 아이들 얼굴로 보여 눈물이 그렁그렁하다.

물푸레나무

물푸레나무

 윤석은 물푸레나무가 있는 위치에서 동네 앞을 유심히 보고 있었다. 그의 눈에는 누군가의 움직임이 있음을 눈여겨보며 밥을 먹었다. 그의 눈에는 유일하게 작은 키를 가진 영상댁임을 직감했다. 그녀는 도로가에 위치한 집에서 밭으로 오가며 살아가는 여자다. 그녀는 평생직장이나 다름없는 밭일을 하며 살았다. 밭은 대문을 나서면 있었고 그런 위치에서 다양한 품종을 심고 가꾸었다. 다섯 아이를 키우고 남편은 저세상으로 먼저 가고 없는 집이다. 허리가 굽은 나이에 밭에서 세월을 보냈다. 대문을 나서면 찻길이었고 밭으로 가는 길이다. 봄부터 가을까지 고구마든 콩이든 심어서 관리를 했다. 그녀의 흔적이 있었던 자리는 풀 한 포기 없었다. 밭은 그녀의 부엌과도 가깝고 깔끔했다. 그녀는 항상 반복적인 일이지만 아픔이 잦았다.
 "아침부터 우얀다꼬 일찍 나서요?"
 영상댁은 첫차를 타기 위해 승강장에 앉은 가산댁을 보며 소리친다.
 "천 날 만날 일만 해서 우얄 끼고! 장날인데 생고기라도 사 먹어야 기운이 나지."

가산댁은 차가 오는 거리를 주시하며 쉬도 않고 일만 하는 것을 빈정거렸다.
"그런다고 맹탕 놀 수는 없는 일이고, 읍내는 병원 갈 때나 가지?"
영상댁은 자신의 생각만 갖고 말했다. 오일장도 자신의 몸이 아파야 읍내에 간다고 둘러 되었다. 댓돌 위에 놓인 구두도 읍에 간 날이 언제인지 먼지가 뿌옇다.
"쌍꺼풀이 숨었네. 어지간히 해라! 몸 중한 것이 당연하지."
옷을 털어내더니 그다지 빠지지 않는 몸매를 자랑하듯 움직였다. 자기의 차림이 만족스러운 듯 무시하는 눈치기도 했다.
"글쎄, 내 생각만 하는 강. 하던 일을 접어두고 가기는 싫어서 그러지."
영상댁은 가산댁의 충고에도 불구하고 아랑곳없었다. 그러면서도 보이지 않는 몇몇 이웃들의 허물을 문제 삼아 현실과 과거는 허물만으로 족했다. 여전히 사건의 당사자는 없는 가운데 모든 평판을 갖고 논할 뿐이다. 매번 그렇지만 상황 전개는 구분이 없는 관계다. 어디가 끝이고 시작인 것은 중요치 않았다. 동정이 섞인 그러면서도 엉뚱하게 매도시키는 말은 그들의 결정에서 심판할 뿐이다. 그 결과는 누구도 당황할 사람은 없다. 본인은 정작 알지 못하는 일이기 때문이다. 처음엔 놀랄 뿐이고 따지는 사람은 없다. 같은 성씨의 아내들로 살아가는 집성촌이다. 이쪽이 그러면 저쪽은 무시하며 지낸다. 그들의 놀라움은 경탄으로 바뀐다. 생판 보르는 듯이 엉뚱한 말을 만들어하다가 어느덧 화합하였다.
"오늘은 기함할 일이 생겨서 억장이 무너지는 줄 알았다."
명자는 아랫담에 종종 나타나면 새로운 소식을 전하는 입장이다.
"우얀다꼬. 뭔 일이 생겼는데 그러요?"
중담의 말수도 오랜만에 보였다.
"내가 하도 궁금해서 우체부 아저씨가 오기를 눈이 빠지도록 기다렸지."
"뭔 급한 일이라도 있었나요?"
"하모, 내가 일전에 가전제품 하나가 고장이 나서 고객센터에 편지를 보냈거든. 교환해 달라고. 그런데 그 사람들이 소식도 없고 너무하네."
"아, 연락이 왔디요?"
"내가 하도 연락이 없어서 기다리고 안 있나?"
"그 사람들이 편지로 답해 줄 사람들이 아닌데. 뭔 말을 어떻게 해서 보냈죠?"
"내가 원하는 것이 아니라서 교환을 해주든가 말든가 하라고 했지."
"그러면 당연히 답이 안 오지. 소비자고발센터로 해야지요."
　윤석은 은밀한 짓을 하다가 들킨 사람을 잘 파악하였다. 그러면 얼마나 행복할까 하는 생각에 단정 짓기도 하면서 바라보기도 했다. 그런 생각은 역시 변소 쪽에 볼일이 있어 향할 때마다 보였다. 긴밀함에서 얻어진 결과는 변소에 다녀온 후 평안을 느낀다. 아무런 비밀스러운 점이 없었다는 것은 당연했다. 윤석의 아내가 똑바로 보며 살피는 눈빛이 예사롭지가 않았다. 오래도록 눈여겨보거나 신경 쓰는 따위는 없었다. 윤석이 부드러워 보이는 입술로 전혀 아쉽지 않은 표정을 읽고 있었다. 아침 먹고 같이 일터로 나가면 그만이다. 윤석의 아내는 이런저런 말을 끝도 없이 종알거린다. 그런 가운데서도 이런 말 따위는 신경 쓴 일은 없다고 여긴다. 곱지 않은 시기와 질투는 중립을 지키는 주의다. 넌지시 타이르거나 단번에 헛소리는 그만두라고 엄포를 놓기도 한다. 풀지 못한 수수께끼도 아니고 미심쩍은 일은 다시 알아보면 될 일이기 때문이다. 윤석이 고개만 끄덕이며 발끝으로 시선을 돌렸다.
"나중에 전화할게."
"그래요, 그럼!"
윤석의 아내는 단순하였다. 서로가 배웅 따위는 무시할 뿐이다. 사소함 따위는 무작정 믿었기에 걱정 없었다. 화요일에도 그런 상황은 같았다. 그런 의미는 중요치 않고 바람결에 흘러 버리면 그만이었다. 여러 가지로 피곤한 일은 서로가 피할 뿐이다. 집집마다 대문이 있어도 닫는 일이 없는 동네다. 윤석은 골목의 끝집이 자신의 집이다. 마루에서 보이는 보면 걸음이 느려지는 영상댁의 모습을 종종 발견한다.
"누가 알아주기라도 할까 봐 그럴까. 뭔 짓고. 알아봐 줄 사람이 없었나."
화요일은 그렇게 몰두하던 모습은 찾아볼 수 없었다. 어리둥절한 표정을 갖고 움직이는 여자기도 했다. 요즘 삶의 균형을 잃은 사람처럼 하고 다녔다. 속이 상한 날은 걸음걸이도 조심성이 없었다. 그런 모습은 슬픔이 있었다는 것인지 감정이 무덤덤해 보인다. 비단 혼자만의 발견은 아니지만 아내도 역시 마루에서 밥을 먹다가 영상댁의 행동을 발견한다. 특별한 날은 먼 산을 보다가 그녀를 발견한 날도 많았다. 구름 같은 벚꽃이 피던 시절이면 어디를 가든 바깥 구경은 당연했다. 그런데 그녀는 집과 밭에서만 오가며 하루를 보내는 것을 즐긴다. 고개를 들어 지는 해를 보면서도 일을 멈추지 않았다. 초록이 물든 여름이면 고구마 순을 따서 장사꾼이 오면 내다 팔았다. 당연하게도 한 푼 두 푼 모이면 부엌을 헌

대식으로 꾸며서 살았다. 자식의 혼사를 치르고 이제는 혼자서 용돈에 쏠쏠함을 맛본다. 윤석의 집에서는 골목 안쪽으로 들어앉아 있기 때문에 안에 있으면 큰길에서 나는 차 소리는 잘 들리지 않는다. 그럴 때는 너무나 조용했다. 그 조용한 틈에서 슬리퍼를 신고 지나가는 학동댁은 종종 본다. 학동댁은 골목을 빠져나가는 소리가 요란했다. 발의 움직임에 따라 땅이 진동하였다.
"풀만 먹는 사람이 곰국을 요 며칠 사이 잡수셨나!"
윤석이 지나가는 학동댁을 바라보며 구시렁거렸다.
"그러잖아도 도둑고양이가 마당을 기웃거리면서 얼마나 울어 되던지……."
"고양이들이 곰국냄새는 귀신같이 알아차린다니까."
윤석이 묘한 웃음을 자아낸다. 요 근래 이웃은 노래처럼 말하며 다니던 날을 기억했다. 영감님이 최근에 너무 비실해서 기운을 돋워 주려고 작정하고 있었다. 결국은 곰국을 끓였다는 것을 알게 되었다.
"아무튼 기운이 펄펄 넘친다니깐!"
윤석의 아내는 혼자서 결정적 단서라도 잡았다는 듯이 소리쳤다.
"별일이다! 아무 일 안 하고 가만히 누워만 있는데도 온몸이 안 아픈 데가 없다."
"얼마 전에 서울서 내려온 큰아들이 용돈을 두둑이 주고 갔나 보네!"
윤석이 기어이 하던 말을 끝맺고 말았다.
"나보다 얼마나 잔꾀를 부리는데. 바늘을 찔러도 피 한 방울 안 날 여자지."
윤석이 보기에는 학동댁이 기운이 없어 보였지만 전보다 더 기운이 넘쳐 보였다. 윤석은 예의 주시하는 것도 못 말리는 증세다. 윤석의 아내도 마찬가지다. 어쨌든 사방은 다음 주가 넘어서부터 도로가에는 개망초꽃이 흐드러지게 피어 있었다. 야생 꽃이라도 뜨거운 햇볕에 꽃은 지천에 피어 있었다.
"이상하다! 저만치서 급히 오는 사람이 누굴 고?"
윤석의 아내가 어느 정도 사람을 구분하고 있을 때다. 윤석은 조금 전의 말을 듣는 순간 학동댁이 호미를 들고 바삐 오는 것을 목격한다.
"어제 아무도 없어서 그냥 갔는데 어데 갔디요?"
학동댁은 윤석의 아내에게 다가섰다.
"그럼 그렇지. 분명 누군가 다녀갔다는 것을 짐작했었어!"
윤석의 아내는 또 말이 많아지기 시작했다. 말은 자꾸만 반대의 뜻으로 해석되었다. 자기의 처지와 별다를 것 없는데 학동댁의 동정을 살핀다.
"비료가 넉넉하면 한 포만 빌려서 쓸려고 왔지."
학동댁은 윤석의 집에 다녀간 일을 소상히 알려 주었다.
"갖고 가쇼! 넉넉하게 준비되어 있으니까……."
윤석은 선심을 쓰고 싶었다.
"고맙소! 언제 시간 봐서 사다 줄게요."
그녀는 당장이라도 자신의 부족함을 갚으려고 했다.
"그래도 남의 차에 실어서 사 와야 하는데 언제 사 갖고 올라요?"
윤석의 아내는 비수를 꽂는 말을 사정없이 해버린다.
"어떤 방법을 쓰던 내가 사 오는 데로 갖고 올게."
그녀는 기분이 언짢았다.
"그럼 그렇게 하던지. 고구마 줄기를 더 키우려면 비료가 종종 필요하겠지."
서로는 냉소적인 삶에 성실하였다. 자기 삶에 불평을 품으면서도 윤석의 아내를 통해서 알았다는 듯 운명적인 말을 서로 주고받았다. 그러나 그런 기억은 오래가지 않았다. 주위의 것이 다 사라지고 어둠 속에서도 유일하게 그 존재를 느낀 후 이기적인 용기가 생기는 기분이 났다.
"날이 흐려서일까. 냄새가 유난히 심하게 나네."
"앞집 명수네가 비닐을 마당에서 태우고 있나 보네."
"불쾌한 냄새가 머리가 아플 지경이다."
"온종일 밭에서 일한 탓에 저녁이 되면서 몸은 다 녹아내리는 것 같은데 뭔 놈의 비닐을 마당에서 태우남. 아, 정말 야마리도 없는 사람이네."
명순네는 누군가 보지 않는 틈을 타서 소각을 종종 하였다. 이웃 간에 따지는 일도 힘들었다. 그 순간만 지나고 나면 불리함은 사라지기 때문이다. 공연한 말을 하다간 보름을 넘기고도 말을 하지 않을 성격이다. 알음알음 상대의 품격은 이미 아는 사실이기에 욱하는 기분은 참기로 한다.

바싹 마른 입술로 밭으로 오가던 영상댁은 다리를 휘청거리며 다녔다. 누군가 자신을 향해 시비를 일삼았던지 표정이 어둡다. 그녀의 사생활이 몹시 궁금하기도 하고 모습이 예사롭지가 않아 보였다. 그런 일은 웬만하면 지나칠 법도 하지만 소심한 그녀의 성격으로 봐서는 그냥 넘어가지를 못하는 것을 안다. 그녀는 속앓이를 오래도록 하는 편이다. 혼자서 마음을 달래는 일도 어느 정도 이골이 날 법도 하지만 보기가 측은한 모습이다. 늙어가는 몸의 형태가 작년 같지가 않아 보였다. 등골이 휘도록 밭에서 집까지 하루에도 여러 차례 오가며 산 세월이 만만찮았다. 윤기도 없는 머리는 푸석푸석하였고 간혹 동백기름을 바르는 날은 읍내에 갔다. 시골장은 젊은 시절과 같은 마음으로 다녔다. 그런 날은 고혹적인 모습을 하여 자신의 취향은 새롭기만 하였다. 멀뚱한 얼굴로 일을 접고 나서는 날은 뒤를 돌아보는 눈길 또한 예사롭지가 않았다. 집과 밭을 살피며 흔적을 점검하는 눈길이 고혹적이다. 대체로 만족하지만 남은 일을 염려하며 한숨짓는다. 먹는 것마저도 대충 때우다 보니 허기가 자주 왔다. 사람들 틈에서 움직이는 일도 기운이 빠져 힘겹다. 장터에서 만난 사람들 속에게 절로 밀쳐지는 바람에 어디로 가는지 모를 지경이다.

"어꾸져라! 우얀다고 사람을 이리도 밀치요? 사람 같잖아서 무시하나, 와이카노?"

영상댁은 화가 머리끝까지 치솟았다. 그러나 누구도 답하는 이가 없다는 것도 안다. 옷에서 오래 빨지를 않아 간장 냄새가 나기도 했다. 그토록 싫어하던 악취가 시끄러운 틈에서 풍기고 있었다.

"어데서 나는 냄새지?"

"뭔 냄새야. 간장을 엎질럿나?"

"주변에는 없는데 식당에서 나는 냄새도 아니고."

사람들은 옷가게를 벗어나면서 여러 번 구시렁거리며 지나쳤다. 그러나 그녀는 자신을 향해 비웃는 것도 무시하며 갔다. 햇빛이 아주 투명하고 특별했다. 마네킹의 옷들이 알록달록한 색깔로 둥근 얼굴에 잘 어울릴 것 같았다. 그러나 먼저 생각한 쪽으로 갔다. 약국을 찾아 펜잘을 구입하고 싶었다. 아주 간혹, 그녀는 머리가 아픈 날이 많았다. 집에는 비상약이라고는 남아 있지 않았다. 온몸에 힘이 빠진다. 저만치 등을 돌리고 다시 어판이 있는 곳에서 걸음을 멈췄다.

"어떻게 오셨나요?"

약사가 먼저 피죽도 못 먹은 듯이 보이는 영상댁을 향해 질문을 한다.

"가끔씩 머리가 아파요. 비상약으로 필요해서 그러는데예. 펜잘 한 통만 줘요."
그녀는 약사의 인상을 먼저 살폈다.
"그렇게나 많이 필요해요?"
약사는 의아한 눈빛으로 그녀를 살피며 질문한다.
"촌에 사는 사람이 읍에 한 번 오기가 여간 힘들어야 말이지요."
"예, 그럼 꼭 필요하다 싶으면 복용하세요."
약사는 필요에 따라 복용하기를 당부한다.
"당연하지요. 약이 뭐가 몸에 좋다고요."
그녀는 눈을 발끝에 두고 답했다.
"그럼 그렇게 하세요. 괜히 많이 복용해서 병원에 가고 하면 힘들잖아요."
그녀의 말이 옳다는 것인지 약사는 고개를 끄덕인다.
"알고 있어예……."
그녀는 새삼 느끼는 낯선 남자의 말을 고분고분 듣고 답하면서 말했다.
"천지가 정본데, 우예 모를라꼬예."
그녀는 순간 곰곰이 생각하더니 기분이 상했다. 자신을 너무 무시하는 듯 보였던지 약사를 향해 눈을 치켜세우며 돌아섰다. 남편만 살아 있었다면 한약으로도 처방을 해서 몸을 다스렸을 것이라는 생각을 잊지 못한다. 남편은 면허도 없는 한약방에서 몇 해 동안 어깨너머로 한방에 관한 처방을 배웠다. 이 또한 그녀의 판단이며 주변사람들은 그렇지 못했다. 허가도 안 낸 돌팔이 밑에서 배웠다고 소문이 자자했다. 그렇지만 그 돌팔이는 지식은 많으나 허가증이 없는 한의사가 맞았다. 소문은 왁자했으나 그녀는 남편의 재주를 인정한 것이다. 모든 소문은 그녀가 선택하는 것에 만족할 뿐이며 남편의 일에는 상당한 대우를 하는 편이다. 그래서일까. 그런 남편이 새삼 그립다. 야속하게도 일찍 저세상으로 떠나버린 것이 미울 지경이다. 그리움이 한꺼번에 몰려왔다. 숨이 끊어질 당시 온몸은 그야말로 미라를 닮은 채 불안감을 안겨준 남자다. 그의 죽음은 안타까움만 더했다. 뼈만 앙상하게 보이며 갔다. 아이들이 출가를 할 때도 그가 생각났다. 함께 하지 못하고 가버린 사람을 원망했다. 힘겨워서 의논하고 싶은 것을 잊지 못한다. 그때도 마찬가지로 그는 어디에도 찾아볼 수 없는 사람이었다. 살아 있었다면 누구에게도 무시당하지 않고 당당한 자신의 삶이라고 여겼다.

"다음 세상……?"
영상댁은 입 속에서 우물거리며 조금 웃는 듯했다. 대체로 만족한다는 뜻인지 표정이 밝았다. 어느 집 마당과 다름없는 밭은 그야말로 말끔했다. 마지막 햇살이 산을 넘어가고 있을 무렵 경운기의 할 일은 끝이 나버렸다는 듯 이웃은 고요했다. 다음 작물을 고심하고 있었다. 자신의 선택은 점점 희미하거나 계획이 따로 없었다. 생각나는 것은 오직 범위를 넓혀 고구마를 더 심어야 할 것 같았다. 많은 종자를 하자면 고구마 줄기의 순을 고랑마다 심어야 풍성한 결실이 따를 것 같았다. 이 또한 여러 가지의 유형들을 생각하면 어지러움이 동반한다. 그냥 이리저리 심어도 될 일이지만 반듯하게 이랑을 만들어야 했고 지난날 아들의 음악책에서 보았던 음계 표와 닮은 고구마 줄기를 심을 것이다. 누구도 사용하지 않는 작은 방에 들어가 창문을 열었다. 문득 바람이 일어 섬뜩한 기운이 났다. 표정은 잠시 자신이 머문 까닭을 걱정한다. 요즘 부쩍 생각을 멈추는 일도 겪었다. 도저히 생각할수록 기억이 없다. 다시 마루를 향해 갔다. 그 순간 자신이 왜 방으로 들어갔는지 알았다. 작년 농사일지를 찾기 위해서였다. 몇 장을 넘기고 다시 들여다보니 아주 간단하면서도 의미 없는 기록들로 빼곡한 메모를 발견한다. 덧붙인다면 비가 왔다는 것뿐이다. 매일매일 반복되는 일들이기에 마땅한 선택은 따로 없는 해였다. 오후 2시면 고구마순을 한 단에 1kg를 기준으로 무게를 달아 장사차가 오면 팔았다. 그날도 역시 혼자서 열심히 수확한 것이 열다섯 단이 전부였다. 혼자서 밭에 앉아 뻗어난 줄기를 따고, 다시 하나하나 잎을 따서 단을 뭉쳐야 상품이 되었다. 깔끔한 성격에 상품은 그야말로 다림질 수준이다. 그녀는 대충 하는 버릇이 아니다. 누군가 예뻐서 탄식을 하기도 했다.
"아이고, 온종일 다림질을 했나 보네."
"무슨 다림질씩이나······."
그녀는 눈을 힐끗한다.
"우린 솜씨가 그만그만하니 뽄(모양)이 없어 그러지."
"고마 행기지, 누군들 별수 있을라고?"
사실은 모두가 탄복하는 물건이다. 마음속으로는 심한 갈등이 교차했으며 반드시 저렇게 하고는 싶으나 수량을 늘리기 위한 수단으로는 어쩔 수 없었다. 그녀처럼 깔끔하게 생산하기란 어렵다고 여겼다. 값은 매일같이 하락하였다.
"웬만하면 쉽게 하면 수월하지."
"그렇다고 아무 따나(아무렇게) 해서야······."
"그래도 상품이니 정성은 들여야 잘 팔리지."
"그렇다고 영, 엉망으로 하면 상품 가치가 떨어지는데 모두가 신경을 써야지."
"당연한 말이지. 소비자 손에 쥐어지기까지 만족감을 줘야 되는 기라. 무조건 상품을 최우선으로 해서 팔아야 하는 기라."

"물론, 물건을 함부로 다뤄서는 안 되지."
늦게 도착한 수암댁이 내용의 일부를 알기나 한 듯 멀거니 앉아 끼어든다.
"상품이 빠꾸 돼서 돌아오면 우리만 손해지."
"하모! 값을 제대로 받아야 우리가 살지."
"모두가 신경을 써야지. 당연하고말고."
"우야든동! 우리 상품은 우리가 신경을 써야지. 누구 할 것 없이 잘 손질해서 팔아야 우리가 득인 기라."
"고구마순이 어디를 가든지, 우리 동네 상품은 으뜸이 되어야 하는 기라."
"하모, 하모! 낭연힌 말이고, 말고……."
500년 유래를 자랑하는 정자나무 아래서 일거수일투족이 똑같은 사람들이 모여 앉았다. 오랜 세월을 살았던 나무는 많은 이야기를 접하는 곳이다. 그렇게 많은 말을 하던 사람은 도대체 누구였을까. 세월이 많이 흘렀다. 그리고 다시 세대를 넘어 모여든 사람들로 북적대었다. 이런 가운데서도 마음에 구린내를 뽑아야 한다는 속셈도 따랐다. 어느 한 사람을 지목하지는 않았으나 서로가 조심하자는 경고나 다름없었다. 오랫동안 품은 원한도 말 못 하고 엿듣는다. 개인의 허물도 이 순간만은 필요치 않는 공동체가 의지하고 있었다. 서로 의지하고 믿지 못한다면 때론 허물과 모함이 싹트는 일은 당연했다. 이 또한 한때의 구실에 불과한 일이다. 나른한 한나절은 매미 소리가 끝임 없었다. 다른 꿈이 있는 일도 잠시 접어둔 상태다. 용기보단 비겁함이 있거나 잡다한 사건은 다음 날을 기억할 것이다. 그들은 마음 맞는 사람과 따로 모여서 이런 상황을 평가할 것이다.

스스로 닫아 버린 마음의 문은 햇볕 따가운 한나절이 되어

서다. 영상댁은 며칠 동안 묵언하며 밭에만 오고 가며 일했다. 사람들은 여전히 평소와 마찬가지로 말없는 하루를 예의 주시하는 눈길이다.
 "오늘은 뭔 소문을 못 들었나 보네?"
 가산댁이 논으로 가다 말고 영상댁을 보며 살폈다.
 "우얀다고 가던 길이나 가지?"
 영상댁은 안색이 다른 표정을 보이며 묻는다.
 "밥은 먹어감서 일하는 기가?"
 가산댁은 그녀의 행위가 조금 낯설어 보인다는 것을 느꼈다.
 "내가 자식이 많아서 그런지, 바람 잘 날 없거만은……."
 그녀는 안색이 무척 창백하였다.
 "어느 자식이 속 썩이노?"
 "동서남북 훌훌 떠나보내고 혼자서 편안히 살아가나 싶더니……."
 "결국 민기놈이 일을 쳤나 보네. 뭔 일이래?"
 속속들이 과정을 알고 있는 가산댁은 내심 궁금한 기색이다.
 "밥벌이가 안 되는지 신분을 못하고 산다. 우예 맘이 안 아플 끼고."
 "요즘 경기가 없다는데 직장에서 짤린나 보네?"
 "고 마, 있는 직장에서 꾸준하게 붙어서 일하지 않고 막살하더니, 여편네가 바람이 났는지 집구석을 나갔다 카네. 빌어먹을 자식! 자식새끼가 둘씩이나 있는 놈이 뭔 바람이 불어서 직장을 걷어치우고 나왔는지 모르겠다."
 "아이가, 그러면 뭘 해서 먹고 살 낀데. 자슥, 고마 진득하니 붙어 있지 않고. 뭔다고 직장은 걷어차고 나왔을고."
 "저러니 여편네가 붙어 있겠나. 고마! 내 애간장이 녹는다,

녹아."
 "지 애비가 살았음, 공부라도 더 시켰음 차라리 나았을지도 모르지."
 "그래도 지 능력껏 해서 먹고살아야지. 첫술에 배부를 끼라고……."
 그녀는 마디마디 삭신이 아픈 데가 많다고 노래처럼 말하며 넋두리했다. 어느 날부터는 가슴이 빠개질 듯 아파했다.
 "그래도……."
 가산댁이 가볍게 눈을 흘기며 피식 웃는다. 그녀가 막 일어서는데 전화가 왔다.
 "아이고 이놈의 폰은 갖고 일하자니 짐이거만은……."
 그녀는 다급히 전화를 받았다.
 "아무 일 없다던데 뭔 일이고?"
 두 눈에 의심스러움이 반이고 두려움의 반 같았다.
 "무슨 일인데?"
 가산댁이 그녀의 눈빛을 살피며 다그친다.
 "아이고 이놈의 자식……."
 그녀는 자리에 주저앉고 말았다. 숨을 고르더니 다시금 일어났다. 상체를 구부정하게 숙이고서 한 걸음씩 뒤뚝거리며 굼떠 보인다. 오른편 다리를 내디딘 후 왼편 다리를 끌어당기고 다시 오른편 다리에 체중을 옮겨 걷는다.
 "이놈의 자식을 그냥!"
 잔뜩 겁을 먹은 눈빛으로 몸이 휘청한다.
 "우얀다꼬! 별일 아니라고 심드렁하더니 큰일이 나도 난 모양이네?"
 가산댁이 그녀의 팔을 당긴다. 자칫하면 넘어질 기세였다.
 "내가 얼른 부산으로 가봐야 할 것 같다."
 그녀는 전화를 끊기도 전에 황급히 뛰었다. 눈을 반쯤 감은 채 희미하게 바라보던 가산댁은 정신없이 가는 그녀의 뒤를 살핀다.
"뭔 일인지는 모르지만 얼른 가봐라."
가산댁이 맥이 탁 풀렸다. 혀를 차더니 마냥 혼란스러운 표정이다. 전화 내용을 몰라 위태위태하게 붙잡고 있었다. 지난 일이야 기쁜 일도 많았을 터인데 어찌 된 일인지 슬픔만 가득한 그녀가 걱정스럽다. 불길한 징조가 있기라도 한 것인지 그녀의 당황스러움이 궁금했다.
"그새, 준비하고 나오나."
열쇠를 다시 구멍에서 빼낸 그녀는 한 발짝 물러나 문을 쳐다보았다. 대문은 항상 열려 있으나 유독 먼 길을 나서면 대문을 잠근다. 가져갈 물건이라고는 없을 듯한데, 그녀는 길을 나서면 반드시 문을 잠그는 데 신경을 썼다.
"우얀다고 내 새끼가······."
그녀는 긴 숨을 몰아쉬고 택시가 오기를 기다렸다. 입안이 타들어갔다. 차가 오기까지 숨이 막힐 것 같았다. 너무나 갑작스러운 비보를 듣더니 피가 마르는 듯했다. 아무래도 자식을 보고 오자면 며칠을 넘겨야 할 것 같았다.

장마가 끝나고 도랑의 물이 제법 불어나고 거친 곡선을 그리며 콸콸 흘러내렸다. 물살은 위엄이 따랐다. 몇 해 전에 정신없는 여자가 발을 씻는다고 옷을 걷어 올리며 들어서더니 새신을 그냥 떠내려 보내던 곳이다. 그러나 고통은 찾아오지 않았다. 자신의 발아래를 내려다보았으나 아무런 일이 없었음을 발견한다. 윤석은 튀어나온 배를 만지며 소문에 민감해 있다. 그는 예민한 만큼 영리했다. 그렇지만 그는 더 빠른 속도로 핸들을 홱 돌리더니 마을을 빠져나가는 택시를 발견한다. 바로 그때 마을에서 놀라운 기적이 벌어지고 있었다. 결국은 그녀의 부재를 발견한 까닭이 소문으로 전해져 왔다. 소문이 급속도로 퍼졌다. 마을회관은 소문이 빨랐다. 여러 광장을 휘돌아 잠시 만에 우편배달부의 입소문을 타고 그녀의 가정사가 퍼져갔다. 간밤에 그의 아들이 뇌출혈로 쓰러져 중환자실에 입원 중이라고 했다. 아마도 아들이 죽게 되면 며느리는 둘씩이나 있는 자식을 버리고 떠난다는 소문이 퍼졌다. 병원비도 만만찮은데 이 또한 그녀의 몫이 되어 고스란히 손자들까지 도맡아 키우게 생겼다고 한다.

"처자식이 있는 놈이 어쩌다 저렇게 됐을 고. 스트레스가 많았나 보네."

"도시에서 하루 벌어 살아도 입 칠은 해야 된다는 데, 집안에 눌러앉아 놀고먹는데, 어떤 년이 좋다고 붙어 살 끼고. 가뜩이나 젊은 여편네가 말이지."

"참, 기가 찰 노릇이겠다!"

"근심이 산더미 같겠다."

"요즘 사람들은 옛날 하고는 많이 달라서 맘에 안 들면 뺵! 하면 집을 나간단다."

"기가 찰 노릇이지."

"세상인심이 많이도 변했다."

"애가 있는 여자가 뭔 부귀영화를 누릴 끼라고."

"도대체가 배워먹지 못한 것이 그런 짓을 하지."

"참으로 한심한 일이지."

"어디서 저런 여편네를 만났을 고."

"복이 그것뿐인데 누구를 탓할 끼고."

"너무 기가 찰 노릇이라 그러지."

아무리 자주 겪어도 익숙해지지 않는 것들이 있다. 일단 변소에 가는 것밖에는 달리 방도가 없는 문제였다. 배에서 자꾸 꾸르륵거린다. 남의 걱정 때문에 신경을 쓴 탓인지 신호가 왔다. 윤석은 술을 먹은 것도 아닌데 속이 쓰렸다.
"많이도 먹더니 배가 신호를 안 했을라고……."
윤석의 아내는 웃는 듯했지만 걱정이다. 하필 시내에 나가 여러 곳을 찾아가 일을 봐야 할 일이 태산 같다. 운전이 안 되는 탓에 윤석의 동태만 살핀다. 윤석의 아내는 다시 신발을 벗고 들어서야 할 일이 난감했다.
"하필이면 이런 중요한 때 변소가요?"
그녀는 내심 초조하다. 해안에 다녀와야 잊을 것 같았다. 더욱더 난감한 일은 윤석이 볼일을 다 마쳐야 일의 순서가 진행되었다.
"속이 썩어서 원!"
"오늘 못하면 내일 하면 되지. 뭔 걱정이고."
"저렇게 태평스럽기는. 천 날 만날 일을 갖고 미루는 일은 당신뿐이지."
오늘은 그가 혼자 힘으로 움직였다는 것만 다를 뿐이다. 아침을 먹지 않겠다는 사람을 억지로 먹여서 그런지 마당 가운데서 무작정 기다려야 했다.
"어차피 가는 길에 빠짐없이 볼일 보도록 메모나 해두지. 미적거리지 말고 볼 일을 볼 수 있도록 말이야."
윤석은 변소에서 소리치며 당부를 한다. 어차피 나설 일이라는 것을 암시한 것이다. 그러면서도 의외라는 표정을 짓는다. 늘 어렵기만 하던 그의 말은 무척 조심스럽다. 순서를 재촉하는 소리에 정신을 가다듬다가 조금 전까지만 해도 한산했다는 생각을 한다. 순간순간 생각 없이 머뭇하더니 정신을 놓고 앉았다. 그의 아내는 마루에 누워 나온 뱃살을 만지작거리며 그를 기다렸다.

앵무산

앵무산

하늘은 푸르고 맑았다. 그럼에도 불구하고 입안은 온통 가을 낙엽으로 불쏘시개가 된 것처럼 바싹바싹 타들어 갔다. 지영은 엊그제 보았던 TV드라마가 생각났다. 의사가 주인공에게 암이라고 전하는 것을 기억한다. 그런 생각을 떨칠 수 없는 것은 당연했다. 병원에서 온종일 세밀한 판독을 하기 위해 분야가 다른 의사를 만나고 그들이 지시한 대로 진찰을 받아야 했다. 도대체 무슨 병이 생겼다는 건지 초조하다. 구체적인 용어는 알아들을 수 없었고 의사의 말 가운데 암이라는 말만 골수에 박혔다. 그 순간 머릿속은 희미해지고 어떤 생각도 할 수가 없게 되었다. 불과 닷새 전에도 잘 아는 병원을 찾아 건강검진을 받았으나 의사는 곧장 큰 병원으로 가보라는 충고만 해주었다. 사실 대학병원을 들먹일 때부터 머릿속은 아무런 생각이 없어지고 기분은 온종일 종잡을 수 없었다. 도대체 몸의 구조 가운데 어디가 탈이 났다는 것인지 걱정스럽다.

"김지영 씨!"

간호사는 복도에서 대기 중인 지영을 소리쳐 불렀다.

"네?"

간호사의 부름에 온몸은 초조하였으며 가슴이 두근거렸다.
"보호자 분은요?"
간호사가 혼자 앉은 지영을 살피더니 미간이 일그러진다.
"……!"
지영은 의아했다.
"일단 들어오세요."
간호사는 어이가 없다는 표정을 지으며 의사 앞으로 지영을 안내했다.
"어디 불편한 곳은 없었어요?"
의사는 모니터를 지켜보며 지영에게 눈길도 주지 않고 분석 중이다.
"뭐가 잘 못 되었나요?"
지영은 날카롭게 의사의 표정을 살핀다.
"음……."
의사는 대답을 무시한 채 별다른 말이 없었다. 그렇지만 의사의 냉정한 표정은 지영에게 구체적인 말을 전하고 싶어 했다.
"……?"
무슨 말을 할지 몰라 가슴이 두근거리고 말초신경 곳곳이 반란을 일으켰다.
"지영 씨! 지금 기분은 어때요?"
의사는 생뚱맞게 환자에게 안정감을 주려는 의도로 물었다.
"……?"
"아픈 곳은 없어요."
"네?"
의사는 긴 한숨부터 쉬더니 지영의 표정을 지켜보고 있었다.

"빠른 시일 내에 수술날짜를 잡아야겠어요. 오늘 중으로 가족과 의논하세요."
"……!"
지영은 가슴이 철렁하여 말문을 닫은 채 간호사의 이끌림에 의해 의자에 앉는다.
"하루빨리 가족과 의논하시고 수술 날짜를 잡도록 하세요."
의사는 이런 말을 남기며 의학용어로 여러 가지 말을 전하였으나 지영으로서는 알아들을 수 없는 말 뿐이었다. 그 이후로 생각의 깊이가 없어졌다. 어느 곳으로 발걸음을 옮겨야 할지 몰라 비틀거린다.
"하나님! 제가 왜 이런 병에 걸려야 해요? 도대체 나더러 어쩌라고……."
지영은 선택의 여지를 찾지 못해 기도만 했다. 한편으로는 가진 돈이 없어 걱정이다.
"내가 수중에 갖고 있는 돈이 얼마나 될까. 개뿔 가진 것이 있어야 수술이고 뭐고 할 텐데 어떻게……."
자신을 위해 비자금이라고는 없는 신분이다. 남편태수는 무슨 영문인지 지영과 달랐다. 지영에게 심한 모욕과 무시로 평생을 기억에서 지울 수 없는 말만 남겼다. 그는 구두쇠로 돈을 움켜쥐면 내놓을 줄을 몰랐다. 속을 끓이는 일은 흔한 제목이다. 앞으로 적지 않은 병원비가 걱정되었다. 그의 손에서 돈을 받아내기란 어려운 건 사실이다. 부부라지만 항상 어색하고 인색함은 서로가 모르는 버릇이다. 매번 생활비로 싸우는 일이 많았다. 진료의 경험이 없는 상황에 이 또한 난처하다. 태수에게서 특별한 관심과 보살핌이 필요로 할 텐데 앞으로의 일이 걱정이다.
"복 없는 년은 이렇게 죽으라는 팔자야……."

지영은 혼자서 중얼거린다. 건강했을 때는 하루에도 열두 번 죽었으면 했다. 한낮 대로에서 누가 보든 말든 태수와 바락바락 기싸움을 할 때다. 그런 날은 얼른 죽기를 원했다. 그런데 죽음이 코앞에 닿았다는 생각을 하니 지난날이 무색하다. 누구에게도 손을 내밀어 도움을 청할 수 없는 일이다. 친구도 없이 오직 가정에만 몰입하며 살아야 했던 삶이다. 남들처럼 동창회도 가보지 못하고 형제가 있다지만 제각기 먹고살기에 급급했다. 문을 굳게 닫고 울거나 대꾸도 않고 방바닥에 주저앉아 발을 구르며 발악한다. 눈물로써 신께 하소연하지만 기운만 빠지고 우울함만 더했다. 곧 닥칠 죽음만 생각하면 한숨이 절로 났다. 중얼중얼하다가 눈앞의 물체마저도 보이지 않았다. 꽃이 피었으나 꽃이 있음을 보지 못한다. 아련한 생각은 철없이 놀았던 기억만 가물가물했다. 어린 날의 기억이 다시 생각났다. 고향에 있는 선산은 앵무산에 있었다. 앵무산에는 엄마가 묻힌 곳이다. 지금도 그 모습 그대로를 기억한다. 길 떠날 준비를 서둘러 산을 넘어서 방황하다 죽어야겠다는 생각도 해보았다.

태수는 다음 날 병원으로 전화를 걸어야겠다는 마음을 먹는다. 그로서는 지영의 상태를 제대로 알기 위함이었다. 그렇지만 그의 행위를 말없이 지켜보던 지영은 너무 기막혔다. 가족이 갑자기 아픈 일이 생겼다는데 병원으로 함께 동행하지는 못하면서 전화를 하겠다고 난리다.

"집에 앉아서 전화만 한다고 대책이 나와?"

지영이 매서운 눈길을 하며 아우성이다.

"자세히 알려는 것뿐이야!"

지영은 말문이 막힌다. 생각이 저 모양이니 말을 섞어 무엇 하랴 싶다. 태수의 생각으로는 최대한의 방법이라고 여긴다.

"당신은 항상 그 모양이야! 최대한 어떻게 처리를 해야 하는지를 몰라?"

지영이 태수의 동작을 지켜보며 발끈한다. 겨우 환갑을 넘기고 3년을 더 살았다. 그런데 이즈음에 와서 암이란 병명을 계급장처럼 얻었다고 생각하니 억울하다. 앞으로 얼마를 더 살게 될지 두려움이 앞선다. 인생사 의지만으로 되는 일은 없었다.

"병원부터 갈까?"

태수는 단호한 결단을 하더니 지영의 눈치를 살피며 얼버무린다. 그는 어떻게 해야 할지를 몰라 허둥댄다. 아내의 말은 실감이 나지 않는다고 여긴다. 한바탕 난리를 멈추고 옷을 주섬주섬 입었다. 태수의 느릿한 동작을 살피던 지영도 따라서 움직였다. 그의 느릿느릿한 걸음을 앞질러 병원으로 향한다. 보호자가 필요하다고 하니 태수를 데리고 가야 할 형편이다. 깡마르고 작은 키를 가진 태수는 지영의 뒤를 강아지처럼 졸졸 따른다. 지영의 체구 또한 작은 키에 뼈만 앙상하다. 병원까지 동행하는 일은 그로서는 의무로 여겼는지 원무과 앞에서 머뭇거렸다. 보호자인 자신이 접수를 해야 한다는 것을 모르고 있다. 아내가 어려움에 처한 상태임에도 불구하고 나서지 못하고 있다. 지영이보다 못해 환자인 자신이 접수를 하면서도 자신을 위해 어떻게 처리를 할지 한숨만 나온다. 전문의가 있는 복도에서 대기 중임에도 불구하고 자꾸 화가 치민다. 의사는 수술로 인해 부재중이더니 갑자기 바람을 일으키며 달려오고 있었다.

"남편 되세요?"

의사는 태수의 앙상함을 바라보더니 눈길을 돌린다.

"예!"

태수는 작은 소리로 인사를 하는 둥 마는 둥이다. 의사는 상황을 조목조목 태수에게 설명해 주었다. 지영은 난소암 4기로 암이 간장과 복강 밖으로 전이된 상태라 말해 주었다.
"다음 주 15일쯤 수술을 하기로 하죠?"
의사는 태수에게 조금도 틈을 주지 않았다.
"그렇게 준비하고 오겠습니다."
태수는 여유를 갖고 병명에 관한 질문은 아무것도 못했다. 모든 과정은 의사에게 맡기겠다는 심정이다. 그날 이후로 마음이 초조해졌다. 오랜 과정이 지났으나 입담이 없는 건 평소와 다름없었다. 눈길은 여전히 지영의 표정만 흘깃흘깃 본다.
"뭐라도 해서 먹도록 하지?"
집에 돌아온 태수는 기어들어 가는 말을 하면서 지영의 눈치를 살핀다. 지영은 절망감에 울고 있더니 싸늘한 표정을 짓는다.
"내 꼴이 이 모양인데 내 손으로 뭘 해서 먹으라고……."
지영은 화가 머리끝까지 치솟는다. 최악에 가까운 음성으로 바락바락 소리친다. 아무리 생각이 짧다고는 하지만 언제 죽을지 모를 자신을 향해 먹을 것을 해서 먹으라니 섭섭했다. 태수는 어떻게든 먹을 것을 마련해서 먹이겠다는 동정은 없어 보였다. 오직 지영과 자신을 위해 먹기를 종용했다.
"복 없는 년은 살아서도 이 모양이니 차라리 죽는 일이 낫겠지!"
지영은 태수를 노려보며 악을 쓴다. 그동안 별것도 아닌 일에 마음을 빼앗기고 걱정하고 아등바등 사는 일상이 헛되었다는 생각을 한다. 모든 것이 허무하기 짝이 없다고 여긴다. 애정은 어디에도 찾아볼 수 없는 남자다. 생각만 하면 곱씹을 일만 가득이다. 존재의 가치가 붕괴되고 외면하는 일만 따랐다. 온종일 그런 생각에만 연연하더니 팔자를 한탄한다.

단순히 정신적인 차원을 넘어 죽을 사람과 살아있는 사람과의 관계를 두고 생각이 깊어진다. 집안을 살폈다. 수술 후 자신이 깨어날지를 염려하며 곳곳을 살핀다. 산 자에게 떠나는 자신을 생각하며 최종적인 자신의 흔적을 살핀다. 이렇게 살아왔건만 결국은 암으로 인해 허물어짐을 통탄한다. 아무것도 남기고 갈 것은 없다고 여긴다. 뜬눈으로 밤을 지새우더니 새벽이 가까워지자 교회를 찾아 나섰다. 길목은 여전히 희뿌연 안개가 길을 막는다. 새벽 기온은 어디가 어딘지 알 수 없을 정도로 뿌옇다. 그동안 다녔던 길도 어디가 어딘지 구분이 어렵다. 한참을 걸었으나 겨우 십자가가 있는 교회를 발견한다. 주변은 그야말로 조용한 시각이다. 하나님을 향해 기도를 하며 통곡한다. 완전한 절벽 앞에서 막다른 길에 서 있음을 절규한다. 앞으로 얼마 동안 가족과 함께 지낼 수 있을지 기약이 없음을 불안해한다. 예정대로 일주일 후 수술 날짜가 잡혔다는 연락을 받은 아들이 먼 거리에서 달려와 주었다. 죽음이 코앞에 닿았다는 사실을 실감하는지 허둥댄다.

"엄마……."

영수의 다급한 목소리가 현관문이 부서질 듯했다. 깡마른 체구의 엄마를 부둥켜안는 영수는 하염없이 눈물을 흘렸다. 혹시라도 오진일 수도 있다는 착각을 하며 달려온 듯했다. 어딘가 잘못되었다고 생각하면서도 어디서부터 수습을 해야 할지 몰라 몸서리친다.

"왜? 아직은 아니야! 울지 마! 내가 죽거든 울어!"

지영이 매몰차게 걱정하는 아들에게 말한다.

"……."

영수는 말문이 막힌다.

"엄마가 살아 있는 동안은 절대로 울지 마!"

지영이 영수에게 당부를 하듯 최대한의 표정을 짓는다.

"엄마!"
 영수는 엄마를 안심시키려 안간힘을 쓴다. 갈라진 목소리를 내며 돌아서더니 어깨를 들썩인다. 엄마가 자신에게 매몰찬 소리를 해서가 아니다. 너무나 뜻밖의 일에 당혹스럽다.
 "엄마! 수술해서 오래오래 살아야 해! 요즘은 의학이 좋잖아?"
 "그렇게 할게! 넌 아직도 빈속이지?"
 지영은 뜻밖에 서울서 찾아온 아들을 염려한다.
 "엄마! 내가 지금 배고픈 게 문제가 아니야!"
 "기다려! 밥 해 줄게……."
 지영은 힘없이 일어나더니 아들에게 밥을 차릴 생각이다. 더듬더듬 걸어가더니 냉장고에 있는 아욱을 꺼내 국을 끓일 참이다. 밥을 짓고 국이 보글보글 끓는 모습을 영수는 지켜본다. 자식을 위한 일이라면 아픔이 없어 보였다. 자식에게 먹일 것을 생각하니 아프지가 않았다. 기억이 많은 것을 잊고 움직여야 자식이 울지 않을 것 같았다. 엄마 곁에서 영수는 배가 고팠던지 허겁지겁 먹었다. 그 모습을 지켜보던 지영이 애처로워 소리 없는 한숨을 쉰다.
 "어쩌자고 굶고 다녀?"
 지영은 아들의 모습을 측은해하면서 등을 쓸어내린다. 한편으로는 가슴속이 찌릿해지고 미열이 돌았다. 아들을 생각하면 집채만 한 바윗덩어리를 안은 기분이다.
 "엄마!"
 영수는 끝내 목구멍에서 밥알이 넘어가지도 못하고 멈춘다. 엄마가 해주는 마지막 밥상이라고 생각하니 더욱 울먹인다. 자신의 아픔을 참아가며 아들의 배고픔을 걱정하는 것이 가슴을 더 후벼 팠다. 허기를 면하기에는 터무니없는 양이지만 뭐라도 씹지 않으면 엄마를 위로할 수가 없었다. 먹는 시늉을 하여야 엄마를 위할 것 같았다. 엄마가 해준 밥이 언제 먹어보고 처음인지 모른다. 설날 이후로 처음이다.
"무엇이 달라질 게 있겠냐. 어리석은 네 아버지를 대신해서 중심을 잡고 살아!"
지영은 아들의 눈을 뚫어지게 바라보며 거두절미하고 정곡을 찔렀다.
"……."
영수는 반문하기도 어렵다. 엄마의 말은 유언 같았다. 소파에 깊숙이 몸을 묻고 눈을 감고 있는 모습을 바라본다.
"넌, 네 식구인데 가슴에 대못을 박는 일은 하지 마! 네 아버지처럼 그렇게 굴지 말라는 뜻이야!"
"알았어요. 제가 알아서 할 테니 걱정 말아요. 그런 건 왜 묻는 거죠?"
영수는 반문하며 무슨 얘기를 꺼낼까 고민이다.
"넌! 어떤 땐, 네 아버지 같은 짓을 하고 있어. 경우에 따라서는 가능할 수도 있겠지. 누구 새낀데."
"엄마, 속단하지 마세요. 제가 알아서 해요. 기운 빠지게 걱정 마세요."
영수는 시선을 받기가 부끄러웠다. 엄마의 물음에 답하지도 못하고 고개만 떨군다.
"알겠니?"
지영은 잠시 허공을 바라보며 확신에 찬 대답을 원했다. 마음속 깊이 애절한 절규로 기도한다. 남은 식구들의 만수무강을 기원한다. 그러면서도 순간순간 찡그린 얼굴로 슬그머니 눈을 감는다. 자세를 바로 하고 잠시 호흡을 조절하더니 가늘고 긴 손가락 끝에 온몸의 힘을 다 모으고 통통 부은 오른쪽 다리를 잡고 지압을 하기 시작했다. 지압을 하는 동안 팔을 파르르 떨었다. 마음의 평정을 찾으려 하지만 등골에서는 식은땀이 났다.
 "영수야! 세상살이가 뜻대로 되는 일은 없단다. 독단적으로 생각하지 말고 수임이랑 싸우지도 말고 어떤 일이든지 항상 의논하며 살아야 해. 여자 말을 잘 들으면 집안이 편해."
 지영은 마지막 유언을 남기듯 각인시킨다.
 "엄마, 기운 떨어져! 엄마 말대로 꼭 그렇게 할게!"
 영수는 순간 목구멍에서 차오르는 울분을 삼키느라 힘겹다. 복잡한 대도시의 공기가 답답하다고 여긴다. 환경이 문제인지 엄마의 건강이 왜 저럴까 싶다. 다음 날 아침 해가 밝을 무렵 여수로 향했다. 율촌 두봉행 31번 시내버스를 타고 봉두마을에서 내렸다. 지난날의 추억이 많은 동네를 찾아 나섰다. 푸름이 가득한 숲길에 도착하자 풀 냄새가 반겨 주있다. 지영의 부모님은 뱃일을 나가셨다가 집채 만 한 파도를 만나 사고로 돌아가셨다. 삼 형제가 성장하면서 많이도 힘들었던 고향이다. 그러던 세월이 엊그제 같다.
 "왐마, 이게 누구여? 목포댁이 딸! 지영이 아녀?"
 유모차를 의지하며 허리가 굽은 엄마 친구를 만났다. 지영의 눈빛은 엄마를 보는 듯 눈물이 핑 돈다.
 "경자 어머니?"
 "이것이 누구여! 날 기억하고 있었냐? 아가! 그려, 나 경자 엄니여! 워매, 까딱하면 몰라봤것다. 시방, 엄니 산소에 갈려고 오는 겨?"
 "네, 그간 평안하셨어요?"
 "암만, 넌 위쩌고 사냐? 우리 경자는 엊그제 다녀갔어."
 "경자는 종종 다녀가죠?"
 "그라제, 왐만! 너도 엄니가 시방까지 살았음, 월매나 반가워할 껴!"
 "그럼요······."

지영은 참았던 눈물이 왈칵한다.
"아가! 울긴 왜 운다고! 괜찮아야! 거시기, 이서방도 잘 있 짜?"
"네!"
지영이 울컥하여 말을 잇지 못한다.
"이러지 말고 울 집에 가서 물이라도 한 사발 마시고 가 제? 언능!"
"괜찮아요. 곧바로 가봐야 해요. 오래도록 건강하게 사셔 요."
지영이 음성이 가냘프게 떨린다. 바쁨 속에서도 늘 엄마의 산소를 찾고 싶었던 세월이기도 했다. 결국 육신이 망가져 갈 때 찾은 곳이 고향 땅이 되어 버렸다. 앵무산 아래 그토록 그립던 엄마의 산소가 보였다.
"그랴, 그랴! 언능 일 보고 후딱 가봐야제. 워메, 이것이 참말로 월매 만이여!"
지영은 엄마와 고향이 같은 목포댁을 잊지 못한다. 목포 댁이 안타까운 마음에 눈물을 글썽인다. 참으로 많은 시간이 흘렀다는 것을 느낀다. 장사를 한답시고 고향 땅을 밟기가 어려웠다는 지영을 애처롭게 바라본다. 지영이 결혼 후 40년 만에 찾은 고향이다. 아무리 둘러봐도 고향 산천은 그대로 였다. 자신의 모습을 그대로 받아 주는 고향이다. 언덕을 오 르자 엄마가 있는 산소에는 풀이 무성하였다. 엄마를 대신해 엉겅퀴꽃이 반겨주는 듯했다. 엄마를 만난 듯 마음의 병을 잠시 잊을 수 있었다. 햇볕은 따갑고 먼 바닷바람이 코끝을 스치며 지나갔다. 얼굴은 조금씩 빨개지고 두 눈에서는 눈물 이 가득 고였다. 그런 자신의 얼굴을 아들에게 보여주기 싫 어서 이마로 흘러내리는 머리를 만지는 시늉을 한다. 영수를 보기가 힘겹다. 서로는 이별을 준비할 것처럼 가슴을 쥐어짜며 통곡한다. 그런 엄마를 조심스럽게 불렀다. 멍한 눈길로 바다를 바라보는 엄마였다.
"엄마!"
영수의 외침이 있을 즈음 엎드려 통곡하던 지영이 기운을 잃은 채 고개를 돌린다. 아무도 참견하지 않을 것 같았는데 영수의 부축에 의해 정신이 든다.
"……"
지영이 몸을 돌렸다. 시선을 위로 약간 치뜨고 있는 지영의 두 눈에는 강한 빛이 뿜어져 나왔다. 낮은 소리로 자신이 감당해 왔던 고뇌를 그리고 분노를 기억하면 가슴이 터질 것 같았다. 화가 너무 많이 쌓여서 풀 곳이 없었다.
"……"
얼마간 그렇게 서 있던 지영은 허공에서 번뜩이는 것 같은 흔적을 발견한다. 미처 알아차릴 수 없는 데도 불구하고 불쑥불쑥 드러나는 모습을 본다. 자신이 알고 있는 저런 모습을 기억하지 않을 수 없었다. 그리곤 끝없이 먼 산길을 따라 눈길을 둔다. 한참 동안 그런 생각을 더듬어 가던 지영은 자신의 가슴속이 뻥 하고 뚫고 나가는 것 같았다. 적막 속에 잠겨 있었더니 시간이 언제 지나쳐버렸는지 놀랍기만 하다. 아까처럼 다시 거대한 바람이 훅하고 지나쳤다. 나무숲에서 부는 바람이 얼굴을 스치며 갔다. 오랜 시간을 울먹이고 있었다. 고개를 숙이고 앉아 너무 괴로워 풀을 거머쥐고 당긴다. 격한 분노를 어찌지 못하는 시늉 같았다. 평소 표정대로 상을 찡그리고 앉아 골똘히 생각에 잠긴다. 영수에게 무슨 부탁을 하고 가야 하나 싶어 고민이 많았다.
"난 이렇게 살다 가지만 넌 후회할 짓은 하지 말고 살아!"
겨우 꺼내는 말은 이런 평범한 말을 하고 말았다.
"네?"

영수는 귀를 의심한다. 너무 조용했었는데 지영의 말이 의아했다.
"……."
지영은 말을 하다 말고 다시 숙연해진다.
"알았어요. 너무 걱정하지 마세요."
"……."
지영은 약속이나 한 듯이 영수의 다짐을 확인한다.
"엄마, 엄마는 수술만 하면 되는 거예요. 최악의 상황까지 생각지 말아요."
영수는 지영의 어깨를 껴안으며 안심을 시키려 한다.
"넌 내가 믿어 왔던 자식이었어. 아비를 닮지 말았음 한다. 그것이 내가 하고 싶은 말이야."
지영은 영수에게 왠지 마지막 유언을 남기듯 강요한다. 얼굴이 다시 붉어졌다.
"잘 알아요."
"……."
자신의 감정으로서는 이야기를 나눌 수 없었다. 주변은 고요했다. 그 누구도 없는 곳이다. 영수에게 다짐을 받듯 반복해서 하고 싶은 말을 전했다. 해가 떨어질 무렵 한길을 따라 걷다 보니 동네와 가까웠다. 아무런 생각도 없이 하늘을 바라본다. 마지막이 될지 모를 고향 하늘을 아껴서 바라본다. 대나무로 무성해져 있는 집터는 어떤 물건도 남아 있지 않았다. 버스는 제시간에 승강장 앞에 닿았다. 버스가 동네를 지나쳤을 때 창 쪽으로 몸을 기대고 앉아 앵무산 자락을 바라본다. 하필이면 낮에 보았던 엄마의 무덤을 볼 수 있는 지점에 앉았다. 예측도 못했던 일정이었다. 누군가를 태우기 위해 버스가 멈췄다. 그런데 탈 사람은 없고 슬픔이 끝나 보이는 노인이 버스에서 내렸다. 얼굴의 윤곽을 자세히 보면 어릴 적 보았던 분이 아닐까 싶어 살폈다. 그러나 사정은 달랐다. 타들어 가는 갈증으로 인해 몸은 하루만 의지할 것 같은 기분이다. 입술부터 팔꿈치까지 살점이 하나 없는 가죽만 남아 몹시 지쳤다.

지영의 수술은 많이 지체되었다. 의사의 말에 의하면 말기 암 4기는 수술만으로는 완벽하게 제거가 불가능하다는 말을 남겼다. 암 부위가 많이 전이가 된 상태라 그런지 예정대로라면 8시간이지만 아직도 끝이 보이지 않았다.
"워쩌! 무슨 수술을 요로코롬 더디게 한다야!"
수연이 애간장이 타다. 지난해 남동생이 폐암으로 죽더니 꼭 일 년 만에 언니가 암 수술을 한다고 해서 불이 나게 달려왔다. 소식을 전해 듣고 여수에서 달려왔다. 불쌍하게 자랐던 형제들임을 수없이 되뇌었다.
"언니, 워쩌다 이렇게 되었오! 워쩌다가…….."
수연이 참다못해 수술실 앞에서 눈물이 비 오듯 한다. 태수는 그런 모습을 지켜보며 멀뚱한 표정이다. 수연은 언니에게서 전해 들은 대로 형부는 잔정이 없음을 눈여겨본다. 그런 태수를 실눈으로 노려보며 섭섭함을 토한다.
"참말로 기가 찰 노릇이여!"
"처제, 기운 빠져! 그만 하지!"
태수는 위로랍시고 대성통곡하는 수연을 작은 목소리로 달랜다.
"시방 나들어 기운 빠진다고요?"
수연이 과격한 태도로 태수 앞을 가로막는다.
"그만해!"
태수는 풀이 죽은 듯 소리가 기어들어 간다.
"언니가 왜 저토록 병이 났는지 알기나 혀요? 정말 징허게 굴었던 것 아니것오? 내 말 안 혀도 다 앙께로……."
"내가 지금에 와서 무슨 말을 하겠어!"
아무런 대책이 없는 태수는 수연을 달래기 위해 안달이다.
"살면서 월메나 속을 태웠으면 저 짝이 났것오? 오죽하면 저렇게 되었을까요잉? 내가 들어 볼 때 그놈의 돈은 죽으면 짊어지고 갈 거요? 언니인데 하찮은 돈 갖고 멸시나 하고 월매나 속을 끓였으면 저 지경이 낫겠소."
수연은 지영에게서 전해 들은 소소한 이야기를 술술 풀어 놓는다. 태수는 그 어떤 말도 잇지 못하고 고개만 숙이고 있다.
"형부를 보면 제 속이 답답혀요!"
"……."
태수는 말문이 막힌다. 평소처럼 말수가 적은 탓에 말을 잇지 못한다. 지영이 해왔던 말처럼 수연이 막 한다. 태수의 성격은 꼬장꼬장하고 고지식하다고 각인시킨다.
"이제 와서 무슨 소용이 있다고!"
태수는 한숨을 지으며 얼버무린다. 그리고 다시 미묘한 감정이 차올랐다.
"뭐 다요? 이제 와서 워쩌요? 그러니까, 평소에 언니인데 잘했음 이 지경까지는 안 되었을 것 아니요. 그놈의 꼬장꼬장한 성격은 뭣 땜시 갖고 산다요? 사람이 살면 월매나 산다고!"
"……!"
태수는 무슨 말을 해야 할지 몰라 안절부절이다.
"이모! 여기서 이러시면 곤란해요. 그만 하세요."
영수는 기운 없는 몸짓을 하며 수연을 달랜다.
"너도 알제? 네 아비의 행실을?"
"알아요."

영수는 사태를 무마시키기 위해 수연을 의자로 데려가더니 힘으로 앉힌다.

"워메, 참말로! 나 그동안 언니 얼굴을 봄서 느낀 것 인디, 참말로 말도 못 하게 고생께나 시켰던 갚소!"

"……."

태수는 아무런 말을 못 하고 눈길을 발등에 두고 있었다. 수연이 모여 있는 가족들 앞에서 원망을 해대었다. 이런 점에서 태수의 역할은 아무것도 할 수가 없었다. 가슴에 대못 같은 바늘을 꽂아 버린 사실은 스스로도 모르고 살았다는 것을 느꼈다. 감정의 혼란 따위는 애초에 관리를 할 수 없었으므로 내수롭지 않게 여겼다. 감정이입은 자신도 모르게 물들어졌고 소통이 되지 못하였다고 느낀다.

"아직도 살아갈 세월이 월맨디. 울 언니, 불쌍혀서 워쩌……."

병실 앞에서 통곡하는 수연을 누군가 일으켜 한 귀퉁이로 데려간다. 예상치 못한 일이지만 수연을 그냥 둘 수가 없었던 병원 측에서의 조치였다. 애절한 속마음을 이해 못 하는 안타까움이었다. 언니의 부족한 삶을 원통하였다. 현실은 그래서 앞날을 예측할 수 없었으니 이 또한 난감하고 억울했다.

"오래도록 사시요. 나 이제는 이 짝에는 발도 안 디딜 라요."

태수는 눈 한 번 깜빡거리지 않고 수연의 원망조를 들어야 했다. 8월의 산과 들은 푸름이 가득인데 아내를 놓쳐 버린 까닭이 서운했다. 앞으로 살날이 한창이라 여겼는데 인간으로서 도리를 못해 준 것이 미안했다. 그의 삶의 일부는 망가져 가는 상황이었다. 오전 내 수술이 시작되더니 오후가 되었어도 끝이 보이지 않았다. 하늘은 벌써 노을이 펼쳐지는 시각이었다. 그렇지만 지영에게는 더 이상 집으로 돌아갈 기회는 오지 않았다. 한꺼번에 산과 들과 강이 있는 그리고 바다가 있는 곳으로 갔다. 그토록 그리워하던 앵무산을 찾아서 가버리고 말았다.

"이렇게 힘든 세상을 혼자서 감당하다가 결국은 가버렸어……."

하루에도 수천 번 앙금을 푸는 일은 하지 못하고 가버렸다는 생각에 수연이 기운이 더 빠진다. 의료진만 믿고 반드시 살기를 바랐던 일인데 어디에도 하소연할 수 없는 상황이 되고 말았다. 태수는 어떻게 살아야 할지를 몰라 엉금엉금 기어가는 시늉을 한다. 다리가 후들거려 걸음을 걷지 못했다.

"그 어디에도 피붙이가 하나도 없다는 사실이 서럽게 되어 버렸어……."

수연이 기운이 빠져 말이 없었다.

"언니! 맘 편히 잘 가셔. 엄마하고 아버지가 언니 집을 짓는다고 간밤 꿈에서 그러셨어. 만나거들랑 내 안부도 전해주고……."

수연이 어떻게 할 줄을 몰라 구시렁거렸다. 누가 보아도 자신과는 별개의 문제 같았다. 허공을 향해 눈길을 두었다. 오래도록 망연자실하며 앉았더니 태수의 모습을 노려본다. 곧바로 지영이 있는 영안실을 나와 비가 내리는 고속도로를 달렸다. 차창 밖으로 흩어져 있는 주검의 봉분들이 예사롭지가 않아 보였다. 작년 이맘때쯤에는 암으로 죽은 기형이 불현듯 생각이 났다. 그때의 기억을 떠올리면 온몸이 떨리고 심장이 멎을 것 같았다. 그날도 역시 기형의 임종을 지켜보며 절망하고 있었다. 그런데 끝내 기형이 암에서 이겨내지 못하고 세상을 등지고 말았다. 그 이후로 기형을 생각하면 가슴이 미어지는 통증을 앓고 있었다. 한낮의 일상에서도 괴로움에서 벗어나지 못하고 지냈다. 빈소를 지켜보고 화장장에서의 마지막을 보내고 그로 인하여 온몸은 종일토록 떨리는 형상이 잦았다. 이런 일들을 생각하면 죽음의 트라우마를 지울 수 없었다. 홀로 남은 자신은 기우는 해를 바라보며 죽음의 문턱이 바로 코앞에 있다는 사실을 예측한다.

멜람포디움

멜람포디움

오늘은 왜 이렇게 슬플까. 집을 나서는데 초록의 싱그러운 향기가 물씬 풍겼다. 때로는 바다 냄새까지 진동하여 고개를 돌려 본다. 봄꽃이 머물던 자리엔 어느새 초록의 물결이 일렁이는 때였다. 순영은 자연의 이치에 따라 세월이 유수 같다는 말을 실감한다. 더 아프기 전에 고향에 가고 싶었다. 오랜만에 뱃길을 택해 부두를 따라 거닐게 되면 희준과 많은 이야기를 할 것 같은 예감이 들었다.

"무슨 바람이 불어 전화를 다 했냐? 오래 살고 볼 일이다."
그동안 순영이 잊고 있었던 희준의 전화였다.
"그동안 잘 지냈어?"
희준이 다소 떨리는 음성이다.
"너 고국에 도착했구나! 연락처는 어떻게 알았어?"
순영이 너무 반가워 언뜻 이런 질문을 하고 말았다.
"연락처? 넌 나의 손바닥 안이여. 몰랐어?"
희준이 농담처럼 말했다.
"차곡차곡 쌓아 올린 공덕은 어쩌고 바람처럼 와버렸냐?"
순영은 희준이 잘되기를 바랐던 마음을 털어놓았다.
"나가 뭔 큰일을 한다고 그러냐. 사람 사는 것이 뜻대로 된다던?"
희준이 자신의 근황을 말하였지만 촉촉한 목소리를 내었다.
"그렇지?"
순영은 잠시 생각에 잠겼다.
"내일 오후쯤 도착할 거야. 그때 함께 여수로 가자?"
희준이 고국에 도착은 하였으나 아직은 경황이 없었던지 짐을 풀지 못하였다. 가끔씩 고향을 생각하면 까마득한 여운이 감돈다. 마음 같아서는 당장 달려가고 싶은 곳이다.
"너 많이 피곤할 터인데?"
"괜찮아! 난 너부터 봐야 할 것 같아."
"난, 볼품이라고는 하나도 없어. 나도 이제 늙어가는 시점이야."
"일단 만나서 얘기해!"
"그렇게 급할 건 없는데 그러냐?"
희준과 한때는 사니 못 사니 옥신각신하던 때가 엊그제 같았다. 방파제에서 가뭇가뭇한 겨울바람에 뭉개진 가슴을 다독이던 날을 기억하면 가슴에 통증이 왔다. 배 속의 아이는 혹독한 과정을 이겨내지 못하고 유산이 되어 버렸으니 지옥이 따로 없었다. 성난 파도를 바라볼 때마다 태어나지 못한 아이로 인해 절규하였다. 새삼 그날을 기억에 떠올리면 묵직한 돌멩이 하나를 짊어지고 있는 느낌이다.
"너희 식구들도 같이 온 겨?"
"같이 온들 말도 안 통할 것이고 혼자만 왔어. 고향에서 살라고 맘먹고 온 거여."
"그랬어? 식구들을 두고 왔다면 또 가야겠네?"
"오기 전에 수습은 다 해놓고 왔어. 엄니도 계시고 지난해 형님이 돌아가셨으니 이제 내가 장남 노릇 해야지."

희준은 마음을 정했다는 듯이 자세가 남달랐다.
"그러니? 생각은 갸륵하다만 기다리는 가족이 힘들다면 어쩔 것인데. 오래전에 울 엄마를 생각하면 보통 일은 아니더만."
"호주사람들의 정서는 우리 문화랑은 다르다니까."
"그런 곳이 있었어?"
"나 그동안 각오하고 한국에 왔으니까 문제 될 것은 없어. 타국 생활 지긋지긋하게 살았으니 여수에서 자리 잡고 살라네."
희준은 순영의 생각을 알 수 없었으나 순영이 거리를 두고 살핀다는 것을 느낀다. 그동안 고향을 잊지 못하고 향수에 젖어 살았다는 것은 고통이었다.
"그래, 생각 잘했어!"
오래도록 눈만 감으면 보였던 희준이다. 만성리 검은 모래 해변을 따라 마지막 이별을 한 것도 검은 모래처럼 가슴이 타던 곳이다. 당시 희준이 생각은 극단적 판단으로 한국을 떠나 버렸다. 그는 죽을 각오로 한국을 떠나야겠다는 생각이 들었다. 그런 상황이 오자 누구도 희준의 문제로 왈가왈부하지 않았다. 양가에서 부라린 눈들에는 살기가 등등했다. 결국 순영이 애절한 울음을 뒤로한 채 어디론가 자신도 떠나게 되었다.

순영은 용산역에서 KTX로 출발하는 여수역 표를 끊었다. 빠른 경로는 자신으로서는 유익하고 피곤하지가 않을 것 같았다. 그러나 뜻하지 않게 희준과는 약속을 함께할 수 없게 되었다. 기차여행은 혼자서도 유익할 것 같았다. 함께 하지 못한 그는 외국물을 먹었다는 것을 실감할 수 있었다. 그의 비전은 따로 있었다. 국내 K회사와 긴밀한 만남이 생겼다는 이유로 약속이 취소되어 버렸다. 그는 이틀 후 여수에 도착하면 만나게 될 것이라 했다. 순영은 3시간을 기차에서 보내게 되었지만 희준이 구태여 함께하지 않아도 상관없었다. 기차는 순식간에 어느 마을을 지나치고 있었다. 새로운 풍경은 드라마를 보는 듯했다. 도대체 어디가 어디쯤인지 알 수 없는 곳을 향해 달렸다. 풍요로운 들판은 곡식이 여물어 갔다. 논마다 푸릇푸릇한 줄기에서 벼꽃이 피고 있었다. 이런 눈요기는 복잡한 생각에서 벗어나 안정감을 주었다. 기차는 정확히 3시간에 걸쳐 달리더니 여수에 닿았다. 여수는 마치 유럽에서나 봄직한 환경 같았다. 여수를 떠난 후 처음으로 밟는 땅이었다.

"그래, 바로 이거였어! 바다향이 물씬 풍기는 이곳을 잊지 못하고 살았던 거야. 그동안 내가 너무 오래도록 고향을 등지고 있었어."

순영은 어렵사리 도착한 여수항을 살피며 화색이 돌았다. 무엇보다도 낯익은 말소리가 들렸다. 지난날의 허름한 곳은 찾아볼 수가 없었다. 너무 낯설었다. 시간이 얼마나 흘렀는지 많이 변하고 말았다는 생각을 한다. 가로등도 없는 으스름한 잿빛 지붕은 어디에도 찾아볼 수 없었다.

"내가 너무 무심했어. 나 없는 동안 내 고향이 이렇게 변해 버렸어. 정말 꿈에도 생각 못 한 일들이 생기고 있었어. 나의 고향은 이런 곳이었어. 바람부터가 차원이 달라. 바람이 시답잖은 날 반겨 준단 말이지."

순영이 흥분되어 날아갈 듯했다. 엄마 냄새까지 은은하게 느껴졌다.

"울 엄마가 얼마나 걱정하며 속이 탔을까. 엄마 정말 미안해……."

순영이 동행하는 이가 없음에도 불구하고 말이 절로 터져

나왔다. 희준과의 소문으로 인해 시끄러운 날들이 뇌리에서 떠나지 않았다. 그런 날들을 생각하면 가슴이 아린다. 그런 수모는 영영 잊지 못할 아픔으로 남아 있었다. 주변의 깐족거리는 자들을 피해 낯 들고 살 수가 없었다. 서울로 도망간 세월은 만만찮았다. 검은 구름처럼 피어오르는 불안은 가슴을 후벼 팠다. 날짐승의 날카로운 포효처럼 파도 소리가 들렸다. 사방은 누구도 보이지 않았지만 환상은 뇌리에서 꿈틀대었다. 갑자기 들이닥친 희준의 가족들, 그때의 기억은 피가 마르는 고문이기도 했다. 소문을 듣고 불러들이는 데만 그치지 않고 문밖의 사람들 소리만 들어도 허둥지둥 몸을 감추었다.

"작 것들! 남의 일에는 관심들이 많아서……."

엄마는 딸을 보호하기 위해 신경이 곤두섰다. 여천댁이 허튼 소문을 듣고 와서는 엄마를 부아 돋게 했다. 엄마의 성격으로 인해 염장을 지르는 사람들을 호되게 덤벼들어 싸움이 끊이지 않았다.

"지들이 좋다는데 누가 말들을 만들어서 난리여. 지 자식이 그럼 워쩔 꺼여. 사람 일은 한 치 앞을 모르는 것이여. 누가 뭐라던 함부로 나불거리다간 내 손에 죽을 줄 알더라고……."

"아니?"

여천댁이 남의 소리를 듣고 와서는 아무런 말을 못 하고 섰다. 하필 비를 피하기 위해 추녀 밑으로 바투 기대어 서서 꼼짝을 못 하고 보릿자루처럼 서 있다.

"이놈의 비는 시도 때도 없이 내린디야. 워메, 징해부러……."

엄마는 날씨 탓까지 하였지만 마음은 생각이 달랐다. 그러면서도 집에 찾아온 사람을 문전박대하지는 않았다.

"성님, 그냥 그러려니 하쇼. 애태운다고 바라진데요. 소문은 잠시랑게요."
 "시방 불난데 부채질하는 거여, 뭐여? 할 일 없으면 비도 오고 한데 집구석에서 잠이나 잘 것이지 뭣 하러 와서 염장을 질러, 질러길!"
 엄마는 엄마를 위로하기 위해 찾아온 여천댁을 문전박대하고 말았다. 화가 잔뜩 난 얼굴은 보기가 힘든 일이었으나 유독 딸의 문제로 마음을 썩였다. 엄마는 그 이후로도 입술에서 피가 나도록 이를 악물었을 뿐, 그들에게는 뭐라 할 말이 따로 남아 있지도 않았다. 고달픔과 외로움으로 꽃다운 나이를 보내는 일에 탕진했다. 엄마는 아버지가 돌아가신 뒤 순영을 가슴 아파하며 죽음을 맞고 말았다.

 어렴풋한 달빛 아래 서서 눈을 똑바로 뜨고 주위를 둘러보았다. 어디에도 사람의 모습은 보이지 않았다.
 "도대체 여기가 어딘지를 알 수가 없으니……."
 순영은 역에서 나와 한참을 두리번거리며 걸었다. 지난날 엄마가 머물던 곳이 어딘지 싶어 구석구석을 살폈다. 고아였던 엄마는 친척이 없었다. 전쟁으로 인하여 부모·형제를 잃어버린 후 고아로 성장하였다고 하였다. 고생을 밥 먹듯 했었는데 아버지를 만나게 되고 순영을 비롯한 동생들이 태어나면서 엄마에게는 가족이라는 울타리가 생겼다. 그런데 아버지는 두 살림을 사셨다. 엄마는 이런 생활로 살아가면서도 어떠한 보상을 받겠다는 억울함은 말하지 않았다.
 "이것은 순전히 나의 문제여. 어디다 보상을 받을 거여. 순전히 내 팔자여. 너희가 건강하게 잘 커 주면 소원이여. 암만, 문제 될 거 하나도 없응게. 암말 말더라고. 염병, 이 짓도 막을 내려야 쓰것 구마."
 엄마는 어두운 골목을 살피더니 한숨을 쉬었다. 만 가지 생각을 하면 화가 났던지 방문을 힘껏 닫아 버렸다.
"너도 시집가서 살아보더라고. 세상일이 뜻대로 되남."
"아버지가 저러고 사시니 엄마가 고생이라는 것은 우리가 다 알잖아요."
순영이 눈물을 글썽이며 엄마를 타일렀다. 어판장에서 돌아와 늦은 시간까지 아버지만을 기다리는 정성이라니 눈을 감으면 소란했던 시절이 생생하다. 문만 열고 나서면 곧장 바다가 보이는 집이었다.
"난 엄마처럼 살지 않을 것이여. 무슨 재미로 산데. 궁상시리 살지 않을 거여. 무슨 영화를 누리겠다고 그러고 살아."
순영이 말했을 때 엄마는 말을 못 하고 처음부터 귀를 닿고 있다는 것을 안다.
"그려, 넌 시집가서 재미나게 살면 되는 거여."
순영은 마치 꿈을 꾸는 듯했다. 엄마에게 불효만 하고 살았다는 것이 가슴 아팠다. 창문 너머로 파도가 일렁이는 모습은 전에도 보았던 형상이었다. 파도는 배를 삼키겠다는 것인지 파도의 높이가 만만찮았다. 밤이 깊어질수록 바람은 세었다.

희준은 급히 택시를 타고 예약된 호텔로 향했다. 오래도록 보지 못했던 여수는 많이 생소한 모습을 하고 있었다. 자신이 그동안 살고 있었던 남의 나라 흡사했다. 고국을 등지면서 뒤돌아보지 않을 기세였는데 세월이 엊그제 같다. 혼자서 타국 생활에 적응하는 동안 외롭게 살았다는 것이 후회되었다. 고향 땅을 딛는 순간 마음은 이변이 싹트기 시작했다.
"여수는 어떻게 오셨오?"
택시기사는 희준의 안색을 살피며 슬그머니 말을 꺼냈다.
"제 고향이 여수여요."

희준이 선뜻 말을 하고 말았다. 다소 피로하였으나 고향 사람을 만나는 것은 기운이 솟는다. 몇 초간 정적이 흐르고 다시 대화가 이어졌다.

"요즘 세상 참 좋아 부렀오잉. 물자가 넘치니 아쉬운 거이 없응게로 너도나도 당당 헌 게요. 싸우면 남에게 지질 않겠다는 것이 세상인심이 되어 부럿오."

택시기사는 어떤 말을 하려는지 자신의 감정을 드러내고 있었다.

"다들 현명하다고 생각하니까 그렇겠죠."

희준은 몸이 너무 지쳐서 일찍 쉬고 싶었다. 목이 조이는 듯 탔다. 참을 수 없도록 물이 마시고 싶었다. 구태여 말을 하자면 희준이 자신은 하고 싶은 말이 더 많았다.

"말씀 들응게 그럴 수도 있겠네요잉. 온종일 운전을 하다 보면 별 시답잖은 손님을 많이 상대를 항게로……."

택시기사는 희준의 기분을 알았는지 말을 선뜻하려는 눈치는 아니었다. 그러나 희준은 고향 소식이 궁금하여 듣고 싶은 말이 많았다.

"요즘 여수는 어때요? 소식이 정말 궁금해요. 오래도록 외국에서만 살았더니 여수가 어떻게 변했는지 모르고 살았어요."

문득 지난날의 회상이 떠올라 말을 멈추고 말았다. 자칫하다간 동네 사람 중의 친척이나 되지 않을까 염려스러웠다.

"여수는 허벌나게 발전되어 부렀지요. 옛날 하고는 딴판이어요."

택시기사는 흥분한 어조로 소리쳤다. 그러다 간혹 차갑고 신랄한 어조로 덧붙이더니 희준이 전혀 즐겁지 않은 미소를 발견한다.

"여수를 떠나 있은 지는 오래되었나 부요?"

"30년은 되었나 싶네요. 그땐 한겨울이었으니 무척 추웠어요. 여수에 오니까 기후가 따뜻하니 좋아요."
"왐마, 그러지라이. 해풍이 있어 그랑게요. 아, 그러니까 바닷바람이 따뜻헝게요. 사방이 바당게 살기 좋은 곳이지라. 나도 한때는 도시에서 살다 돌아왔지만서도 고향만 한 데는 없디요. 손님도 고향이라서 특별할 것이 고마이?"
"그럼요. 당연하죠."
잠시 헛기침을 하면서 흥분을 가라앉혀야 했다. 거의 신음에 가까운 소리로 답하였다는 생각을 한다.
"손님은 성공해서 고향을 찾았나 부요? 본게로 그렇게 보이는디. 안 그러요?"
"그렇게까지 생각하시면 제가 부끄럽군요."
섬에는 지금 아무도 없었다. 자칫 지난날의 아픔이 있었던 기억 때문에 말을 멈춰야 했다. 실수로 그때의 기억을 말하고 싶은 생각은 없었다. 사실은 흥분해서는 득 될 것이 없다고 생각 들었다. 자신도 놀랄 만큼 크고 탁한 소리를 내고 말았다.
"그려요. 요즘 사람들은 어떻게나 뻥이 샌 지. 손님 중에는 뻥이 엄청나당게요. 그래도 손님은 정직한 사람으로 보이요잉."
"아유, 과찬의 말씀을 하시네. 어려운 시국에 있지도 않은 말을 뭣하러 하겠어요. 뭔 덕을 보겠다고."
"여수는 전국에서 많이 알려져서인지 사람들이 허벌나게 찾아온당 게요."
"그렇겠군요. 제가 떠났을 무렵은 이렇게 번창하진 않았어요."
"긍게요. 요즘이야 옛날 것은 비할 바가 아니지라. 여수는 곳곳이 볼거리로 넘쳐나기 때문에 외부에서 찾아오는 사람들로 바글바글 혀지요. 어디서 그렇게 많은 사람들이 모여드는지 엄청 많이들 와부요."
"그렇겠어요. 여수가 볼거리가 많아졌군요. 여수를 찾는 사람들이 많다는 것은 여수 분들의 노력 덕분이죠."
"고마운 말씀을 하시네요잉. 참말로 옛말하고 산다더니만. 시방이 딱, 그 짝이 되어 부렀오."
"기사님이 홍보를 잘하셔서 그럴 거예요."
"옴마, 뭔 말씀을요. 우리가 뭐 한 거이 있다고요. 그저 먹고살자고 하는 디."
"오늘은 왠지 바람이 많이 부는 것 같아요."
"당연하지요 잉. 곧 태풍이 온다고 안 혀요."
"아, 그렇군요. 오늘 비행기로 오면서 날씨를 파악 못 했어요."
"고향집은 어디쯤에 있다요?"
"지금은 아무도 살지 않아요. 부모님이 당시에 여천동에서 사셨고 저는 고등학교 다닐 때까지 살았으니까요."
"그러요. 우리 친외가집이 돌산도 지라. 돌산읍이라도 외각에 위치한 곳에 사셨으니까 가깝네요. 옛날보다 많이 변했을 꺼인디. 얼마나 묵을 계획인지는 모르것지 만서도 옛날 같잖아요."
"당연하겠죠. 선산에 성묘부터 하고 여러 군데 다녀볼 생각입니다."
"여수 돌산 갓은 전국에서도 알아주는 품종이지라. 많이들 좋아하는 김칭게로."
"그렇겠죠. 저도 여기서 있는 동안은 실컷 먹어볼 생각입니다."
"암만요. 당연히 그러야지요잉. 뭐니 뭐니 혀도, 고기도 먹어본 놈이 잘 먹는다고들 안 혀요. 우리들이야 입맛에 길든 사람잉게…….”
"……."
 희준은 갑자기 어두운 표정을 지었다. 순영을 저 지경으로 살아가게 한 것을 생각하면 가슴 아팠다. 양갓집에서는 처절한 싸움이 그치지 않았음을 기억한다.

 8월 햇볕은 마당마저도 불이 붙을 것처럼 뜨거웠다. 봄날에 싹을 틔우던 채송화가 햇볕과 겨루기를 하며 붉은빛을 발했다. 순영이 초점 없는 눈으로 창밖의 풍경을 바라보며 넋이 나갔다. 지그시 눈을 감고 바람결에 비릿한 냄새를 마신다. 몸 안의 깊숙한 곳에 잠재되어 있던 어린 날의 냄새를 느낀다. 기운을 차린다면 바닷바람을 가슴에 품고 싶었다. 언제부턴가 이유도 없이 시름시름 아팠다. 뭘 먹어도 소화가 잘되던 체질이었는데 몸이 말을 듣지 않았다. 그런 몸으로 온종일 하얀 집을 찾아다녔다. 먼 길을 달려왔지만 엄청 낯설었다. 발길이 이끈 하얀 집은 흔적도 없이 사라지고 펜션들이 즐비해 있었다. 숨차게 달려온 희준을 반기며 쓰러질 뻔했다. 어렵사리 도착한 여수항에서 만났다. 항구는 출항 준비로 배들이 움직였다. 경매 절차를 밟기 위해 사방이 시끌벅적한 풍경도 예사롭지가 않다. 허구 헌 날 가난과 씨름하는 엄마를 생각하면 가슴이 아렸다. 여수항은 형형색색의 아름다움이 숨어 있었다.
 "어느 길을 먼저 가면 좋을까?"
 희준이 순영의 마음이 편한 쪽으로 가고 싶었다.
 "여긴 곳곳이 풍성한 곳이야."
 순영이 엄마가 고기를 팔고 있었던 지점을 발견하였을 때 오래도록 걸음을 멈추고 있었다. 엄마 곁으로 동생 지영이 항상 붙어 있었음을 기억한다. 엄마는 몸이 좋지 못한 날에도 집에서 나와 장사를 하였다. 아버지는 어디서 머물다 계셨던지 오래도록 부재중이었다.
"여수항은 우리가 클 때와는 많이 달라졌어!"
희준이 순영의 마음을 달래기 위해 여러 생각들을 늘어놓았다.
"지난날은 누구나 힘든 시기였지. 지금은 물자가 풍요로운 시대잖니."
순영은 지나간 날들이 파노라마 같았다. 짧다면 짧고 길다면 긴 시간이었다. 꽉 막혔던 가슴이 뻥 뚫리는 소리가 들리는 것 같았다. 땅거미가 질 무렵부터 배마다 불이 밝혀지고 있었다. 저 모습은 낯익은 다이아몬드 빛깔처럼 빛나 보였다. 숨을 크게 쉬며 눈을 부릅뜨고 바다를 바라본다. 요소요소에서 밤배가 움직이는 모습이 휘황찬란하였다.
"난 여수가 맘에 들어. 물론 내 순결을 상실한 곳이긴 하지만……."
"무슨 소리야? 말도 안 되는 소리는 하지도 마!"
희준이 화를 벌컥 내었다.
"말도 안 되는 건 아니야. 상황이 그렇다는 거지."
희준이 발끈하여 순영은 소리를 죽였다. 사실 희준이 집에서 반대만 아니었어도 아이는 지금 중학생은 되었을지도 모른다. 지난 일이지만 희준을 설득하려고 천천히 말하였다.
"애를 낳으면 내가 알아서 키웠을 거야! 물론 네가 호주로 도망만 가지 않았어도 난 아이를 낳고 싶었어."
집안의 반대로 의견충돌이 많았던 것은 당연했다. 아버지가 엄마를 외면하고 오래도록 부재중인 것을 희준의 집안에서는 선뜻 용납이 되지가 않았다. 그때의 아버진 엄마를 화병에 돌아가시게 한 장본인이다. 아버진 이중 살림을 하며 엄마를 화나게 하였던 사실은 잊을 수 없었다. 그런 생각을 하면 아버지를 아직도 용서되지 않는다.
"그 같은 사실은 집에는 어떻게 말을 했었니?"
희준이 심각한 표정으로 순영의 표정을 살폈다.
"네 집에서는 아이를 낳든지 말든지 하는 문제에 상관하지 않았어."
희준이 고개를 숙인 채 말이 없다. 그때는 희준의 문제로 양가 집안에서는 모두가 완강했다. 희준은 호주에 정착하여 한국엔 돌아오지 않았다. 호주인 여성과 결혼까지 하여 산다는 소문이 파다했다.
"내가 호주에서 살림을 한다고 해서 너를 잊고 있었던 건 아니야."
순영이 희준이 말을 듣는 표정은 아니었다. 딴생각을 하고 있었다.
"출산 여부는 알아서 하라고 네 엄마가 퍼부어댔지. 서운함을 내색하지 못하고 입을 꾹 다물고 지냈으니 우울함은 오래도록 갖고 있었어. 난 그 같은 수모를 감당을 못해 고민만 많았던 거야. 결국 아이는 유산이 되고 말았지만……."
순영이 그때를 기억하기가 힘이 들었다. 그때를 생각하면 가슴이 찢어질 듯 아팠다. 아픈 고통을 혼자서 감당하기가 힘겨웠다. 그 후로 늘 악몽에 시달려야 했다. 희준을 잊지 못하여 몇 해를 방황하며 보내던 끝에 혁을 만나 결혼을 하였다. 그렇지만 순탄하지가 못했다. 그는 훤칠한 키에 남자다운 매력 따위는 찾아볼 수 없는 남자였다.
"날 잊고 잘 살았어야지. 도대체 내가 뭐 길래……."
희준은 바람이 휘몰아치는 바다를 향해 넋을 잃었다.
"그래서 인용하기는 그렇지만 첫사랑은 못 잊는 거라고 했어."
순영은 옅은 미소를 지으며 시선을 희준에게 두었다. 희준의 그윽한 눈빛에 자신도 모르게 빨려 들었다. 사소한 일로 서로가 다투는 일은 도리가 아니라는 것을 뉘우친다. 서로의 가슴은 억울한 세월의 흔적에 분노하였다. 순영의 가녀린 음성을 들으면서 힘껏 껴안았다. 그즈음 창밖은 바람이 거세어짐과 동시에 폭풍우가 몰려왔다. "순영아, 미안해! 내가 모든 보상을 다 해줄게. 용서해 줘……."

"새삼스럽게 무슨 소리야. 모두가 엎질러진 물이야."

"내가 좀 더 생각이 깊었다면 이렇게까지 살지 않았을 거야. 정말이야."

"듣기 싫어!"

순영의 음성은 위중함이 겹쳤다. 갑자기 쌓였던 울화가 치밀었다. 몸을 가누지 못할 지경이었다. 건강은 예고도 없이 아픔이 잦았다. 비상약을 급히 꺼내 몇 알을 먹었다. 숨을 고르게 쉬더니 기침이 멈춰졌다.

"괜찮니?"

희준이 겁먹은 듯 물었다. 순영의 상황을 잘 모르는 탓에 긴장되었다.

"이제 괜찮아. 괜찮아……."

순영이 괴로운 얼굴을 하면서도 희준을 달랜다.

"날 좋으면 검은 모래가 찜질하기에 좋다고 했어. 일광욕에는 으뜸이라고 하잖아. 하필 날씨가 따라주지 않는군. 때를 잘 못 택했어."

순영을 위해서 검은 모래 해변에 꼭 가고 싶었다. 때마침 태풍의 기세를 만난 파도가 방파제를 힘껏 부딪치며 포말을 남긴 채 사라진다. 겉으로는 공세를 취하던 순영이 조용히 듣기만 할 뿐이다.

"나 신경 쓰지 말고 쉬어."

순영이 희준을 생각하며 맥없이 앉았다.

"어디가 좋을까. 사방이 확 트인 곳에 집을 마련하고 싶어."

희준이 순영의 눈치를 살핀다.

"뭣 하러? 며칠 쉬었다 가면 될 것인데……."

눈빛이 몽롱하던 순영이 소스라쳐 눈을 부릅뜬다.

"우리 다시 합치자."

희준은 조심스럽게 순영을 바라본다.

"네가 할 수 있는 일에만 충실해."

순영이 희준의 앞길을 막고 싶지 않았다.

"너만 좋다면 꼭 그러고 싶어. 난 반드시 그렇게 하고 말 거야."

희준이 힘들어하는 순영을 위해 자신의 힘을 보태고 싶었다.

"그러지 마!"

순영이 눈시울을 적신다.

"많이 힘드니?"

희준이 순영을 소파에 기대게 했다.

"……."

순영은 창밖을 오래도록 뚫어지게 살폈다. 그 순간 여럿의 얼굴들이 찌푸리며 스쳐 지나갔다. 그 모습을 생각에서 떨칠 수가 없었다.

"용서할 수 없는 감정으로 함께 산다는 것은 서로가 지옥이야. 말을 안 했지만 그래서 괴로운 거야."

순영이 천천히 말을 이었다. 영원히 아물지 못한 아픔은 아직도 남아 있었다.

"지난 일은 이제 들먹이지 말고 그냥 살면 되는 거야."

희준이 자신만만한 소리를 서슴없이 하였다.

"생각하는 관점에서 그렇게 하면 될 일이지만! 너, 자신은 있는 거니?"
순영은 똑 부러지게 다짐을 받고 싶었다.
"남아 일언 중천금이야, 왜 이래? 나만 믿고 따라와."
희준이 기상이 하늘을 찌를 듯했다.
"너 자신 있나 보네."
순영이 기운이 빠지는지 입을 꼭 다문 자세로 피식 웃는다. 그러면서도 눈길은 다시 창밖을 향해 주시하였다. 확 트인 수평선 위로 회색빛 갈매기 떼가 비상을 하며 시끄러웠다. 왜 저렇게 사납게 소리를 낼까. 순영은 갈매기 소리에 민감했다. 늦은 오후부터 거센 바람은 방파제를 향해 바닷물을 밀치며 지나갔다. 어제처럼 바람은 다시 방대한 바닷물을 밀고 당겼다.

여수는 밤바다가 아름다웠다. 며칠째 거닐었던 곳마다 추억이 쌓여 있었다. 잃었던 길을 되찾은 기분이기도 했다. 순영은 몸이 전과 달리 많이 호전되는 느낌도 있었다. 그동안 잃었던 고향을 찾은 탓인지 맘이 한결 가벼운 것 같았다. 그런 가운데서도 엄마의 기일을 기억하며 지냈다. 단호한 성품을 갖고 살았던 엄마가 보고 싶었다.
"그려, 시방 까정도 이렇게 살아온 건디! 뭐, 별수가 있것다고?"
오래전 엄마는 혼자서 모든 일을 포기한 사람처럼 중얼거렸다. 누가 보았더라면 여럿이 대화를 한다고 생각하지 않을 수 없었다. 이런 모습을 관심 있는 사람은 누구도 없었지만 순영은 혼자서 숨어 지켜보았다. 날이면 날마다 아버지를 기다리며 마음은 골병을 앓고 있었다. 생각보다 일이 힘들어서 아침에는 일어나기가 귀찮아 끙끙대었다. 온몸이 쑤시고 아프다는 신음만 하였다. 별 뾰족한 수가 없었던 엄마는 아버지를 원망하며 세월을 보내야 했다.
"긍게로, 뭔 영광을 보겠다고 이러고 살았어까잉!"
아직도 순영의 귓전에는 엄마의 넋두리가 떠나지 않는다. 엄마는 약으로는 효험이 없었다. 마음의 병은 그런 이유가 따랐다. 약사로 살아가도록 키워주신 엄마였다. 그런 탓에 엄마의 약을 사는 데는 어려움이 없었다. 엄마의 병명은 병원에서도 몰랐다. 생각하면 엄마는 아버지를 향한 그리움이 병이라고 생각했다. 아버지가 돌아올지 모른다는 생각에 골목 입구만 바라보던 것을 기억한다. 그맘때는 영문을 몰라 눈만 깜빡이며 엄마를 살폈다. 아버지는 잊을만하면 집에 오신 분이다. 외항선을 타고 고기를 잡으러 갔다고 엄마는 그러셨다. 그런 엄마의 말씀을 기억하며 아버지는 외항선 선장인 줄만 알았다. 그런데 울음을 왈칵 터뜨리며 밖으로 뛰쳐나가는 엄마를 기억한다. 추운 겨울이었다. 어떤 여자를 데리고 아버지가 오셨다. 그때의 아버지는 딴살림을 차리고 산다고 말했다. 아버지가 엄마를 배신하고 딴살림을 한다는 것을 그때서야 알았다. 그렇지만 아버지는 꽃샘추위가 있을 즈음 작은댁에서 밀려났다.
"망할 놈의 여자가 돈을 벌어주지 않으니 쫓겨날 수밖에……."
아버진 정말 뻔뻔했다. 엄마에게 티끌만큼의 부끄러움도 없이 그 여자에 관한 이유를 변명하였다. 그런 말을 자랑스럽게 외치는 아버지를 엄마는 지켜만 보았다. 긴 외출에서 돌아온 아버지를 엄마는 속이 문드러지는 심정이지만 아버지를 택하였다.
"세상에 술이 없다면 어떻게 되었을까 잉?"
엄마는 간혹 부엌 한 귀퉁이에 소주병을 숨겨두고 홀로 마시는 날이 많았다.

"이렇게라도 하지 못하면 난 이미 저세상 사람이 되어 뿌럿제. 이렇게라도 살아있다는 것이 기적이여…….."
 엄마는 잠결에도 뭔가를 만지며 수선을 피우는 까닭은 소주병을 옆구리에 지니고 있어야 했다. 그런 모습을 아버진 말할 자격도 없지만 한마디도 못했다.
 "벌써 잊었는가?"
 아버지가 갑자기 엄마를 노려보며 뜬금없는 말을 꺼냈다.
 "뭔 소리여?"
 엄마는 뜻밖의 말에 놀란 낯빛으로 팔짱을 낀다.
 "설마 약속한 것을 잊었단 말이여?"
 "왐마, 뭔 놈의 약속을 했다고 들먹인디야!"
 "난 말이여, 구실은 제대로 못 했어도 나로서는 한다고 한 것이여."
 "염병! 미친개를 구워삶아 묵어 뿐 거여, 뭐여? 갑자기 뭔 소리를 한다는 겨. 지랄염병하고 자빠졌데……."
 "쩌기, 저 섬은 팔지는 안 했다 이거여."
 "쩌 섬? 뭔 놈의 섬을 갖고 있다고 나불거린디야."
 엄마는 아버지의 말은 뜬금없다는 듯 듣고만 있었다.
 "쩌 섬은 내가 장만한 거여."
 "평생토록 젊은 년 하고 끼고 살더니, 이젠 정신이 요상해 뿌렸네. 돈 벌어서 쩌 섬을 싼 것이여?"
 엄마는 기대도 못 한 먼 거리의 섬을 바라본다.
 "그려, 쩌 섬은 내 것이여!"
 "염병, 하다 하다 별소리를 다 듣겠네. 참말로 당신 섬이라고 잉?"
 아버지가 헛소리를 하고 있다는 것은 분명했다. 작은댁에서 이런 증상을 핑계로 엄마에게 돌려보낸 것을 알 수 있었다. 갈수록 태산이라더니 아버진 절망에 가까운 말만 하였으며 정신이 온전치 못한 치매를 앓고 있었다. 사람이 변할 때는 안타까움이 많다. 이런 아버지의 말을 엄마는 듣고 흘려 넘겼다. 엄마는 참을성이 없어진 까닭에 쉽게 물러서는 이유가 없어져 버렸다. 그런 엄마는 앉아서도 계속 몸을 흔들고 혀를 습관적으로 내밀었다. 아버지에 관한 말이 하고 싶었던지 쌓였던 말을 한꺼번에 토해내기가 버거워 헛말까지 내뱉었다.

희준이 적당한 집을 찾아 나섰다. 순영과 함께 고향에서 머물기로 작정한 것은 선택의 여지가 없었다. 오랜 기다림 끝에 해변이 있는 곳이면 족하다고 결론을 지었다. 희준이 혼자서 여러 섬을 돌아다녔다. 순영의 건강을 위해서라도 운동하기에 적당한 곳이면 어디든 좋다고 생각되었다. 돌산도와 가까운 화태도에서 둥지를 털기로 맘먹었다.
"순영아, 우리 이제 고향에서 사는 거야."
희준이 순진한 아이처럼 좋아 어쩔 줄을 모른다.
"내가 고향에서 살 게 될 줄이야."
순영이 미소만 짓고 있었다. 짧은 미소를 짓던 눈가에서는 눈물이 주르르 흘러내렸다. 희준이 하얀 집을 어떻게 구했는지 세심함이 엿보였다. 간혹, 먼 곳에서 뱃고동 소리가 은은하게 들려오기도 했다. 사방은 그야말로 청정해역이었다. 순영이 잠긴 눈길로 희준을 바라보았다. 순영은 되도록 아무런 가치도 없는 고민은 떨치고 싶었다. 이곳에서는 더 이상 불안감이 가중되는 일은 없을 것 같았다. 얼마쯤 그러고 있을 때 서로는 눈길을 마주하고 있었다.
"잠시 머물다 가는 일은 없겠지?"
순영이 뜻밖에 이런 질문을 툭, 던졌다.
"무슨 뚱딴지같은 소리를 하는 거야?"

희준이 갑자기 겁먹은 듯한 얼굴로 순영을 바라본다. 그러나 순영의 얼굴에서는 미래를 향한 꿈이 숨어져 있다는 것을 발견한다. 지난날 못했던 일들을 이제 시작해도 된다는 의미가 숨어져 있다고 생각한다.
　"넌 변함없는 내 짝이었어."
　순영이 눈을 지그시 뜬 상태로 창밖을 향해 노려보며 말했다.
　"순영아, 난 널 사랑할 수밖에 없었던 거야."
　희준은 순영의 눈을 바라보며 삶의 의욕을 심어준다.
　"여수에서 네가 하고 싶은 일, 맘껏 펼쳐봐. 넌 잘할 수 있을 거야."
　"난 너를 잊지 못하고 살았어. 정말이야."
　"이제 와서 무슨 의미가 있다고. 다 지난 일을 끄집어내냐."
　"너의 모습을 내 가슴에 묻어두고 산 것이 얼마나 고통스러웠는지 몰라."
　"그럴 필요까지 있었니? 가족이 있었잖아. 첫사랑은 가슴에 품고 사는 거야."
　"누구도 내 생각을 알지 못하였지. 난 너를 잊지 못하고 살 수밖에 없었어."
　"이제 모든 것은 내려놔. 세월이 얼만데……."
　이때 창문 너머로 하늘은 바다색으로 도배되어 있었다. 햇볕은 가득하여 돌들이 따뜻하게 달구어지는 한낮이었다. 보는 각도에 따라서 화가의 그림처럼 화태대교가 한눈에 훤히 보였다.

해바라기

해바라기

가끔은 그랬다. 영수는 일손을 접은 채 마루에 눕는다. 순간 하늘이 보이고 사방이 거꾸로 보여서 세상이 훤하다는 것을 발견한다. 이런 모습은 혼자서 감상하는 그녀만의 재미난 방법이다. 오늘도 그랬다. 느티나무 가지 위에 걸려 있던 태양이 천천히 움직이는 찰나를 보기도 했다. 담벼락 아래는 7월 해바라기가 피었다는 것을 발견하였으며 자신이 지금까지 어떻게 지내왔는지를 느낀다. 순간 사뭇 놀랍고 대견함을 느낀다. 해바라기는 둥근 모양새가 대형 항아리 입을 닮아 있었고 온갖 사물이 거꾸로 뒤집혀 있음이 신기했다. 하늘인지 바다인지 하늘은 망망대해 같기도 하고 산은 거꾸로다. 그 순간 그렁그렁 눈물이 난다. 며칠이 더 지났을까. 요양원에서 세상의 모든 근심 걱정을 접은 채 딸이 왔는데도 알아보지 못하는 엄마를 기억한다.
"누고?"
엄마의 음성은 영수의 심장을 조여들게 한다. 전혀 딸이라는 것을 알아보지도 못하고 기억조차도 없는 엄마가 갑자기 죽을 날만 기다리는 것 같았다.
"엄마!"

영수는 콧등이 시큰함을 느꼈다.
"누고?"
자식이라면 끔찍하셨는데 영수는 못내 울음을 터트렸다. 엄마가 점점 세상과 멀어져 가는 모습을 발견한다. 엄마의 머리맡에 있는 틀니는 이제 아무짝에도 필요 없음을 암시하고 있었다. 그전에도 엄마를 방문하였을 때, 틀니는 사물함에 놓여 있었음을 기억한다. 이제는 끼니때마다 죽으로 연명하는 모습이 생판 남처럼 멀어지는 느낌이다. 어떻게든 엄마를 모셔와 함께 살았으면 했다. 그동안 치매 걸린 시어머니를 모셨던 세월이 너무 길었을까. 시어머니가 돌아가시고 나면 엄마를 모셔오려고 마음먹었다. 그동안 많은 기회를 놓치고 있었다. 이제는 시어머니가 돌아가셨는데도 불구하고 마음먹은 대로 실천하지 못하고 말았다. 엄마의 자리를 비워두고 있었는데 엄마는 이미 세상과 멀어져 가고 있었다. 영수는 엄마에게 기회를 주지 않는다고 속상했다. 바쁘다는 핑계로 차일피일하다가 그만 기회를 놓치고 말았음을 후회를 한다. 그렇지만 그렇게라도 기다리고 계실 것을 염두하고 있었지만 너무 늦어 버렸다. 너무 오래도록 기다리게 한 것을 후회를 했다. 더 이상은 방법이 없어졌다. 모습을 지켜보면서도 엄마처럼 숨이 차다. 엄마는 죽을 삼키는데 숨이 차다는 시늉을 한다. 몸을 가누지 못하고 새우 자세를 하여 숨만 쉬었다. 그런 모습을 지켜보던 영수는 안타까워 엉거주춤 바닥을 짚는다. 눈앞이 핑 돌았다. 좀체 일어나 엄마를 부축할 힘이 없었다. 살아가는 이치가 반칙을 범한 기분이 들었다. 그런데 속상한 것은 영수 자신민이 아니라는 것을 눈여겨볼 수 있었다. 백발의 사람들이 영수를 향해 매섭게 노려보고 있었다.
"도대체 뭐가 뒤틀린 건지 알 수 없게 하는군."

영수는 말을 스스럼없이 내뱉는다. 엄마는 이미 뇌의 작용이 멈춰버렸음을 알 수 있었다. 간병인은 자신의 의무처럼 형식적인 물음만 던지고 나가버렸다. 도대체 간병인이라는 사람이 엄마를 제대로 관리나 해주고 나가는지 생길 정도였다. 어떻게든지 괜찮아지리라 믿었는데 더 이상은 생각한 대로 되지 않는다는 것을 느낀다. 엄마는 이미 기회를 주지 않고 먼 길을 가고 있음이 확실했다. 엄마의 병세가 극도로 악화되어 버렸음을 알 수 있었다. 일종의 작별인사처럼 마음이 멀어져 갔다. 평소처럼 엄마를 부탁하고 돌아온 토요일이었다. 줄곧 환한 미소를 짓고 있었는데 이제는 그런 얼굴을 발견할 수가 없었다.
"엄마, 또 올께!"
"아이고, 내가 얼른 죽어야 하는데······."
엄마가 갑자기 정신이 돌아왔는지 선뜻 죽음에 대한 넋두리를 하셨다. 믿어지지 않는 갑작스러운 넋두리에 순간 놀라고 말았다.
"엄마는······"
"내가 얼른 죽어야 하는데, 내가 이렇게 살아서 뭐 하겠노······."
"왜 자꾸 기운 빠지는 소리를 해요?"
"······!"
엄마와의 대화는 아주 잠깐 바람이 스치듯 했다.

영수는 평소 출근하는 아침이 분주했다. 집을 나서면 하루 일을 장담 못한다는 것을 유념하며 다녔다. 저번 주에도 그랬지만 정월 대보름날에 장을 담았다는 사실을 까마득히 잊고 있었다. 장마철이 당장 곧 코앞에 다가왔다. 주말에는 어떤 일이 있어도 된장을 버무려야겠다는 생각을 한다. 손끝은 이미 간장을 건진 메주를 으깨는 생각으로 가득했다. 손마디가 물컹거린다. 손가락 사이로 된장이 이리저리 흘러내린다. 손아귀가 아프다. 오래도록 여러 번 빨래 문지르듯 치댄다. 단출한 식구만 있는데 해마다 물량을 넉넉하게 준비했다. 가을이면 콩으로 메주를 쑤어서 겨울이 오면 따뜻한 아랫목에 두고 곰팡이를 띄웠다.

"아따, 오늘은 팔자가 늘어졌다."

담 너머로 중담에 사는 수연이 영수의 모습을 발견하며 소리친다.

"아, 이런 날도 있어야지! 죽자, 살자 밭에서 후벼 파는 사람하고 같냐."

"쳇, 뒤늦게 취직이랍시고 읍내로 나뎅기 더니, 팔자가 늘어졌네……."

수연이 한 달 전에 쟁여둔 미움처럼 못내 웃으며 지나쳤다. 낯선 얼굴로 살아온 동네 사람들 중 가장 부지런했다. 그동안 세월 누리며 보내는 사이 저렇게 늙어가는 것을 잊은 채 밭에서 일만 하며 산다. 언젠가 마전동네로 나들이 갔던 봄날을 못 잊어하는지 정수네로 바쁘게 갔다. 저마다 다른 사연을 갖고 있다지만 무슨 말이 그렇게 많은지 수연은 정수네로 가는 것을 즐겼다. 그녀는 오래도록 쌓인 감정을 털어놓기 위해 인척을 찾아다녔다. 서로가 혼자되어서인지 상대를 위한답시고 시간만 나면 얼굴을 맞대며 지냈다. 머리를 맞대면 잔꾀만 많아지는 특별한 사이였다. 때로는 세상을 다 비우고 의미를 몽땅 지우고 사는 사람처럼 소문을 퍼뜨리며 살았다. 그녀는 옆모습만 훔쳐보는 몸짓은 평소와 다름없었다.

일주일 전이었다. 강릉으로 떠났던 민호가 피곤한 몸으로 돌아왔다. 그는 몇 날 며칠을 밤을 새우더니 자신의 프로젝트를 정사장과 의논하기 위해 강릉에 갔다. 그는 몹시 피곤해 보였다. 어느 날 그에게는 새로운 방법이 생겨났다. 그는 가끔 마당에 있는 소나무가 지쳐서 돌아온 자신을 위한다고 여겼다. 마치 자신에게 피곤함을 의지하라는 듯 주술을 부린다고 느낀다. 그렇게 종종 생각한 마음을 접었을 때 소나무가 푸른 몸짓으로 민호를 불러 세운다고 여긴다. 반드시 평안하기를 바라는 것 같았다. 푸른 소나무를 무척 아끼는 마음이다. 그렇지만 지나간 것은 아름답고 아쉬워진다. 중년을 넘겼다지만 마음은 여전히 여리다. 구부정한 뒷모습이 왠지 안쓰럽다. 교통사고 이후로 저렇게 균형이 정확하지가 않다는 것도 인식 못 했다. 그런데 영수와는 여전히 기싸움을 하고 있다. 한 달 전에도 그랬다. 그래서인지 똑바로 바라보기조차 숨이 막혔다. 속마음을 들킨 것처럼 쟁여둔 미움은 풀지 못하고 눈치만 살핀다.

"뭐 했어!……"

민호는 괜스레 담 너머로 고개를 기웃거리며 영수를 부른다.

"바람 쐬고 다녀오니 기분이 어땠어?"

민호를 노려보며 비웃기라도 하듯 영수의 말에는 가시가 있는 음성이다.

"많이 피곤해!"

민호는 왠지 낯설어지는 기분이다.

"계획한 일은 잘 봤어?"

마루에서 틈만 나면 누웠다. 만물이 거꾸로 인 것을 즐겨 본다. 오랜 시간, 그런 사물을 살피던 영수는 벌떡 일어나 앉는다. 잽싸게 일어난 영수는 민호의 몸짓을 유심히 살핀다. 세상이 허술하지 않았던지 민호는 영수의 표정을 조심스럽게 살핀다.
"올 것 같았으면 연락이라도 주지!"
영수는 투덜거리며 주방을 향해 간다.
"연락하면 뭐 해!"
"뭐라고?"
　주방에서 고개를 내밀며 소리치는 영수는 손에 쥔 쌀그릇을 던지듯 한다.
"며칠 후에 반드시 온다고 하고 갔는데 왜 그래!"
"무슨 말을 해도 정 떨어지는 소리만 하고 있어!"
"내가 피곤해서 그래. 미안해. 알았어. 그러지 않을게. 정밀이야……."
"속 시끄러워서 원! 무슨 말을 하면 생각을 하고 답하면 안 돼?"
"결국 이렇게 당신한테 말상대만 하고 있으란 말이야, 뭐야?"
"정말 말을 말아야지…….."
　영수는 등을 보이며 소리가 나도록 수돗물을 틀어 버린다. 민호는 순간 동작을 멈춘다. 갑자기 물소리까지 멈춘 채 정적이 감돈다. 바로 그때 뜨거운 바람이 혹하며 지나친다. 노인만 대다수인 그야말로 조용하기 짝이 없는 동네다. 온 동네가 후끈거리는 것 같았다. 비라도 한줄기 오기를 바란다. 민호는 당장 돈벌이할 수 있는 길을 찾아 나섰으나 허탕을 하고 돌아온 것은 분명했다. 영수는 이미 느낌으로 알고 있었다. 그런 표정을 읽은 민호는 숨이 막힐 것 같았다. 그 먼 길을 찾아 나섰던 자신이 한심하다고 느꼈다. 생각만큼 세상 인심은 호락호락하지 않았다. 너무 갑작스럽게 생각만 갖고 길을 나섰던 것이 잘못이라고 판단되었다. 이런 일을 종종 하면서도 실망이 잦았다. 영수는 생각이 간단했다. 그가 한

번쯤은 바깥 동네를 다녀와야 하는 연중행사를 안다. 아직은 7월 초순의 더위가 덥다지만 해마다 겪는 날씨쯤은 문제가 없다고 여긴다. 보나 마나 영수의 생각은 맞아떨어졌다. 민호는 여전히 말이 없었다. 오직 속으로만 궁리를 한다거나 고민을 하고 있음을 영수는 발견한다.
"머리에 쥐가 나겠어, 정말!"
보다 못한 영수는 민호를 보며 숨을 몰아쉰다.
"며칠만 날 가만히 내버려 두었으면 좋겠어!"
민호는 영수를 힐끔 바라보다, 얼른 고개를 돌려버린다.
"언제는 내가 뭐라고 했남……."
영수는 한심하다는 듯 한숨을 쉬었다. 답답한 마음을 달랠 길 없었다. 체구가 큰 모습은 안중에도 없이 몸을 가볍게 움직인다. 영수는 자신의 사업이 뚜렷하지 못한 일에 고민이 많은 민호를 조심스럽게 눈여겨본다. 그런 그에게 영수는 매년 바라만 본다는 것도 가슴 아프고 답답한 일이었다. 그렇다고 민호는 시시콜콜 영수를 향해 자세한 말을 하지 못한다. 문제는 혼자서 고민하면서 상대를 편하게 하고 싶었다. 영수는 그렇게도 다짐한 일들이 이뤄지지가 않는 모습에 실망이 크다. 오히려 민호를 향해 똑바로 쳐다보며 또렷하게 말하고는 휙 돌아선다.
"이제 그만해! 이제 겨우 며칠이나 되었다고……."
마음을 접어라는 뜻으로 민호를 다그친다. 민호의 험상궂은 얼굴은 더 이상 보기가 싫어졌다. 쭉 찢어진 눈길을 한 영수는 잠시 동안 밭에 난 풀을 뽑아야 직성이 풀릴 것 같았다. 어떤 일이든지 일에 몰두하고 싶어졌다. 들깨 모종을 심었던 고랑사이로 풀이 엄청 번져있었다. 날마다 밭일은 점점 멀어져 갔다. 밭은 산과 거리가 가까운 탓에 멧돼지로 인해 즐겨 먹는 고구마는 심지도 못하고 들깨만 띄엄띄엄 심었다. 토질이 맞지 않아서 그런지 토마토를 심은 자리는 원인도 없이 시들해지고 말라져 갔다. 마늘도 마찬가지였다. 그렇게 실패를 하더니 이제는 어느 작물을 심어야 성공할 것인지 고민이다. 어떤 작물을 심어서 좋을지는 장담을 못한 채 또 해가 바뀌고 있다. 경험은 나중을 염려하는 해결책이 만들어진다. 전문성은 경험을 바탕으로 문제를 해결해 주었다. 민호의 한숨이 땅이 꺼질세라 하지만 뒤따르는 영수는 계산이 앞선다.
"어떤 일이든 본전 찾기가 힘들어서 원, 다시는 뭐든 심는가 봐라!"
탄식을 해봐야 소용이 없다는 것도 알지만 후회만 가득했다.
"형편없는 짓은 올해도 마찬가지네. 이래서는 빌어먹을 짓이지. 에잇!"
민호는 퇴비 값과 농약값을 계산하며 속을 끓인다.
"사 먹는 것이 싸게 먹히지. 헛일은 이제 말아야지……."
언제나 그렇듯 거창한 생각은 다음을 기약했다. 자신도 모르게 옷매무새를 바로 하고 생소한 앞날을 기대한다. 사방팔방 기웃하다가 경험이 쌓이면 판단이 앞선다. 몇 달 동안 시무룩하고 웃는 일이 없던 영수도 덩달아 기분이 통했다. 한 달 전에 싸우고 쟁여둔 미움도 온데간데없다. 나란히 어깨를 하고 걸어도 좋은 아침이다. 문득 지난봄이 생각났다. 아침 산책길이라지만 양동이를 들고 밭이 가까운 산으로 갔다. 띄엄띄엄 표고버섯이 게으른 주인을 환영했다. 초코파이 공장에서 막 출하를 앞둔 모양새나 다름없다. 귀엽기도 하고 풍성한 결실이라 여긴다. 시작은 어려운 공정이었다. 밭가에 엄청 커버린 도토리나무를 잘라 구멍을 뚫어 종균을 사다 관리를 한 결과 치고는 풍작이다. 그런다고 상인에게 팔 생각은 없었다. 형제들에게 택배로 보낼 것을 생각하면 웃음이 난다. 동행이 있음에 위안이 넘친다. 엊그제 앨범에서 보았던 여동생들이 문득 생각났다. 보내주면 고맙다고 반드시 인사를 해올 것이다. 그들에게는 귀한 것이기에 아낌없이 보내준다. 꼭지를 힘주어 딴다는 것도 요령이 필요했다. 기분 좋게 작업을 하고 있었으나 생각은 각자가 주장이 완고했다.
"어느 정도 크기를 봐서 따도록 하지⋯⋯."
민호는 가까이 있는 영수를 향해 작업지시를 한다.
"어느 정도 크기를 봐서 따고 있는데 또 잔소리⋯⋯."
영수는 미운 소리를 듣고 싶지가 않다는 듯 퉁명스럽게 소리친다. 항상 불만으로 가득한 날이다. 생각하면 한심한 일을 갖고 옥신각신하였다. 염치없이 내지르는 악다구니도 시간이 지나고 나서야 깨달음을 안다. 모두가 후회만 있을 뿐이다. 절박하지만 천지가 무성한 기운을 아까워할 겨를이 없었다.

민호는 며칠간의 침묵을 깨며 또 다른 모습을 연구한다. 그는 항상 세상 고민을 혼자서 하는 형편이다. 당장 어떤 일을 성사시켜야 할지 고민이 많다.
"하긴 내가 그런 것도 해봐야 적성에 풀리지. 하찮은 새끼가 사람을 우습게 봤지."
민호는 어떤 날처럼 혼자서 화를 삭이는 일이 있다. 절친한 자에게서 배신당한 상태로 여러 달을 넘겼으나 아직도 분에 못 잊어한다.
"그런 새끼한테 당했더니 결국 이 꼴이 되었으니⋯⋯."
고개를 무릎 사이에 박고는 혼자서 여러 번 중얼거린다. 이런 것에 영수는 속이 상해 있다. 도대체 어떤 말로 위로를 해줘야 할지 대책이 없다.
"땅 꺼지겠다! 왜 그러고 있어요?"

얼굴에 술기운이 있는 모습을 하고 있었다. 대답은 더 이상 듣지도 못하는 형편을 영수는 잘 안다. 그런데도 바라기만 하는 형편은 어쩔 수 없었다. 손은 여전히 건성적으로 그의 등을 향해 스치고 지나간다. 지난날은 회고에 젖어들면 눈이 가늘어진다. 저렇게 원망조가 섞인 채 한숨을 내쉬는 민호를 영수는 여전히 지켜만 본다.
"아, 도무지……."
느닷없이 기운 빠지는 소리는 또 무슨 뜻일까. 영수는 그런 모습에 잘 길들여진 상태다. 엊그제도 길을 걷다가 눈이 쭉 찢어진 사내를 발견한 것은 우연이었다. 고약한 얼굴을 하여 민호를 이용한 만수가 아니었던가. 순간 영수의 동작은 회오리바람을 일으키며 그를 향해 달려들었다. 민호를 생각하면 피가 거꾸로 치솟았다. 걸핏하면 이용만 당한다는 것에 화가 치밀고 온몸이 부들부들 떨렸다.
"짐승만도 못한 놈의 새끼가 누구를 이용했다고……."
영수는 도망을 가는 만수의 목덜미를 잡고 흔들었다.
"이 새꺄! 어디 나랑 얘기나 좀 해보자. 어딜 도망가는 거야! 너, 왜 남의 돈을 갈취했어. 당장 그 돈 내놔! 넌 사람새끼가 아니야……."
영수는 민호가 해왔던 동작을 여자의 힘으로 흔들었다. 분에 못 이겨하는 민호를 생각하면 화가 더 치민다.
"당장, 경찰서로 가지. 임금 착취한 네 놈이 혼자서 꿀꺽했으니 죄는 받아야 할 것 아냐. 내 그 생각을 하면 자다가도 벌떡 일어난다……."
영수는 상대의 말은 안중에도 없이 끌어당기며 빌치는 시늉을 한다. 만수는 죄인 심정이었는지 말이 없다.
"왜 이래요. 한길에서……."
"창피해? 창피한 건 알면서 사람을 울렸냐!"

"이미 지난 일인데 왜 이래요. 제발 이 손은 놓고 말해요."
"뭐야! 지난 일? 넌 지난 일이라지만 우린 어제 같다, 이 자식아! 내가 네를 생각하면 피가 거꾸로 솟구친다. 짜샤!"
"말미를 줘요. 언젠가는 해결해 줄 테니……."
"뭘 믿고? 네놈은 상습적이야. 내가 알기만 해도 넌! 이미 여러 사람을 울렸어……."
밀치고 당김이 있더니 영수의 기운이 빠진 틈을 타던 만수는 힘껏 뿌리치고 달아나 버렸다. 사람들이 우르르 모여드는 일은 눈 깜짝할 사이다. 그때 한 사람이 소리쳤다. 자신의 경험이 많았던지 도망가는 뒷모습을 보며 뭐라고 한다.
"고발을 해서 법적으로 처리해요. 속 끓이지 말고! 저런 새끼를 이 바닥에서 그냥 둬서는 안 돼요. 저 새끼는 여러 사람을 이용한 사기꾼 새끼라니깐요."
덩치가 큰 사내는 좁은 바닥에서 일어난 일은 천리안처럼 알고 있다는 표정을 짓는다. 영수에게 어려운 일은 자신이 해결해 주겠다는 몸짓이다. 골목으로 사라진 만수는 골목을 빠져나가더니 행적이 묘연하다.
"새끼!"
영수는 숨을 몰아쉴 수가 없었다. 너무 힘겹고 과격한 싸움이었다. 마치 돌풍이 휩쓸고 간 것 같았다. 사방에서는 들을 수 없는 소리로 소란스러웠다. 정신이 혼미했다. 그때 한 사람이 자신의 사무실에서 문을 열어젖히며 다급하게 소리쳤다.
"이런 빌어먹을! 돈이 발이 달렸지. 벼룩의 간을 빼먹을 일이지. 저 자식은 고약한 놈이지. 내가 알기로 한 두 사람을 울렸어야지. 하고 많은 사람들 중에 있는 놈의 돈은 건들지도 못하고 말이야. 저 자식은 사람 새끼가 아니라니까. 아줌마, 기운 빼지 말고 고소해 버려요. 저 자식은 그냥 두면 안 돼요…….”
 영수를 향해 위로랍시고 전해주는 사내는 만수에 대해 뭔가를 알고 있다는 태도로 격분했다. 그런 사람을 발견한 영수 또한 자신을 위로해 주는 변론처럼 들렸으나 신중하게 들을 기운이 못 된다. 민호만 생각하면 화가 더 치민다. 이용만 당하고 다닌다는 생각에 용서가 되지 않는다. 온몸은 종일 떨렸다.
 "사람이 좋아 이러고 말지. 이런 일이 바꿔 되었어 봐! 저 인간은 살인을 할 놈이지. 벌레만도 못한 것!"
 영수는 소리를 내며 바닥으로 떨어져 쓰러지는 기분으로 분을 삼키지 못했다. 그야말로 몸으로 체득하는 것은 차원이 다르다는 것과 끝없이 새로운 것을 택해 가는 것임을 발견한다. 남자의 눈이 바늘같이 가늘고 기회를 엿보고 있는 개처럼 골목을 노려보고 있었다. 실없이 보이는 듯했으나 면밀한 기회를 엿보기 위한 수단도 숨겨져 있는 듯 보인다. 기댈 데 없고 매인 데 없는 외톨이 행위 같기도 하였다.
 "새댁! 그러지 말고 미친개한테 물린 셈 쳐요. 하늘이 알고 땅이 안다고 안 허요. 도망간 놈이 어디, 잠잘 때 다리나 뻗고 제대로 자겠어요. 나중에 새댁은 복이 넘칠 것이니 화 풀어요."
 영수는 화가 치밀어 자신에게 위로하는 사람들마저도 진정한 존재가치가 없다고 여긴다. 어떤 유래도 서로는 별개가 아니던가. 모두가 자신에게는 아무런 관계가 없는 낯선 사람들이다. 의지할 만한 사람 아무도 없는 참담한 기분이다. 상처의 공간에서 누군가 함께할 수 있었음 하지만 그래도 혼자이기를 바란다. 대부분의 일은 지나고 나면 아무것도 아닌 일이 되지만 영수에게는 오래도록 분이 풀리지 않을 것 같다. 이 또한 민호에게서 얻은 결과기도 했다.

"내 쪽에서는 보이지 않지만 주변은 만수를 기억하고 있었군요?"
 영수의 말에 주변은 이미 이해를 한다는 시늉인지 고개를 끄덕인다.
 "처음 보는 분 같으시네."
 남자는 영수의 발끝에서 머리까지 쓰윽 살핀다.
 "그래요. 저는 변두리에서 살아요. 종종 시장에 나오는 것 외엔 낯선 곳이죠."
 "그렇군요."
 "고마워요."
 "무슨 말씀을요. 저는 그냥 직감으로 느낀 터라……."
 얼굴을 요리조리 뜯어보던 남자는 예의를 갖추려 하는 표정이다. 그런 모습을 지켜보던 영수는 전혀 개의치 않는다. 남자의 호의를 인정한다는 표정이기도 했다.
 "커피라도 한 잔 하고 가세요. 기분도 그런데……."
 남자는 영수에게 최대한 기분을 맞추기 위한 노력을 아끼지 않는다.
 "고마워요. 바쁘신데 그러지 않으셔도 돼요."
 채 인사도 끝나지 않았는데 영수는 남자를 피해 자리를 옮겨 갔다. 시장에서 어떤 것을 살 것인지 기억이 없다. 머릿속이 하얀 느낌이다. 찬거리를 사긴 해야겠지만 빈손으로 무작정 길을 걷고 말았다. 시장은 그야말로 어수선했다. 사는 사람보다는 장사를 하기 위한 사람들이 더 많았다. 팽팽한 열기가 피부를 따갑게 파고든다. 며칠째 가뭄으로 인해 고민이다. 논에는 이미 바닥이 갈라져 버렸다. 땅 끝이 휑하니 보일 정도다. 탁한 숨소리마저도 낼 기운이 못 된다. 어떤 말도 들을 수 없다는 판단에 자리를 털고 일어선다. 도랑도 이미 말라져 버렸다. 몸을 돌려 논과는 먼 곳에 가고 싶다. 민호는 이런 하찮은 일부터가 마음에 차지가 않는다. 영수가 어찌나 마음을 부추기는 말만 하는지 집으로 가는 방향이 무섭다. 아주 평범한 그녀를 늘 외롭게 하고 있다. 딱히 어디가 예쁘다고 할 수는 없는 그녀를 놀라지 않을 만큼 기다리게 하다가 그녀가 있는 공간을 찾는다. 아이가 도시로 떠난 후 집안은 더욱 조용하기 짝이 없다. 서로는 이미 평정을 되찾기 위해 눈치만 살핀다.
"또 무슨 고민을 하고 있어요?"
영수는 기대한 말을 또 하고 있다. 이런 말은 많이 들어 본 경우다. 민호는 근성과 같은 말을 수없이 내뱉는다.
"고민은 무슨! 아무 생각이 나지 않아……."
"당신은! 앞으로 멍청한 생각은 이제 그만해요."
영수의 내침은 몸 둘 바를 모른다. 멍청한 생각에 있다는 것은 용서할 수 없다는 경고나 마찬가지였다. 그녀는 결코 나대지 않고 사방을 두리번거리는 일만 한다. 자신이 죄가 많다고 중얼거리더니 이제는 놀라지도 않는다.
"걸맞지 않은 말은 이제 그만하지."
민호는 아주 짧게 말을 던지더니 욕실로 향한다. 진정 값진 말을 못 하고 말았다는 생각을 떨칠 수 없다. 움직이는 내내 후회가 많았다. 기억이 성해야 예의든 뭐든 차릴 것 같았다. 지난 과거를 들추면서 옥신각신하기도 지겹다는 경고였다. 그에게는 몹시 고된 날이었다.

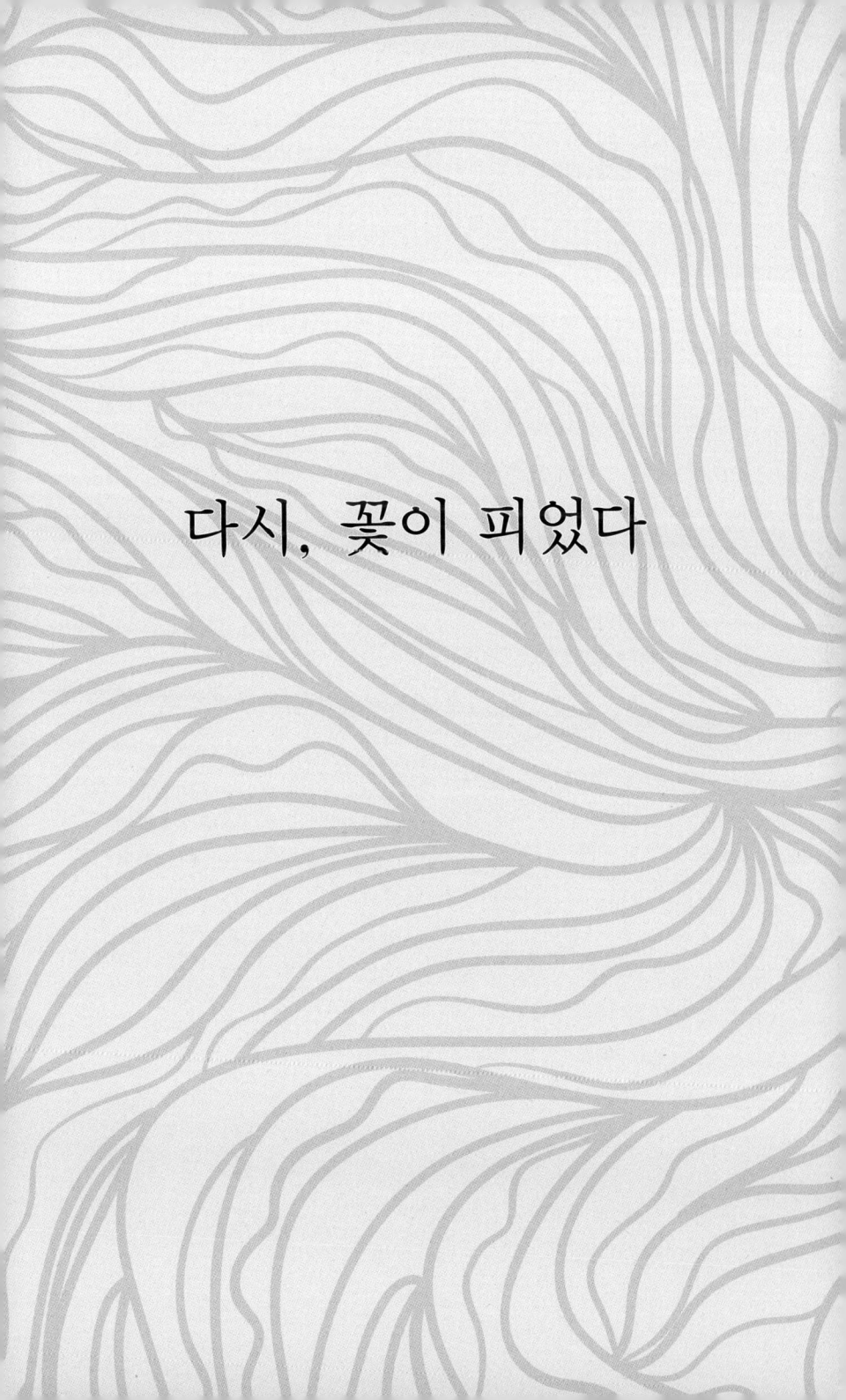

다시, 꽃이 피었다

다시, 꽃이 피었다

제주도 …….
죽음을 생각하기에는 적당한 곳이 아닐까!

봄바람은 계속 불어왔다. 벚꽃은 그야말로 양떼구름처럼 뭉글뭉글하다. 하지만 미정의 근심은 바람이 문제라고 소리쳤다. 거친 바람으로 인해 감자밭이 신경 쓰였다. 감자는 잡풀이 나지 못하게 검정비닐을 덮어 두었다. 촉이 있는 감자를 조각내어 호미로 구멍을 내어 심었다. 그래서일까. 구멍 사이로 바람이 세차게 파고들어 걱정이다. 예고도 없는 돌풍 때문이었다. 돌풍으로 인해 감자가 싹이 트기도 전에 뽑힐 것 같았다. 돌풍은 비닐 구멍을 파고들어 태극기가 휘날리는 장관이 보였다. 최근의 날씨는 바람 잘 날이 없었다. 감자는 따뜻한 날씨에 싹이 트여야 되는 작물이었다. 근근이 비닐을 잡아당겨 돌을 가져다 원상태로 복구하는 일은 힘겨웠다. 차가운 바람에 옷깃을 여미며 움직였다. 아무런 결과물도 없이 마음은 초조함이 따른다. 엊그제 심었던 감자밭이다. 결실을 보기까지는 순서가 많았다. 이 또한 연속적인 삶의 결과물을 느긋하게 기다려야 한다. 하루가 금방이고 일주일이 금방이며 일 년이 금방이다. 어떤 과정이던 파노라마처럼 머릿속에서 지워지고 다시 재연되는 것들로 인해 일은 복잡하기만 하다. 아주 가끔은 이런 상황을 미치도록 심취하다가 울컥, 화가 치밀기도 한다. 무엇이 어떤 경로에서 잘못되었는지 아직은 상황을 알 수 없는 아이러니다. 이런 상황은 수없이 겹치더니 환갑이 되고 말았다. 정말 어이없는 삶의 일부였다.

"내가 벌써 환갑이라니······."

혼자서 구시렁거리는 일상이 많았다. 아무리 생각해도 어처구니없는 세월이다. 살아온 날이 산 넘어 산을 넘어 여기까지 왔음도 놀랍다.

"제대로 된 살림살이도 아니고 서로 나이만 먹었지······."

아무리 생각해도 나이만 먹었다는 생각만 한다. 생각의 깊이가 예전과는 다름없을 것 같은데 하루가 금방이다. 완연한 봄기운에 감회가 새로울 것도 없는데 눈시울을 적신다. 모든 욕심을 조금씩 포기를 하니 느긋한 마음이 앞섰다. 이런 상황을 대신할 일은 감정보다는 비가 내렸다. 비는 마치 미정의 마음을 대신했다. 간밤의 비는 아침 풍경을 적나라하게 한다. 비 갠 아침은 새싹이 돋보이게 했다. 물이 오른 버들가지가 완연한 봄을 알리는 신호기도 했다. 요즘에는 미세먼지로 인해 목이 따끔거렸다. 그래서 더욱 신경이 쓰이는 날씨다. 그렇지만 감히 엄두를 못 내던 여행길은 소풍을 나서던 초등학생 시절 같기만 했다. 그즈음의 소풍날은 마음이 들떴음을 기억한다. 엄마의 특별한 메뉴는 딱! 한 가지로 기억한다. 당시에는 물자가 풍요롭지 못하였다. 엄마는 김과 단무지로 김밥을 준비하셨다. 단무지 외엔 별다른 첨가물이 없었다. 엄마는 김밥 메뉴에 따른 부가적인 내용은 몰랐다. 엄마로서는 김밥이란 재료가 처음이었고 아주 특별한 품목을 알게 된 때였다. 식구들은 김에서 품어져 나오는 향을 즐겼다.

김밥 냄새로 인해 아침부터 난리법석이었다. 완성한 김밥을 썰었을 때 자투리 부위를 먼저 먹겠다고 아우성이었다. 그때를 생각하면 웃음이 절로 났다. 부모님의 육아 방식은 단순함이 전부였다. 물자가 풍부한 지금과는 차원이 다른 세계였음을 기억한다.

미정은 제주도로 환갑여행길에 나섰다. 서영의 간곡한 제의는 거절할 수 없는 일이기도 했다. 그녀는 몇 달 전까지 프랑스에서 소식을 모른 채 살고 있었다. 오래전 프랑스 유학길에 오르더니 그곳에서 정착하고 살던 친구다. 그런 그녀가 어떻게 주소를 알았던지 연락이 왔다. 서영이 미정에게 연락이 닿자 단번에 제주도로 여행을 떠나지 않겠냐고 했다. 이 또한 생각해 볼 여유도 없이 미정은 여행이라면 기대가 컸다. 서영과 제주도로 함께 가기로 굳게 약속하였다. 그런 결정은 아무런 준비도 없이 몸을 유인하기는 쉬웠다. 현실은 선택이 절묘한 까닭이 따랐다. 미정이 생각한 대로 간단한 세면도구와 속옷을 챙기고 그리고는 끝이다. 구태여 캐리어를 준비할 필요성이 없었다. 아주 오랜만에 여행을 간다는 이유로 흥분되었다. 구상이 필요한 일은 아니었다. 망상적인 사소함은 생각할 여지가 없었으니 참으로 뜻밖의 여행이었다. 동행을 요구한 서영의 뒤만 따르면 될 일이라 생각했다. 미정은 신발장을 뒤져 편안한 신발을 골랐다. 운동 부족으로 많이 걷고 싶은 생각이었다.

다음날 서영이 집에 찾아왔다. 그녀의 오랜 세월은 얼굴에서 나타났다. 어디든 살면 고향이고 조국이지 싶었던 서영을 만나게 되어 반가웠다. 모든 절차는 서영의 진두지휘 아래 이뤄졌다. 시간에 맞춰 함께 공항으로 떠나던 날 서영의 폰에서 비행기가 연착된다는 알림이 왔다. 서영은 이미 여행사와 연결된 카톡을 통해 정보를 알고 있었다. 그런 문제와는 달리 미정으로서는 여행을 목적으로 간일은 없었다. 이번 기회는 오랜만에 비행기를 탄다는 기분으로 마음이 설레었다. 그런데 비행기가 연착이 된다는 문자가 왔다기에 미정으로서는 불안했다. 안개가 하늘에서는 아직 정리가 되지 않았다는 것인지 공항은 탑승자로 몰려들었다. 여기저기서 웅성거렸다. 그러나 대다수가 기다림의 미학은 돋보였다. 간혹 해명을 요하는 민원이 발생했던지 공군훈련으로 인해 연착 중이라고 방송되었다.
"핑계하고는……."
안내방송을 듣던 기태의 빈정거림이었다.
"목적지에서 다녀오기까지는 말을 아끼라고 했잖아!"
아무런 상관도 없는 추궁을 미정이 툭! 건넨다.
"알아!"
"그런데 왜 그래?"
"뭐 그렇다는 거지! 이렇게 화창한 날씨에 공군훈련 중이라니! 말이 돼?"
"쳇, 좋으면 좋다고 하지, 뭔 불만이야!"
미정은 기태의 속마음을 알고 싶었다.
"공군훈련은 죽 먹듯이 하는 갑네. 핑계 삼아 방송을 하니까 그러지."
기태는 의도적으로 미정을 괴롭히는 눈치였다.
"정말 어이가 없어, 왜 그래?"
"억지로 끌려온 기분이야!"
"소고삐에 끌려온 듯이? 무슨 소리하는 거야!"
"김사장 측에서 자꾸 전화가 오잖아!"
"그럼 되돌아가던지!"

미정은 예민한 반응을 보이며 소리친다.
"……."
"별 수입도 없으면서 바쁜 척은…….."
미간이 일그러진 미정은 기태와 마주하기가 싫었다. 자신을 위해 아주 특별한 외출이라고 생각했는데 안타까웠다. 기태는 자신의 마음을 알아주기는커녕 기분을 상하게 했다. 그는 아내의 생일과 결혼기념일은 결혼초기부터 관심을 두지 않았다. 미정이 의도적으로 달력에 표시한 날을 파악하지도 않았다. 그런 가운데 혼자서 엄청난 고민에만 연연하더니 세월만 허비하며 살았다. 미정으로서는 틈틈이 그와의 관계는 항상 이상적이지 못하다고 아우성이다. 세상에서 저 혼자만의 고민만 하며 사는지 안타까웠다. 어떤 과제든 자신의 문제는 난관이 아닐 수 없었다. 그곳에서는 무슨 일이 있었던지 상상만 했다. 물과 사람 속의 깊이를 알 수 없듯이 미정은 안타까울 뿐이다. 이런 위기를 항상 지켜보던 생활이다. 매번 궁금증을 유발함으로 미정은 늘 불안한 가운데 사는 입장이다.
"내가 이렇게 시작하는 것도 수수께끼 같잖아?"
기태는 느닷없는 말을 꺼내며 미정을 궁지에 몰았다.
"그래서 답을 말하라는 거야?"
미정은 퉁명스레 말을 건넨다. 기태를 바라보더니 알아듣지도 못하는 말을 한다고 무시한다. 그러면서도 미정은 무슨 고민을 광범위하게 한다는 것인지 야릇한 미소를 짓는다.
"하여간, 매사에 어렵게 살아요. 도대체 쉽게 살 수 없어?"
미정은 기태의 행위가 짜증스럽다는 표정이다.
"인생사 쉬운 일이 어디 있다고……."
기태는 능청스럽게 미정의 말을 받아친다.
"……."

미정은 대답은커녕 비행기를 타기도 전에 제주도에 도착한 기분이다. 주변은 여전히 탑승자들로 왁자했다. 이런 가운데 서도 기태의 생각은 복잡한 여운이 머리에서 떠나지 않았다. 기태와 결혼 한지가 엊그제 같은데 미정이 벌써 환갑을 맞았다는 사실이 불편했다. 그야말로 화살같이 지나가는 나날이 마법 같았다. 생각하면 참으로 허무할 뿐이다. 살면서 여유를 가져보지도 못하고 앞만 바라보고 살았으니 정말 대책 없이 살아온 일들은 결과물이 없다고 여겼다. 평소에도 느끼지만 참으로 허무하다는 생각이 든다. 해마다 눈앞에 닥친 일들로 전전긍긍하기만 했다. 그러면서도 항상 바쁜 일상은 멈추지 않았다. 기태는 가끔은 그랬다. 도대체 어떤 과정으로 아내를 위한 이벤트를 해야 할까 하는 고민만 많았다. 이 또한 지금까지 풀리지 않는 난제로 인해 허덕일 뿐이다.
"역시 세대차이야."
미정은 뜬금없이 기태를 향해 소리쳤다.
"무슨 소리야?"
기태는 반사적으로 몸을 일으켰다.
"아직도 내가 말하는 뜻을 모르겠다는 거야?"
"그러니 단순세포만 갖고 산다는 거지."
"알아듣게 말해야 알지."
"당신은 내가 아무리 말을 한다고 해도 생각을 못하는 사람이니까."
"머리가 복잡한데 무슨 소리 하는 거야?"
"됐어! 더 이상 시시콜콜 말하는 따위는 안 하고 살 거야."
"당최 무슨 말을 했다는 건지, 원!"
기태는 시장침체로 인해 되는 일이 없다고 속을 끓이고 있었다. 그런 상황에서 아내의 마음을 무시하는 습관은 여전했다. 그는 아내의 환갑 따위는 고민할 여유가 없었다. 비행기에 탑승한 모습은 콩나물시루에 속한 것 같았다. 운행 시간이 짧다지만 갑갑했다. 온몸이 불덩이 같았다. 가슴이 터질 것 같았다. 공중에 떠 있다고는 하지만 구름마저도 확인할 수 없는 위치에 앉았다. 미정의 성화에 고민이던 난제는 육지에 두고 탑승한 꼴이다. 바다는 보이지 않고 비행기 날개 끝만 보였다. 사람마다 표정이 제각각이다. 그는 얼굴표정이 회색빛을 띄었다. 뜻하지 않는 날씨 탓인가. 미정은 기태와 같은 기분처럼 복잡한 마음에 숨만 쉬고 있다. 의도치 않게 몸이 따라주는 쪽으로 움직였을 뿐인데 날씨 또한 을씨년스럽다. 바닷바람과 더불어 하늘의 구름 또한 먹구름이 가득했다. 생각하면 모처럼의 여행이 아니던가. 이 또한 해방된 기분이어야 하는데 기분이 엉망이다. 도대체 어디에다 중심을 두어야 할지 난감하다. 활주로가 비행장에 닿았을 때 봄바람은 여전히 을씨년스럽다. 4월 중순인데도 불구하고 곳곳은 유채꽃이 피어 있어야 할 자리가 텅 비어있다. 감자를 심을 속셈인지 이해가 가지 않는 밭들이 보였다. 며칠 전만 해도 벚꽃과 유채꽃으로 화사한 풍경을 SNS를 통해 보았다. 그러나 그런 소문은 어디에도 볼 수 없었다. 인터넷의 광고물은 믿을 것이 못 된다는 생각이 들었다. 뉴스 보도와는 완전 딴판이었다. 여행을 다니러 온 자신에게 외면을 한다는 것인지 유채꽃은 없었다. 비행장 주변은 어디에도 볼 수 없는 풍경이다. 아무리 둘러봐도 유채꽃은 보이지 않았다. 이런 형국은 여행이 순조로울 수 없다는 생각을 했다. 바로 앞에 보이는 푸른 파도가 생각을 멈추게 했다.

창문을 활짝 열었더니 햇빛이 봄기운을 만끽하게 해 주었다. 문득 내다본 창밖은 뜻하지 않게 파란 하늘은 구름 한 점 없었다. 화창하기 짝이 없는 날씨로 변했다. 날씨로 인하여

기운을 업 시켜 주었다. 미정은 해가 뜨기 전부터 주방에서 움직여야 했다. 모든 여건은 기태의 배를 채워야 할 일이 급선무였다. 산책을 포기하고 삼시세끼 배를 채워야 하는 일에 길들여져 사는 남자다. 제주도 여행을 한답시고 일정을 정했다지만 구체적인 코스는 생각 못 했다. 대충 끼니를 때워야 할 일이다. 그래서 전례도 없는 분식으로 결정했다. 라면이라도 먹어 두어야 기태에게는 다음 일이 순조로웠다.

"오늘 아침 식사는 셀프야!"

미정이 서영을 비롯해 자신의 허기는 알아서 하라며 선포했다. 이런 발언은 날카로운 비명이었고 파장이 일었다. 식탁엔 물과 잡동사니 과자류와 라면만 있을 뿐이다. 어디서 어떻게 준비를 할 것인가. 늘 해오던 주방이 아니라는 것에 힘을 실어보았다. 이런 가운데서 비행기를 타고 온 일로 피곤함이 몰려왔다

"그럼, 라면이나 끓여서 먹을까!"

기태는 은근슬쩍 미정의 눈치를 살핀다. 그는 라면이라면 국수보다 즐겼다.

"……."

미정이 의도적인 속셈이었음을 기태는 모른다.

"내가 못 하는 일이 어디 있겠어? 라면 끓이는 일은 누구보다도 자신 있지!"

기태는 의기양양한 태도로 미정의 눈치를 살피며 큰소리다.

"그러니까 직접 끓여서 드셔!"

미정은 홀가분한 표정에 웃음이 가득이다. 서영은 아침을 대체로 굶는 편이다. 어디를 가든 끼니때마다 신경을 쓴다는 것은 예외다. 숙소와 가까운 거리는 사람의 흔적을 볼 수 없다. 비자나무 숲이 가까이 있다지만 선뜻 나서기가 어려운

거리다. 도대체 농사꾼은 어디서 일을 한다는 것인지 밭만 보인다. 곳곳마다 쓰레기가 없다는 것이 특별했다. 지정한 장소마다 분리수거를 할 수 있도록 준비되어 있었다. 그래서 그런지 그야말로 청결했다. 주변이 깔끔한 까닭에 제주시민들이 특별해 보였다. 관광명소다운 거리임을 확실히 느꼈다. 미정이 인접한 삶은 곳곳이 분리수거가 시정되지 않아 불결한 곳이 많은 편이다. 유리병과 캔 따위, 비닐은 도랑가에 몰래버리는 일은 흔했다. 하동댁의 인식은 아직도 변함없는 노인으로 아무 데나 버렸다. 노인은 땅 밑에서 비닐이 썩을 것이라 생각했다. 이웃은 이런 문제가 안타깝고 동네에서 쓰레기 태우는 일로 고심이 많았다. 한 집 건너 노인이 거주하였으며 마당귀퉁이에서 비닐을 태운다. 이렇게 소각하는 버릇은 막무가내였다. 이런 행위가 많아지자 주변은 비닐 타는 냄새로 인해 고역이 많았다. 이런 고통을 어떻게 예방을 해야 할지 고민을 해보았다. 자신의 선택은 정당하다며 소리쳤다. 세뇌가 된다는 것은 어려운 과제였다. 미정은 기태와 결혼 후 시골에서 줄곧 살았다. 이웃은 대다수가 연로한 가운데 독거노인이 많았다. 아픔을 안고 살아가는 그들을 눈여겨보는 일은 흔했다. 야위고 허약한 낯빛은 항상 햇볕에 그을려 살았다. 구릿빛 얼굴을 하였으며 세월의 흔적을 말해 주었다. 비만 오면 방에 누워 아픔을 감내해야 하는 사람들이다. 그들의 얼굴은 그야말로 순한 빛이다. 대나무밭 사이로 무심히 보이는 영산댁은 병원에 간다고 난리다. 걸을 수만 있다면 병원 가는 일은 당연했다. 미동도 못 하고 방에만 누워서 젊은 한때를 그리워하는 사람들이다. 그래서 결국은 자는 잠에 죽는 것이 복이라 했다.

다음날 새벽이 되기도 전이었다. 서영이 지독한 느낌으로 눈을 떴다. 뱃속이 거북하고 답답했다. 왜 그런지 불쾌하기 짝이 없었다. 횟집에서 먹었던 생선의 일부가 문제를 일으키는 듯했다. 화장실에서 심하게 토하고 멍한 상태였다. 거울을 보았더니 창백해 보았다. 늦은 밤 맥주를 한 병 마신 후 곧바로 잠을 청한 것뿐이다. 몇 번을 정신을 차리고 몇 번이나 중얼댔던지 모른다. 배 멀미를 한 것도 아닌데 멀미 현상처럼 매슥거렸다. 참기 힘든 갈증과 두통까지 지독한 울렁증이 났다. 당장 병원에 가야 할 것 같았다. 짜증이 나서 머리를 흔들었다. 짜증스러운 마음으로 잠자리에 들었으나 머리뼈 속의 뇌가 출렁이는 것 같았다. 식탁에 있는 생수를 벌컥거리기도 하였으며 남편에게 따로 전화를 할까 했다. 그렇지만 이 또한 힘겨워 참고 누웠다. 도대체 몇 시부터 고통을 앓고 있었는지 모를 지경이다.

"바늘 가지고 왔어? 손가락을 따야겠구나."

미정이 지난날 엄마에게서 보았던 대로 응급처치를 하려고 나섰다.

"무슨 소리? 나, 병원 갈 거야!"

서영은 발끈한다. 도저히 용납할 수 없는 돌팔이 행각을 거부한다.

"그럼 얼른 병원 가서 링거나 맞고 와라. 우린 기다리고 있을게."

머리를 몇 번 쿵쿵 쥐어박고는 병원으로 향했다. 하필이면 주말이 되어서 문제가 생겼다. 미정은 서영이 병원에서 돌아오기만을 기다리겠나는 심보다. 제주도로 여행을 왔다지만 계획에 차질이 많았다. 서영이 가이드 노릇은 틀린 것 같았다. 서영은 허겁지겁 병원 문을 들어섰다. 병원은 조용했다.

"어떻게 오셨어요?"

의사는 첫 환자인 서영을 노려보며 안색부터 살핀다.

"어제 생선회를 먹었더니 어떤 균이 침투를 했는지 모르겠어요. 너무 아파요."

서영이 자신의 체질을 느낌으로 안다는 것인지 균을 들먹이며 죽는시늉을 한다.

"아, 그렇게 되었군요! 링거부터 한 대 맞으시죠?"

의사는 사태를 파악했다는 뜻인지 곧바로 링거를 맞도록 했다. 간호사는 의사가 별다른 지시를 하지 않았는데 링거를 챙겼다. 그녀는 링거를 들고 침대가 있는 곳으로 서영을 안내했다.

"아무래도 링거를 맞으면 회복이 빠를 거예요."

팥죽 같은 피부를 한 여성은 도대체 얼굴 표정을 읽을 수 없었다. 부모의 유전이 그렇다는 것인지 얼굴은 온통 검은깨로 도배되어 있었다.

"자신이 있군요? 한 병 맞고 나면 괜찮아야 할 텐데……."

서영이 긴장하며 간호사를 추궁한다. 의사나 간호사는 불쾌감을 주었다. 의사가 실수를 한 것은 아닌지, 진찰은 제대로 했다는 것인지 혼란스러웠다.

"간호사님! 혹시 모르니까 시간에 맞춰 확인해 주세요."

서영은 간호사에게 간곡히 부탁했다. 자신이 잠에서 깨어나지 못할 것을 염려했기 때문이다. 더욱더 조급한 마음에 긴장감은 떨칠 수 없었다. 최근에 자신의 운명과 죽음에 관해 고민이 많았기 때문이다. 어떻게든 세상의 환경과 적응한다는 것이 우선으로 여겼다. 아버지의 운명을 지켜보지도 못하고 타국에서 눈물만 흘렸다는 것도 가슴 아팠다. 그야말로 급속도로 변화된 한국을 잊지 못하고 있었다.

"아직도 바람이 많이 불어요?"

서영은 간호사를 불러 말을 건넸다.

"모처럼 여행 오셨나 봐요?"

"네, 그래요."

"제주엔 바람이 많은 곳이에요."

"그렇군요. 오늘따라 유별나게……. 온몸이 사시나무 떨리듯 으스스해요."

"컨디션이 순조롭지 못해서 더 그럴 거예요."

"계획한 대로 여행을 못하고 곧장 돌아가야 할 것 같아요."

"안타깝네요. 좀 진정되면 괜찮을 거예요."

팥죽 같은 얼굴은 붉은빛이 더했다. 그녀는 진심으로 서영을 염려했다.

"제가 아무래도 제주도에서의 일정이 잘못되었나 봐요. 전혀 생각시도 못한 일이 생겼거든요."

서영은 마음이 초조하고 불안하였다. 여행길에 나선 미정에게 부끄러워할 필요가 없는데도 부끄럽고 걱정되었다. 특히 기태의 기분은 병적인 상태로 보였다. 그를 대충 알긴 하였지만 미정이 난처했을 것 같았다. 최소한의 저항이 따랐고 주사 기운 탓인지 말을 하다 말고 짧고 긴 숨을 몰아쉰다. 서영은 꿈에서 어디론가 빨려드는 느낌이었다. 아득한 어느 지점에서 길을 잃고 방황하였다. 아주 낯선 곳에서 새로운 일에 적응하려고 몸부림쳤다. 이런 느낌은 종종 있었다. 때로는 자신의 습관을 잊을 때가 많았다. 오직 자신의 삶을 되찾기 위해 프랑스로 유학을 떠났던 것이다. 몹시 무더운 여름을 기억한다. 서영은 프랑스로 유학을 떠나야겠다는 작심을 하고 있었다. 유학을 떠나기 전에는 미정과 자주 왕래를 하고 싶었다. 자신의 처지를 서로에게 관심을 갖고 지낸 친구다. 미정과 아주 짧게 여행을 다녔던 기억도 있었다. 여수의 낭도까지 여러 섬으로 여행하기도 했다. 앞으로의 삶은 결혼을 할 것인가, 말 것인가를 두고 고민하였다. 그러나 부모님의 성화에 못 이긴 미정은 결국 자신과의 뜻을 다하지 못

하고 기태와 결혼을 하였다. 이 또한 서영으로서는 복잡함을 떨치려 노력했다. 자신의 앞날을 자신할 수 없는 때였다. 어떻게든 서구적인 문물을 찾아 떠나야겠다는 마음을 갖고 있었다. 서영은 결국 최선의 방책으로 프랑스로 유학을 택한 것이다. 서영의 유학은 아버지의 희망이기도 했다. 엄마보다는 아버지의 성화에 유학길에 올랐다. 아버지는 넓은 세상에서 살아야 한다고 말씀하셨다. 그렇지만 엄마는 정반대였다. 동생들이 넷이나 되고 장녀인 맏이가 시집을 가야 한다고 반대셨다. 아버진 남들이 하는 일은 볼품이 없다며 세뇌를 하셨다. 시집가면 고생이 죽 끓듯 한다고 말씀하셨다. 서영이 결국 아버지 말이라면 복종하였다.
"아버지 말씀대로 프랑스에서 그곳 문화에 적응할 수 있을지 걱정돼요."
"서울을 가도 물어서 가면 되는 거야. 세상 어딘들 못 갈까!"
아버진 장담하듯 새로운 문물에 적응하도록 유도하셨다.
"엄마가 반대신데 어떻게요?"
"괜찮아!"
아버진 일침을 가했다.
"저는 아버지 말씀만 따르겠어요."
"이 집을 팔아서라도 네 유학은 보내주마!"
"그런데 엄마는 시집을 가야 한다고 걱정이 대단하세요."
"시집 같은 소리 하고 있네. 시집가면 편한 세상이라던?"
"중담에 있는 미정이도 시집을 간데요."
"시집가면 평생 고생만 한다. 프랑스로 유학이나 가도록 해라!"
"혼자서 어떻게 가요?"
서영은 두려워 무서웠다.

"혼자서 경험을 하다 보면 문제는 해결된다. 가보지도 않고 겁부터 먹어?"

서영은 아버지의 선언에 놀라웠다. 아버지와 있었던 오래전의 대화를 아직도 잊지 못하였다. 아버지 말씀대로 프랑스 유학을 결정한 후 생활이 걱정이었다. 타국 생활이 호락호락한 데가 아니라는 것은 당연한 문제였다. 현실감은 당혹스럽고 고난이 따랐다. 운 좋게도 어려서부터 아버지를 따라 교회를 다녔던 경험은 큰 힘이 되어 주었다. 그런 인연으로 비행기가 프랑스에 도착했을 때 교회부터 찾았다. 조용한 동네에 라떼 교회를 발견하였다. 라떼교회는 어려움을 해결할 수 있는 유일한 곳이라 생각했다. 교회서 파비앙 페논을 알게 된 건 행운이었다. 서영으로서는 인연이었다. 그를 통해 어려운 난관을 풀어 나갈 수 있었다. 언어와 문화가 다른 프랑스에서 그의 도움이 컸다. 그와는 삶의 동반자기도 했다. 아버지를 대신한 길잡이 역할은 파비앙 페논의 인품을 좋았다. 인천공항은 꽃바람이 몹시 불었다. 서영은 남편을 따라 귀국하게 되었다. 그와의 사이에 남매가 있었으며 아이들은 제 역할을 하는 나이였다. 파비앙 페논은 사업 수환이 월등했다. 그는 한국의 물자를 프랑스로 갖고 가기 위해 분주한 사람이었다. 서영을 앞세워 온 것도 아내를 배려한 때문이다. 서영이 고국의 변화에 놀라움을 금치 못했다.

기태는 서영이 아픈 관계로 제주도 일주를 미정과 함께 다녔다. 그는 순간순간 의도치 않게 제주도에 끌려왔다며 투덜거렸다.

"저렇게 허약해서야 원!"

기태는 눈을 발끝을 향해 주시하더니 고개를 힘껏 젓는다. 서영이 걱정스러워 투덜거렸지만 미정의 눈치를 살폈다.

"어쩔 수 없잖아! 일부러 그럴까?"
미정이 대꾸하더니 기태의 마음을 주입시킨다.
"당신이 수고를 해야겠어!"
미정이 감정을 추스르며 기태의 표정을 살핀다. 도대체 주인공이 누군지 알 수가 없다는 표정이다. 모든 상황은 시간에 맞춰 움직여야 할 것 같았다. 어디서 하루를 관광하며 보내야 할지도 고민이었다. 바람은 여전히 온몸을 움츠러들게 하였다. 얇은 옷을 여러 겹 껴입어야 바닷바람에 견딜 것 같았다. 기태는 월정리 해수욕장을 향해 차를 몰았다. 모래는 그야말로 백사장이다. 풍력발전기가 바람에 의해 거대한 모습을 자랑하고 있었다. 적당한 장소를 물색한다. 기태는 사진을 찍어 보겠다는 의욕이 없었다. 미정이 혼자서 적당한 곳에서 풍경을 담았다. 검은 돌을 배경 삼아 배경을 살폈다. 제주도의 돌은 미정이 속마음처럼 검었다. 어떤 방식으로도 기분을 전환할 방법을 찾지 못하였다.
"야, 광어가 낚였어!"
기태는 난데없이 방파제를 향해 소리쳤다. 누군가 큼직한 광어를 낚은 것이다.
"아니, 어떻게 해서 광어가 잡힌다는 거야!"
미정은 의아한 표정이다.
"양식장이 옆에 있잖아. 고기가 빠져나오는 것을 유인했겠지!"
기태의 계산은 빨랐다.
"그래요! 저런 낚시는 불법 아닌가?"
미정이 괜한 걱정이 앞선다.
"양식장을 벗어났는데 불법은 아니지."
기태는 미정의 소심함을 달래었다.
"손맛은 좋았겠어!"

미정이 표정이 밝았다.
"그러게……."
기태는 몹시 지쳐있었다. 누군가의 협박으로 인해 고민 중이다. 그 모습을 발견한 미정은 불만이다. 하나하나 어떤 경로를 표시해 놓은 듯 사건이 미궁에 처한 듯 보였다. 어떤 가능성을 찾기 위함인지 고민하고 있었다. 오직 기회만 된다면 자신의 기분을 만끽할 수 있는 쪽으로 생각했다. 그런 가운데서도 어긋난 일은 무시하는 쪽으로 치부한다. 여유적인 방패는 순수한 생각에 불과할 뿐이다. 그는 여전히 자신의 구상에서 벗어나지 못했다. 마음이 불안한지 물을 벌컥거리며 마신다. 그는 하나님을 향해 속마음을 알아달라는 애절함 같았다.
"도대체 언제까지 이렇게 두실 겁니까?"
기태는 물이 목구멍을 타고 넘기는 중임에도 불구하고 애절하게 부르짖는다. 그에게는 상대가 누구든 자신의 불만을 호소하고 싶었다. 미정은 이런 기태의 태도가 안타까웠다. 이런 기태가 불만이다.
"당신은 온전한 정신이 아니야!"
미정은 얼굴빛이 붉으락푸르락하였다. 어떻게 수습을 해야 할지 몰라 망설인다.
"누가 뭐래?"
그는 능청스럽게 자신의 행위를 알지 못했다.
"병적인가? 헛소리 좀 그만할 수 없어?"
미정은 기태의 유들유들함이 미웠다. 이 또한 심각하다고 지적을 한다.
"그러니 살이 붙을 리가 있겠어?"
그는 오히려 엉뚱한 말로 얼버무렸다.
"도대체 생각이 있는 거야, 없는 거야? 내가 아주 미쳐 돌아버리겠어!"
　미정은 기태의 행위가 못마땅하여 울화가 치밀었다. 서영이 이런 상황을 보았다면 얼마나 창피스러운 일일까. 생각의 깊이를 알 수만 있다면 좋겠다는 생각이다.
　"야, 저기 있는 풍력발전기는 엄청 커 보여!"
　기태는 방금 전까지의 상태를 잊고 있다. 미정의 투정 따위는 바람에 실려 보냈다는 듯 화색이 돌았다.
　"풍력발전기가 눈에 보이긴 하고……!"
　미정은 화가 치밀어 바다를 향해 쏘아본다. 그녀는 속이 곪을 대로 곪아 터졌다는 생각이다. 너무도 오랜 시간을 기태에게만 의존해 왔다. 어떤 상황이든 문제의식이 회복되리라고 믿었다. 이 또한 시간이 흐를수록 실망만 더했다. 그런 가운데서도 미정은 습관적으로 한숨이 잦다. 자신도 모르게 한숨을 토하였을 땐 순간적으로 깜짝깜짝 놀라웠다.
　"야, 저렇게 만든다고 고생깨나 했겠어!"
　기태의 감탄은 바람결에 퍼졌다.
　"저렇게 하기까지는 세밀한 설계가 있었겠지!"
　미정은 퉁명스레 답한다.
　"아마도 그렇겠지!"
　기태는 다시 기운이 빠지는 소리를 하였다. 미정은 기태를 노려보며 한숨이 더했다. 해를 거듭할수록 실망으로 인해 가슴의 통증이 왔다. 목적과 취향이 다른 채 세상살이에 적응해 온 것이다. 한순간도 벗어날 수 없었던 그와의 관계였다. 그러나 서영을 생각하면 마음이 불편하다. 오랜만에 한국에 다니러 온 서영이다. 그런 서영이 병원에 누워있는 것이 측은했다. 그녀를 불편하게 한다는 것이 가슴 아프다. 어떻게든 지난날처럼 관계가 돈독하기를 바랐다. 그녀의 갑작스러운 아픔에 일정이 스톱되리라고는 생각도 못했다. 어쩌면 좋을지 난감하다. 환갑을 맞이하여 모처럼의 여행이 기대되었던 건 사실이다. 서영과 둘이서 제주도에서 즐기려고 마음먹었다. 미정은 가슴의 통증을 달랠 수 없었다. 푸른 파도를 바라보면서 기분을 달랬다. 어떻게 하면 좋을지 생각할수록 먹먹했다. 앞일을 예측할 수 없어 답답하다.
"목이나 적실까?"
기태는 적당한 곳에 차를 세웠다. 사람들이 많이 들락거리는 카페였다. 신기하게도 그는 운전 중에 어디서 카페를 발견하였는지 목마름이 절실해 보였다.
"특산물이 있다는 것이 신통해! 색깔이 먹음직한데……."
미정은 천혜향 주스를 택했다. 기태 또한 원하던 주스를 받아 들었다.
"아, 이 순간을 놓치다니! 누구 없을까!"
미정은 제주도의 추억을 담기 위해 배경을 잡았다. 어디든 풍경이 되는 곳을 저장하고 싶었다. 급히 고개를 돌려 지나가는 이를 살폈다. 다행히 젊은 여성은 미정의 요구에 응해 주었다. 미정은 최대한의 포즈를 취했다. 지금의 장소가 어딘지는 필요할 것 같았다. 그런데 자신은 카메라를 응시했으나 기태는 예외다. 그는 피곤한지 하품만 한다. 함께 사진을 찍겠다는 데는 전혀 관심 밖이다. 복잡한 현실을 바다를 향해 토하고 있는 꼴이다. 이런 모습을 발견한 미정은 화가 치민다. 연속적인 그의 태도에 짜증이 났다. 어디에도 중심이 되는 일은 찾아볼 수 없었다. 서영이 함께였다면 창피할 일이다.
"이런, 환상할!"
미정이 발끈하지 않을 수 없다는 듯 노려본다.
"무슨 일이야?"
기태는 자신의 태도가 어떤 상황인지 전혀 몰랐다.

"사진을 찍어야 할 때 당신은 자세가 이게 뭐야?"
미정은 하품을 하는 모습을 내밀며 울상이다.
"어때서?"
기태는 그걸 아는지 모르는지 대수롭지가 않다.
"아무튼 맘에 드는 일은 눈을 씻고 봐도 찾아볼 수가 없어!"
미정이 발끈하였다.
"심통하고는!"
기태의 말은 미정의 마음을 알았다는 듯 무시한다.
"하여간 매사에 이렇다니깐!"
미정이 속이 타들어 간다. 과격한 동작으로 주스를 벌컥거렸다.
"그게 뭐 대수라고······."
"뭐라고? 당신은 지금, 공짜로 왔다는 것에 고마워할 일이야!"
"난 공짜가 싫어! 제주도에는 뭐가 볼 게 있다고······."
"그럼 돈이라도 많아서 유익한 여행길을 나서보던가?"
미정은 속상한 마음에 기태의 기분을 자극한다. 양날의 칼을 손에 쥐고 견주듯이 종알거렸다. 이런 일은 아주 흔한 일이므로 서로의 감정은 대수롭지가 않다. 기태의 반응은 고질적인 문제였다. 그는 평소와 다름없이 상대를 불편하게 한다는 것에 유념하지 않았다. 그로서는 결과물이 이뤄지기만을 원했다. 오랜 기다림에 지칠 만도 한데 길들여져 있었다. 미정은 그런 모습이 불만이었고 갑갑하였다. 그는 이루지 못할 꿈만 잔뜩 짊어진 채 동트는 아침을 기다리는 스타일이다.

연어의 꿈

연어의 꿈

1

필녀의 운명은 절체절명의 위기에 있다는 소문이 퍼지고 있었다. 한 여자의 하얗고 굽어진 모습은 선명했다. 그녀가 다니던 길목은 온종일 한산했다. 그녀의 위급함이 전해지자 친족들의 걱정은 예외일 수밖에 없었다. 하늘마저 이런 이유를 암시하듯 흐릿하였다. 어두운 밤이 되자 파도의 울음까지 들려왔다는 소문이 잇달았다. 그녀가 섶밭으로 시집온 후 섬과 구름을 만난 지 팔십을 넘겼다는 말을 하기도 했다. 그녀의 일상은 눈을 뜨면 일출을 볼 수 있는 위치에서 살았다. 먼 발치에서는 여인네들이 물신을 신고 바지락 캐는 모습을 흔히 볼 수 있는 장면이 많았다. 며칠 전에는 어둠을 감싸고 돌던 시각이었는데 사물과의 거리를 두고 힘없이 앓고 있었다. 주위에서 지켜보던 가족들의 예감은 불길한 징조가 따랐다. 텅 빈 육체는 고정된 현실과의 싸움이 움트고 있었다. 그날은 잔잔한 파도가 있었고 그 모습을 바라본 아침은 일출이 있은 후였다. 구름과 섬 그리고 배들을 볼 수 있는 풍경이 바로 눈앞에 아른거렸다. 그곳은 단순한 배경을 뛰어넘은 곳이기도 했다. 파도의 움직임과 안개가 사라져 간 뒤 파란 하늘을 볼 수 있었다. 필녀는 가슴속에 간직한 마지막 행운을 놓지 않으려 몸부림쳤다. 정확히 말해서 모성의 힘으로 부재중의 가치를 존재하기 위해 노력했다. 구름의 모양과 섬을 바라본 다음 새우처럼 누워있다. 파도 소리에 감금된 아픔은 무방비 상태로 노출되기도 했다. 바다를 가르며 속도를 내고 가던 배가 멀리 향하고 있었다. 필녀에게는 이 모든 상황을 보류하고 숨을 몰아쉬고 있었다. 매몰차게도 사람들은 당장 죽어서는 안 된다고 야단법석인 것도 어렴풋이 들려왔다. 필녀의 육신은 몸과 정신이 굳어져 가는 징조가 뚜렷했다. 그런 가운데 새우 모양을 하여 눈을 감고 있을 뿐이다.
"내가 이제 이곳을 떠나야 하는 갑다."
필녀는 깊은 한숨을 내쉬며 신음하였다. 그녀의 귓가에서는 문밖에서 들려오는 웅성거림이 미세한 바람을 타고 들려왔다.
"내가 이러고 있는 것도 자식들인 데는 짐짝이나 다름없을 끼라."
필녀의 죽음을 예고하는 듯 바람과 까마귀마저 예사롭지 않게 들렸다. 새로운 비전이라고는 전혀 찾아볼 수 없는 상황에 있었다. 사실은 필녀보다 사위 김덕칠의 선거가 무사히 끝난 후에야 죽어야 한다는 황당한 소문만 나돌았다. 아직은 살아야 한다는 말을 많이 하였다. 그들은 필녀의 죽음을 보류한 채 국회의원으로 출마할 사위 김덕칠을 걱정했다. 그런 과정에서 생활의 토대가 되는 구체적인 세목과는 관련은 없지만, 당선만 된다면 상당한 이득이 될 사람으로 여겼다. 그런 상황에서 선거운동은 바쁘게 신행 중이다. 이 또한 밤이면 소쩍새가 우는 이른 봄부터였다. 이러함은 생의 욕구는 천명과도 같았다. 딸 순임은 어디로 먼저 발길을 돌려야 할지 난감하였다.

"엄마, 미안해! 엄만 내 심정을 아실 거야…."
 순임이 순간순간 생각만큼은 삶의 의지로 가득할 뿐이다. 분명한 것은 욕망이 넘쳐야 했다. 장기적으로 볼 때 엄마 필녀를 잊어야 할 문제였다. 이 또한 선거로 인하여 절박한 상황이 아닐 수 없었다. 필녀를 생각하면 모정의 관계가 냉철할 뿐이다. 필녀보다 그다지 다를 수밖에 없다는 듯 김덕칠의 일이 우선이어야 했다. 남편 덕칠을 생각하면 어쩔 도리가 없는 상황이었다. 필녀의 죽음이 예고된 것은 파도의 일렁임과 같았다. 코가 땅에 닿을 정도로 굽어진 허리였다. 굽어진 허리는 유모차를 앞세워가며 끌려다녔다. 손끝이 후들거리면서도 갯벌에서 캔 바지락을 장에 내다 팔 생각을 하였다. 이마의 주름이 빨래판처럼 열을 지은 지 오래지만 본색의 얼굴은 유념치 않았다. 그다지 고생한 일이 없었던 필녀의 삶이기도 했다. 나이가 들수록 잔돈에 욕심을 부리는 모습은 주변의 이목을 집중하기에 좋았다. 이 또한 자신의 죽음을 주변에 알리는 경고나 다름없었다. 이런 필녀를 두고 섶밭 사람들은 비웃는 일이 잦았다.
 "우얀다꼬 욕심이 목구멍까지 찼을꼬."
 "저런다꼬 자녀들이 좋다 하겠나. 오히려 사위 얼굴을 봐서라도 저러면 안 될 낀데. 저러다 들키는 날에는 난리가 날 끼라."
 "하머, 하머! 사위 위치도 있는데 우얀다꼬 저러는지 모르지."
 "아이고, 늙어 막에 접어들더니 큰일이데이. 고마, 나이 탓 아이겠나."
 "그래서 늙으면 얼른 죽어야 하는 기라."
 "생판 일도 못함서 일을 한다카네."
 "영감 살아생전에 면장도 하고 면단위에서는 유지로 산 사람이 욕심이 뭐꼬."
"하기싸, 죽으면 갖고 갈 돈도 아이고…."
"아들 몫이 작다꼬 저랄까?"
"누가 그 속을 알겠노."
"사람마다 욕심이 한계가 없다는 말이 딱 맞는 기라."
"인생무상 하다는데 뭔 다꼬 저렇게 요독을 쓸꼬."
좁은 길목을 돌아서 가다 보면 그늘진 담벼락이 있다. 그들은 필녀집을 향해 도드라지게 지켜보고 있었다. 정암댁과 마동댁은 장단에 맞춰 필녀 일대기를 평한다. 그들은 앞으로 치러질 필녀의 장례 절차에 대해 염려하고 있었다. 그들은 방금 전에 갯벌에서 일을 끝내고 집으로 가던 중이었다. 물신을 신은 채 뻘이 묻은 얼굴은 머드팩을 한 듯했다. 상황을 살필 겨를도 없이 남의 말이라면 흥에 겨운 사람들이다. 그러다 갑자기 울음 섞인 고함을 질러 되었다. 무슨 원한이 있었기에 난데없이 지난날의 아픔이 있었다며 발악하였다. 고통과 절망과 패배를 회피하지 못하고 대면하기 위한 발악을 일삼고 있다. 그들은 믿음이 없는 얼굴을 하고 살던 사람들이다. 세월은 갈지라도 가슴 깊은 응어리는 잊을 수 없었다. 눈알이 빠질 듯한 심정으로 살아온 날을 기억하였다. 그런 마음에 표독스러운 눈길로 필녀집을 향해 쏘아본다. 그 순간 침묵과 고요가 함께 하는 가운데 헛소리처럼 어둠이 파고들었다.
"세상에 그런 일이 어데 있겠노?"
"어쩌다가?"
"고, 야시 같은 년이요. 예전에 어매 아배는 아무 말도 않는데, 전답수곡을 따박따박 챙긴다 아이가. 조선 천지에 오데서 저런 년을 낳았는지 몰라."
"고년이 세상 물정을 몰라도 한참을 모르던 갑다."

"아이고- 몰시더! 오데서 저런 여시 같은 년이 낳는지 섬 떡시럽다."
 청주댁은 비참하고 참담한 기분을 잊지 못한다고 읊조렸다. 생각하면 분하고 가슴 아팠던 삶을 회상하였다.
"고것이 시집가서는 잘 사는지 몰라."
"쳇, 듣자 하니 딸년은 이혼했다 카고 아들은 우짜다가 그랬는지 여자가 보따리 싸서 도망갔다 카데. 세상은 우짜든동 오래 살고 볼 일이데이. 숭축한 년이 내가 눈치를 암만해 싸도 고개를 빳빳하게 치켜들고 찌랄 염병을 하데."
"어쩌다 그런 여식이 다 났을꼬. 그래도 순임이는 영 딴판인기라. 작딸막한 것이 생글생글 웃음서로 인사성은 월매나 반듯한데. 제 언니 안 같더만."
"그래도 고것이 복이 오데가 박히도 박힌 기라. 신랑 하나는 잘 만났데. 고 그이, 그래도 복이 많은 갑서."
"하머, 하머!"
"참말로 세상이 말세가 될라꼬 그라는 강. 우얀다꼬 그런 년이 났을꼬."
"큰 것, 고년은 참말로 못 됐다."
 그들은 필녀의 죽음을 목전에 두고 말들이 많았다. 간혹 비뚤어진 집착으로 싸움을 해대는 사람이다. 사람마다 결과를 두고 궁금해하는 눈빛은 한결같았다. 지난날 필녀의 문전옥답을 농사지어 수곡을 주며 살던 사람들이다. 눈대중이라고는 형식적인 사람이었으나 필녀의 큰딸은 그렇지 못하다고 평한다. 지각 있는 사람은 제각기 마음속에 심어둔 선택의 여지가 필요로 했다. 매몰차기보다는 체면치레 정도로 사는 사람들이다. 그들에게는 세월을 비껴가는 이유를 따지며 논했다. 상당 부분 단조로움을 극복한 나머지 새로운 이미지를 창출하는데 기여하였다.

"바다 향을 잊지 못하고 저렇게 사투를 벌이고 있는 기라."
청주댁이 다시 각인시키는 차원에서 옆 사람들에게 주입시킨다.
"아무튼 선거가 코앞인데 걱정이 말이 아인기라. 대소가 사람들은 잠도 제대로 못 잤다 쿠데. 어떻게 저렇게 지내고 있을 끼고. 남 일 같지 않는 기라."
"누가 아이라 카나. 시간이 갈수록 걱정이 많을 끼라."
차갑게 문전박대당하는 일도 비일비재했으나 이따금 친절한 말은 즐거웠다. 평소처럼 본질적인 변화가 아닐 수 없었다. 다음 날 아침 일요일은 날씨가 화창하였다. 붉은 해가 떠오르는 아침 바다에는 부지런한 어부와 하늘을 나는 갈매기가 조화를 이뤘다. 갈매기 떼를 바라보며 재생과 부활이 힘께하는 하루를 반긴다. 그 모습은 구름은 낮게 깔려있고 아름다움이 강했다. 항상 경계를 하던 필녀의 거주지가 낯설지 않다.
'어쩌자고….'
허리가 굽은 필녀의 모습처럼 성스런 주목(朱木) 또한 병든 채 있었다. 주목(朱木)은 밝음 속에서도 살아갈 수 없는 딱한 상황이었다. 어둠 속이든 빛 속이든 밤낮으로 울고 가던 새들도 머물다 간 나무가 시름시름 앓고 있었다. 세월의 무상함 가운데 벼랑 끝에서 버티고 있더니 이제는 절망의 상태로 죽어갔다. 그런 위치에 바닷가 갯벌이 펼쳐진 너머에 일출을 담은 풍경은 매력이 넘치는 곳이기도 했다. 수평선 위 하늘 끝에 보이던 노란 해돋이는 갯벌과 조화를 이루어 강렬하였다. 한때는 뜨거운 빛을 받으며 바람에 웃고 있었을 주목(朱木)이었다. 이 또한 필녀처럼 죽기를 각오한 듯 병들어 갔다. 태양빛의 강렬함에 가려져 전혀 빛을 발하지 못할 것 같은 암시를 표하고 있었다. 그런데 초를 다투고 있는 필녀가 걱정이다. 온 밤을 어떻게 버티고 있을지 모두가 주목하는 상황이었다.

2

김덕칠은 선거 참모로 나필국을 급히 물색하게 되었다. 나필국은 고통 가운데 절망과 패배를 맛보았던 출마자들의 과정을 잘 알고 있는 인물이었다. 어떤 경우에서도 출마자를 당선시키기 위해서는 선거운동 경험이 월등해야 했다. 경쟁 상대를 능가하기 위해서는 작전이 조성되어야 할 것 같았다. 이런 경우에서는 나필국이 여러 차례 선거판에서 물이 든 사내였다. 김덕칠로서는 패기만만한 나필국을 참모로 지목한 일은 적격이라고 생각되었다. 나필국은 필녀의 조카기도 하지만 주목할 만한 인물이었다. 나필국을 추천한 사람은 섶밭 사람들이 한몫을 하였다. 그는 선거판에서 도가 튼 사람이라고 정평이 나 있었다. 나필국은 쟁취의 끝은 알 수 없었으나 싸움닭이 되겠다는 패기는 적격인 사내였다. 그가 김덕칠의 선거운동에 앞장만 서준다면 추세는 그다지 걱정하지 않아도 된다는 소문이 나돌았다. 나필국은 장수면 일대에서 안목이 넓은 사람이기도 했다. 김덕칠로서는 한 수 이기고 들어가는 것과 다름없다는 평들을 하였다. 나필국 또한 김덕칠을 이용하여 수산업에 대한 프로젝트를 선거공약으로 내세울 속셈이었다. 김덕칠 또한 수산업에 관한 프로젝트를 유권자들에게 선포함으로써 선거에서 자신할 수 있다고 여겼다. 꼭 당선이 되어야 한다는 각오가 절실하였다.
"앞으로 공약을 내세울 수 있는 묘책이 필요할 거야."
나필국이 선거운동에 나선 일행을 조성하여 기운을 돋우고 있었다.
 "아, 지시만 해보이소. 우리가 힘닿는데 까지 뛸 모양 인께네."
 "우선 양지마을에서 제일 믿음이 가는 사람을 물색해서 표밭을 다져 보이소."
 "그건 걱정하지 마소. 내 아는 형님은 입도 무겁고 지시하시는 데는 걱정 없구로 할 겁니더."
 "대충 어떻게 돌아가는지는 그림이 그려지겠지요?"
 "하머요. 일단 나가 봅시다. 이래 앉아 있다간 국물도 없을 끼라 예."
 "그럼 여러분들만 믿고 다음을 진행하도록 하겠심더."
 "고마 어데로 가든 우리가 우세할 것이니 긴장은 놓지 맙시다."
 "고맙습니더. 그럼 그렇게 믿고 있을 테니 열심히 뛰어 주이소."
 그날 이후로 닭이 모이를 쪼아 먹듯 할퀴고 할퀴는 영역에서는 틈이 보이기 시작했다. 사람들의 삶이 그러하듯 예상치 못한 난관과 장애물이 따르는 일은 곳곳에서 일어나고 있었다. 반면에 김덕칠은 상대를 몰아세우거나 비겁하게 헐뜯는 일은 하지 않을 속셈이다. 그는 청렴결백으로 공직생활에서도 평판이 나 있는 정확한 사람임을 유권자들은 잘 알고 있었다. 나필국 또한 추진하는 일에 대해서는 그나마 쉬운 일이라 여겼다. 야릇한 웃음을 갖고 필녀가 나서 주기를 바랬지만 어쩌다 저 지경이 되었는지 안타까운 마음이다. 아직도 신음하며 숨만 쉬고 있다. 필녀는 선거일을 빨리 끝내고 모여 주기를 바라는 촛불 같았다.
 "오늘 바람만 불지 않는다면 황사는 없을 텐데 걱정이야."
 "마스크 하고 나서라."

"당연하죠. 언니도 건강 잘 챙겨요."
"내 걱정은 말거라. 우리가 한 해 두 해 겪는 세월인 줄 아나."
"저는 꽃 알레르기가 있어 걱정이에요."
"단디 해라. 미리 주사도 맞고 나서라."
 순임이 인척들을 통하여 사전선거운동에 심혈을 기울여야 했다. 섶밭 친정 곳은 믿을 만한 곳이라 마음을 놓았다. 긴 통화를 순영과 하고는 숨을 몰아쉬었다. 순임의 초롱한 눈망울은 필녀를 꼭 닮아 있었다. 전날도 순임의 눈빛은 맑고 고고함이 영역한 자태로 선거운동에 나섰다는 소문이 나돌았다. 한 줄기 바람처럼 신비로운 노을의 마지막 여운까지 닮아가는 순임이었다. 좀 더 먼 곳으로 운동권에 나서던 일행도 순임처럼 근심스러운 얼굴이다. 그들은 긴장을 늦추지 않았다. 어느 시각에 필녀의 비보를 접하게 될지 긴장해야 했다.
"보소, 목 좀 축이고 가소. 뭘 다꼬 그리 바쁘게 설치요."
"저희들은 여기서 오래도록 지체하다간 큰일 나요. 암튼 잘 부탁해요."
"고 마, 여기서는 묘판에 종자 부어 놓은 거나 마찬가지 라요. 걱정들 마소."
"감사합니다."
 순임이 일행들과 많은 유권자를 만나 줄기차게 응원하는 모습 보면서 감동했다.
 장수면 장좌리 동네입구에 접어들어 차를 멈추게 했다. 골목 입구에 접어들었다. 주위와는 어울리지 않는 구식 석조 건물까지도 사람이 사는 곳이면 찾아갔다. 지푸라기를 잡는 심정이었다. 성격처럼 섬세함을 갖고 움직였다. 순임의 걸음걸음은 새기고 지나가는 열의가 넘쳐 보였다. 이런 풍경에서도 생애 첫나들이를 하는 강행군이 아닐 수 없었다. 담벼락에서 한 가닥 남은 라일락 가지가 드리워져 있는 곳도 반가운 풍경이었다. 밤새 토악질을 해대는 행인을 보면서도 등을 토닥거리는 세심함도 멈추지 않았다. 등줄기에서 식은땀이 났을 때 상대 후보자의 포섭에 부랑자들의 피 튀기는 살벌함도 보게 되었다. 그럴 땐 정말 끔찍한 기분이 들었다. 묵묵히 감당해야 할 정도로 자신의 감정을 조절할 수 있어야 했다. 그때는 이미 다음 날 아침 동이 틀 무렵이었다. 요지에 있는 사람들로 긴장을 늦출 수 없는 강행군이었다. 물방울무늬가 있는 하늘색 투피스를 곱게 차려입은 순임은 다소 말이 없었다. 어쩐지 마음이 답답해 오기까지 하였다. 굿이나 보고 떡이나 먹자는 주의와 오래도록 말을 하다 보면 너무 지치는 때가 많았다. 그럴 때마다 절망하지 않고 공손함을 잊지 않았다. 이런 모습을 지켜본 사람들은 안목이 출중한 여자라고 소곤거렸다. 이상하게도 밝은 빛의 아름다움이 있는 순임을 둘러싸고 평이 좋았다.

"저 작은 체구에 어데(어디)가 복이 들었을꼬!"
"타고난 복을 어떻게 알겠노."
"부모덕이 있으니 타고난 복이 있겠지."
"그건 나도 모르는 일이고 복이 있고 말고가 어딧노."
"복도 없는 팔자로 살아가려니 괜히 심통이 나는가 보네."
"쳇, 누가 그런 욕심을 낸다꼬."
"알 수 없는 일은 골머리 아프다. 신경 쓰지 말자."
"말 잘했다. 그렇게 살아야 맘은 편한 기라."
"별 수작을 다 쓰는 군."
"내가 이렇게 궁핍하게 살다 보니 질투가 안 나고 베기나."
"핑계는…."
어깨를 스치고 지나가던 여자들이 이렇게 말하며 지나쳤

다. 그들은 세속적인 성공의 냄새까지 풍기는 변화의 조짐을 읽고 있었다. 그러나 어디가 복이 있다는 건지 순임으로써는 곱씹을 생각은 없었다. 그들에게는 신기루에 다름없을 뿐이었다. 짙은 황사바람이 심하게 불어오는 동안 순임과 인행은 나름대로 생각이 깊어졌다. 어떤 방향으로 선택의 여지를 확보할 수 있을지를 구상 중이었다. 어쨌든 수많은 비난과 위협을 무릅쓰고 허구적 상상력의 비판일지라도 마음을 뭉쳐야 할 판이었다. 하늘도 시큰둥하고 해 보기가 힘들 정도로 날씨는 꾸렸다. 흐릿한 바깥을 향해 표정을 굳히는 얼굴을 하였다. 갈색 자가용 유리창은 희뿌연 모래들로 가득했다. 그러나 이 또한 상관할 바가 아니다. 샛강이 있는 쪽으로 핸들을 돌리게 했다. 물줄기를 힘없이 바라보고 있는 노인을 발견한 때문이다. 노인은 오래된 역사를 생각하고 있는 듯 서 있었다. 발걸음을 바쁘게 걸었던 탓인지 발바닥이 화끈거렸다. 어쩔 수 없는 삶의 표적을 두고 간다는 것은 참으로 고행이었다. 노인이 무슨 고민으로 답답함을 달래고 있는지 순임은 내심 걱정하였다. 그 순간 촛불처럼 바람 앞에서 꺼지지 않으려 하는 필녀가 생각났다. 갑자기 숨이 멎을 듯했고 뜨거운 피가 끓어오르는 느낌이 왔다. 노인을 보면서 얼굴이 화끈할 정도로 부끄럽기 짝이 없었다. 그렇지만 그런 생각도 아주 잠시에 불과했다.

"어르신! 안녕하세요?"

순임이 공손하게 인사를 건네었다. 노인은 물끄러미 순임을 향해 행동을 주시하고 있었다. 순임의 눈에는 마치 아버지를 생각하는 듯 안기고 푼 충동이다.

"어르신, 무슨 걱정을 그렇게 골똘히 하고 계셨어요?"

"아, 갑갑하고 무료해서 바깥에 나와 봤오. 근대 댁들은 뭣하는 사람들이요?"

"예, 실은 이번 선거에 출마하는 기호 1번의 안사람입니다. 우리 고장을 위해서 열심히 일하겠다는 바깥양반의 공약도 있고 해서 이렇게 다니고 있습니다. 잘 부탁드립니다, 어르신!"
"허참, 늙은 어부가 뭔 도움이 될까라꼬?"
"아휴, 어르신! 어르신께서 마땅히 나서 주셔야 합니다. 잘 부탁드립니다, 어르신!"
"괜한 헛걸음을 하였오. 너무 걱정일랑 마소! 알아서 찍을 낀 간에…."
"어르신, 그럼 잘 부탁드리고 저희들 이만 가보겠습니다."
"어허! 그렇게 하소!"
노인은 생각보다 소탈한 성격이었다. 그런 모습은 단순한 열망에 쉽게 조출되지 않으려는 몸짓도 보였다. 노인이 다시 샛강을 바라보고 있을 때 순임은 걸음을 옮길 수 있었다. 순임은 갑자기 눈가의 떨림을 느꼈다. 바람에 나뭇잎이 쌀랑쌀랑 소리 내는 곳을 벗어나야 했다. 시일이 너무 촉박한 나머지 온갖 두려움까지 동반한다. 어디서건 싸움닭이 되어야 하는 마음이다. 어느 위치에서 길을 가다가 눈길이 멈춰진다. 농로에서도 차를 세워 일일이 손을 잡고 인사를 한다. 연기자가 각본을 외워 연기에 몰두하듯 순임도 그렇게 하고 다녔다. 온종일 똑같은 멘트로 인사를 하며 다녔다. 자신이 변하지 않으면 당장 코앞의 현실은 버틸 수 없을 듯했다. 순임으로써는 금쪽같은 시간을 활용해야 할 일이 급선무였다. 아주 잠시라도 필녀를 가슴에 묻어두고 다녔다. 순임은 좁고 아득한 곳을 향해 눈길을 멈추고 있었다. 낯선 골목을 들어설 때까지 필녀를 잊었다. 너무 이기적인 행동이지만 어쩔 수 없는 상황이다. 필녀를 생각하면 너무 면목이 없었다. 눈길을 따라 언뜻 바라본 순간 필녀를 닮아 보이는 노파를 만났다.

노파는 허둥대며 주섬주섬 옷을 걸치며 집을 나서고 있었다. 그러나 주변의 모습은 어제와 마찬가지로 뿌연 황사가 몰려왔다. 순임은 노파에게 다가가 인사를 건넸다.
"아이고, 내 지금 엄청 바쁜데, 뭔 일이요?"
"안녕하세요? 기호 1번 안사람입니다. 잘 부탁드립니다."
"아이고, 그놈의 선건지 뭔지는 내캉 뭔 상관이라꼬. 내 살기도 바쁜데 선거가 뭣고! 내 지금 차 시간이 임박해서 얼른 가봐야 하니 비끼소, 고마!"
노파의 손길은 막무가내였다. 어떤 방식으로도 먹혀들 사람은 아니었다. 순임으로써는 감당하기가 힘든 사람을 종종 만났다. 몇 군데를 다녀 봐도 이런 사람들이 가끔 만났다. 그렇지 않은 듯이 보이면서도 사람을 당황스럽게 했다. 건성적인 표정과 삐딱한 눈길로 말을 꼬아대는 사람도 많았다. 그럼에도 불구하고 마음을 다치는 일은 해서는 안 된다는 생각을 유념한다. 바로 그때 짙푸른 절벽을 발견했다. 마치 푸른 바다가 와락 달려들 것 같은 모습을 하고 있다. 바위로 둘러싼 모습이 병풍처럼 화사해 보였다. 그 밑으로 낚싯배 하나가 조심스럽게 다가가고 있었다. 배는 좌우로 요동을 치고 움직였다. 두 사람이 좌우로 균형을 잡는 모습이 참으로 위태해 보였다. 그들은 본능적인 위치에서 겨우 내리는 듯했다. 즉시 깎아지른 절벽을 향해 기어오르는 모습이었다. 어깨엔 얼음을 채운 박스를 짊어지고 손에는 낚싯대를 들었다. 큰 돔이라도 낚을 속셈으로 기백이 있어 보인다. 순임은 붕 뜨는 느낌이 왔다. 저렇게 위험한 곳에서 낚시를 한다는 것은 상식적으로 이해가 가지 않았다. 그들은 적잖은 참돔이 있을 것이라는 염두를 하는 듯했다. 순임이 궁금증에서 침묵을 느끼고 있을 즈음 일행 중 한 사람이 소리친다.
"그 참! 뭐 하고 있노?"

"아, 네!"
 순임은 갑자기 얼굴을 붉히며 종종걸음을 하며 움직였다.
 "네도 참! 지금 미적대고 있을 시간이 어데 있노."
 "죄송해요!"
 "뭘 걱정을 그렇게 하노. 고마! 닥치는 대로 하면 되는 기라."
 그들은 사내들처럼 완강함을 과시했다. 필녀를 생각하였던지 순임을 타이르는 행위와 다름없었다. 어리둥절한 표정은 서로가 마찬가지였다. 그러면서도 그녀는 팔짱을 끼고 가벼운 마음으로 젖가슴을 만지작거린다. 간혹 필녀에 대한 죽음의 예고는 없었으므로 여유를 만끽할 수 있었다. 그러나 조금도 여유를 준 일도 없는데 마음은 초조했다. 필녀와의 약속이 있었던 것처럼 조급함이 따랐다. 우선 감정을 앞세워서는 안 된다는 마음은 뚜렷했다. 안온함과 살벌함은 일체감을 느끼게 하였다. 긴 하루가 지나고 늦은 밤까지 진행되는 일정은 며칠째 계속되었다. 나필국이 지시대로 장소를 불문하고 움직여야 한다고 소리쳤다. 어떤 상황에서도 유권자의 심리를 이용하게 했다. 김덕칠은 나필국을 비서처럼 데리고 다녔다. 이날 순임언니 주길연이 함께 따라나선 날이다. 새벽처럼 일어나 말을 많이 하고 다녀야 할 곳이었다. 주길연은 바다에서 노를 젓듯 어기적거리며 움직였다. 그런데 아주 낯이 익은 사람을 만나게 되었다.
 "아이고, 일용 오빠 아이요?"
 주길연이 소리쳤다.
 "아이가! 네, 죽일 년 아이가?"
 "죽일 년이라꼬? 진짜 이름이 죽일 년이라꼬?"
 김일용 일행 가운데 재빨리 말을 받아쳤다.
 "아이고, 오빠! 나이가 들 디, 말이 우째 헛 나오요?"

"내 네를 지금까지 우째 잊고 살았는지 모른다."
 김일용이 오래전 주길연의 행동에 대해 마음이 무척 상해 있었다. 필녀의 머슴살이를 하면서 피곤하게 굴었던 주길연을 잊지 못했다.
 "오빠, 이번에 우리 김서방이 선거에 나왔오. 잘 좀 봐 주소!"
 주길연이 마치 애원하듯 했다.
 "내 네를 생각하믄 우째 김서방을 찍어 주겠노."
 김일용이 교활한 얼굴을 한 주길연에게 쏘아붙이듯 말한다. 그는 이중성을 가진 주길연을 되도록이면 짧게 되묻고 만다.
 "안녕하십니까? 김덕칠입니다. 잘 부탁드립니다."
 김덕칠이 상황파악을 한 것인지 얼른 인사를 하고 나섰다.
 "내 인사를 별도로 안 받아도 잘 알그만."
 김일용이 눈을 내리깔고 주길연을 쏘아본다.
 "아이고, 아재! 저 모르시겠습니꺼? 필국입니더!"
 "아, 그래! 그러고 본께네 자네가 필국이구만, 반갑네!"
 "잘 좀 봐주이소! 마음 상한 일 있었으면 지난 일인데 우짜겠습니꺼."
 나필국이 사정하며 애원했다. 그들은 '무진장파출소' 앞에서 말싸움하듯 했다.
 "내 자네 고모를 생각하믄 당연히 그러고 남음이 있지. 저 죽일 년이 문제지만 서도."
 "아, 아재요! 고 마, 지난 일 다 잊었뿌이소! 마음에 두믄 뭐 할 끼요."
 "알겠네! 그나저나 고모는 잘 계시나?"
 "아이고-! 아재! 말도 마이소!"
 나필국이 눈시울을 붉힌다.

"와? 우짠다꼬?"
"지금 고모가 오늘내일하고 있는 중입니더!"
"뭣이라꼬? 그 놈의 선건지 뭔지 땜에 죽어가는 사람을 두고 이리 설치고 뎅기나?"
"우짜겠습니꺼! 사정이 있어 글타캉께 어쩔 수 있습니꺼!"
"내 보아하니 김서방 자네! 처갓집에 잘해야 되겠다. 장모가 죽을 지경인데 정치병 고것도 큰 병인기라."
"아이고, 오빠! 올케가 잘 보살피고 있소! 걱정 마이소!"
 주길연이 입술을 치켜세워가며 웃는 시늉을 한다. 온몸의 근육이 웃음으로 인하여 몸을 지탱 못 해 파도처럼 움직였다. 그녀는 힘든 노동을 한 사람처럼 심장과 폐가 움직이는 것조차 감당 못 하는 몸짓이다.
"야, 이 죽일 년아! 네가 예서 나설 일은 아이다. 내가 지금도 옛날 네 집 머슴인 줄 아나. 네는 표 깨는 기라. 고 마, 죽일 년 네는 네 애미 옆에서 임종이나 야무치게 지키고 있지, 뭣 하러 시부렁거리고 뎅기샀노! 네 생각하믄 찍어주고 싶은 생각 추호도 없다. 얼른 가 봐라!"
 김일용이 몹시 흥분하여 저주받을 호기심을 살피고 있었다. 지난날의 필녀가 죽음 직전에 있음이 가슴 아팠다. 필녀보다는 주길연이 더 미웠으므로 신경이 무척 날카로웠다. 그는 회상하였다. 위태로운 움직임 뒤에는 필녀가 나서주었다.
 '허, 우째 그리 몰지각한 짓을. 고마! 수곡 계산했으면 광에다 갖다 놔라!'
 '허 – 참!'
 일용은 그 순간 기가 찰 노릇이었다. 아주 잠시 실링이를 쳤지만 그런 와중에 필녀는 말을 아끼고 있었다. 담 너머로 기웃거리던 이웃은 동정만 살폈다. 누구 한 사람 숨소리조차 쉬지 못했다. 이런 과정은 터놓고 이야기할 곳이 없을 때였다. 필녀의 전답과 관련된 사람은 희미한 웃음만 남기고 있었다. 여러 해마다 필녀가 계산하는 법이 없었으므로 난처한 일이 아닐 수 없었다. 주길연의 태도는 눈을 똑바로 치켜뜬 채 마음을 아프게 하였으며 부끄럽고 창피한 얼굴은 한 번도 없었다.
"피도 눈물도 없는 가시나 아이가. 못되어 먹은 년 봐라."
"도대체 누굴 닮았을 고. 어데서 저런 년이 났을 고."
담 너머로 지켜보던 여자들의 두른 거리는 소리는 끊이지 않았다. 공동새미에서는 이로 인한 소문이 파다하게 퍼져나 갔다. 필녀로서는 자식의 못된 버릇을 상관하지 않는 무관함도 많았다. 이러한 여건에 시달리던 사람들은 주길연이 밉게 군다며 입을 모았다. 봄가을이면 유독 관념을 담은 표정을 하여 차가운 그녀를 잊지 못했다. 지난 일을 생각하면 감정의 동요가 될 수 있는 문제는 끊이지 않았다. 너무 못되게 굴었다는 주길연을 이제는 만만한 상대로 대하고 있었다. 그녀는 뻔뻔하고 표독스러운 계집이라고 마음에 각인되어 있었다. 웃음을 짓다가도 잔인한 존재를 기억할 수밖에 없었다. 냉정하기로 한계가 넘치던 주길연을 평생 잊지 못했다. 굳이 개들처럼 낮잠에 탐닉한 적도 없었는데 개처럼 무시하는 그녀를 마음에 두고 있었다. 김일용은 개처럼 짖을 줄도 모르고 함께 살았다는 기억이 슬펐다. 그러나 순임을 생각하면 생각을 달랐다. 순임이 아니었다면 김일용 또한 만만찮은 성질이었다. 주길연의 뒷수습은 순임이 항상 한몫을 했다. 오히려 필녀 보다도 더 염려하며 다독여 주던 순임을 기억한다.
'오빠, 오빠 왜 그래!'
김일용의 뇌리에서는 이렇게 달래주던 순임의 생각이 났다. 순임은 항상 자신을 챙겨주는 착한 성격이었다. 김일용은 날씨처럼 뒤바뀌는 그들 형제들을 종종 볼 수 있었다. 밉다가도 곱다는 생각을 죽 끓듯 하던 필녀네 딸들이었다. 그러나 중대한 생각에서 중립을 고집해야 할 일이 우선이었다. 내부의 탄탄함을 자랑스럽게 여기던 필녀가 죽어간다는 소식을 전해 들었다. 그는 교감의 한 부분을 실감하며 필녀 집에서 나와 무작정 고깃배를 타게 되었다. 그는 당장의 고통과 공포에 질려 있었다. 여러 해 동안 이를 악물고 돈을 벌어 땅을 싸 모으기 시작했다. 그는 어부 생활을 하여 많은 돈을 모을 수 있었다. 막일이지만 남들 잘 시간에 일을 하여 돈을 모으는 일에 혈안이 되었다. 단조로운 비가 내리는 날에도 그는 기억을 잊지 않았다. 어떤 맥락에서든 더 이상 기울지 않을 만큼 당당해져 있었다. 그런데 작은 체구의 수줍던 순임이 필녀의 몸에서 난 것이 놀라울 정도였다. 따스한 봄 햇살처럼 김일용을 위한 일은 잊을 수 없었다. 청초한 모습의 백합 향기 나는 순임을 기억한다. 순임에게는 매력적인 요소가 담겨 있었다. 막막한 세월의 한 부분일 수밖에 없었다. 김일용은 순임을 생각하는 쪽으로 선택을 바꾸었다. 그는 새벽녘까지 뜬눈으로 옛 안주인의 마지막 가는 길을 염려했다. 그에게는 응축된 기분으로 내면의 깊이가 있는 노인이었다. 정신은 한없이 강인한 자세와 곱고 아름다운 안주인이었다. 그녀는 딸들에게 행동과 언동에 매사에 주의를 주는 일도 많았다. 주변 관리를 철저히 하였으며 문 여는 소리 또한 남이 놀라지 않게 드나들었다. 그런 기억을 회상하던 김일용의 가슴에는 봄이 담겨 있었다. 그는 비현실적인 노인에 불과한 사람이었다. 그의 웃음은 간혹 이완되어 일그러지는 깃을 반복하였다. 푸른 파도를 바라보며 두 가지 중 하나를 선택한 현실은 확고함이 정해졌다. 오래도록 빌붙어 살지는 않았다는 것이 그의 결정적 이유였다. 인간적인 슬픔과 절망감을 회상한 그는 다소 어지럼증이 왔다. 그의 얼굴은 한때의 일이었다는 듯이 미묘한 감정이 보였다. 늦은 건 아니지만 늦을지도 모르는 일이었으나 넉넉한 웃음을 짓고 있었다.

3

유세장 단상에 올라선 김덕칠이 자신의 공약에 열변을 토하기 시작했다. 김덕칠의 외침에 유권자들은 광신도처럼 소리 내었다. 그들은 탄성을 지르며 손뼉을 마주치는 열렬함 또한 곳곳에서 함성을 질렀다. 그들의 심정은 불황이 없는 살림살이를 염원하는 마음이었다. 엉덩이를 비집고 앉았거나 깔고 앉은자리에서는 출마자들의 얼굴을 뭉개는 일은 다반사였다. 학력과 소재가 기록된 인쇄물들이 바람으로 인해 곳곳에 날리는 형국도 보였다. 상품의 효율성이 끝났을 때 생겨난다는 쓰레기가 환경을 위해 배출량을 줄여야 한다지만 그렇지 못했다. 그 모습은 체계적인 내부의 존재가 아닐 수 없었다. 인간이 지켜야 할 원칙은 반드시 있어야 했다. 이런 체계는 도덕률과는 별개의 문제인지 내용과 형식은 상상을 초월하였다. 체계라는 것이 상상해 낼 수 있는 상황은 조금 지나서였다. 이 모든 것을 유권자들에게 의미가 따랐으므로 유세장은 싸움닭이 속출할 때도 있었다. 목에 핏대를 올리는 화난 표정들이 난무한 곳에서 자신의 유익을 광고하기에 이르렀다. 어떤 곳에서는 눈초리로 지켜보다가 휘파람 같은 소리를 내기도 했다. 입에서 침이 마르도록 외쳐대는 출마자들의 간곡함은 최후의 발악이 아닐 수 없었다. 그 또한 욕망을 끓이는 일은 솥 밑에 구멍을 내는 불과 같은 형상이었다. 풍랑에 내던져 버리는 바람처럼 돌풍을 몰고 다니는 상황을 감당해야 했다. 유권자들은 국회의 동향까지 염려하는 칼날을 쥐고 있었다. 그런 유권자들에게 수긍시키기까지는 달변에 가까운 사람이 되어야 했다. 이목을 집중시켜야 하는 연출 또한 절실한 상황이었다. 유권자들의 표정은 제각각이었다. 그러면서도 인간이 지닐 수 있는 근원적인 자유가 있는 표정들도 많았다. 그들의 마음을 움직이는 일은 오직 진지한 약속만이 가능한 일이었다. 목줄이 끊어지도록 부르짖는 말싸움이 이어지는 곳이었다. 너무나도 치명적인 곳에서 정치 싸움이 벌어지고 있었다. 상대와 상대가 만나 비난 아닌 비난이 난무했다. 김덕칠은 그렇게 하지 않을 목적으로 선거 공약에만 열변을 토하였다. 최종적인 결정은 시간에 의존되어 간곡함을 부르짖었다. 순간순간 기차가 어둡고 긴 터널을 빠져나오듯 암울한 상황이 반복되는 절체절명의 위기도 따랐다. 희한하게도 애매한 문민정권을 들먹이며 변명에 불과한 발언을 하고 있었다. 이런 기분으로 단상에서 내려서던 김덕칠은 노점에 나앉은 기분이 들었다. 허름한 건물 한편에 마련된 유세장은 그야말로 아수라장이 되고 말았다. 발 디딜 데 없는 곳에서의 아우성이란 기운을 빼는 곳이었다.

"야, 집어치워! 그따위로 무슨 정치를 한다는 기고."

"바쁜 사람 동원해서 뭘 하자는 거야."

"우리가 생각이 없는 사람인 줄 아나. 민심을 어떻게 보고 그래."

"집에 가세. 저따위는 내가 나서도 하겠네."

"그러니까 정치는 아무나 하나. 이번엔 제대로 된 일꾼을 뽑아야 해."

그 순간 우울한 바람이 불어왔다. 바닥에 깔고 앉은 신문지와 선거 공약이 적힌 출마자들의 얼굴이 사람들의 엉덩이에 짓눌려 찢어지거나 바람에 날리는 어수선함도 보였다. 그의 열정도 거듭되는 탄압에 쫓기는 형국을 맛보아야 했다. 당장 힘든 일들이 코앞에 있었으나 그나마 자신을 위한 일이라며 함께 자리를 한 사람들을 위해서라도 최선을 다한 것이다. 그들을 향해 집착할 수밖에 없는 상황이 더 확고하게 이어졌다. 어느 담벼락을 정한 곳에 자신의 이력이 있는 것이 여러 군데 붙어 있었다. 조용하고 때로는 시끄러운 한낮은 여름 햇살처럼 눈부신 모습이다. 그러한 가운데 황사바람에 목이 따가울 지경이었다. 수돗물 흐르듯 물처럼 외쳐 되더니 이제는 또 다른 장소로 가기 위해 발걸음을 재촉한다. 김덕칠이 성당 뒷골목을 벗어날 때였다. 그는 숨이 가쁠 정도로 정신이 몽롱해지고 온몸이 녹아내리는 것 같았다. 그러나 순임을 위한 일이라면 이런 힘겨움 또한 참아야 할 일이었다. 필녀의 임종이 임박한 가운에 현실적 상황을 가슴에 묻어두어야 했다. 순임과 필녀를 위해서라도 최선을 다하였다. 그에게 슬픔이 있다지만 그림자를 이고 다니는 것에 다름이 없다. 어느 정도 나이가 든 후 맨 처음 기억이 가끔 생각나고, 그러다 시간을 한참이나 넘기고서야 순임과 대화를 할 수 있었다. 단지 휴대전화로만 가능한 일이었다. 곳곳을 다녀야 할 문제로 입으로서의 의사표시는 발품이어야 했다. 수시로 인접한 병원을 들러 링거를 맞을 상황이 겹쳤으나 육덕만으로도 견뎌야 할 일이었다.

4

순임은 청보리밭 가까이서 멀리 보이는 쪽으로 시선을 고정시켰다. 지난해와 같이 철새도 보였다. 새와 마찬가지로 모든 사물과 형태는 생명이 함께하였다. 어떤 유혹에도 굴

하지 않고 설 자리를 위해 갈등하는 자신을 생각하면 고통이 따랐다. 그것은 마치 내용과 존재의 가치를 벗어난 것에 대한 버팀목처럼 하고 있었다. 자신을 지키기 위한 고통을 감내해야 했다. 코가 땅에 닿을 정도로 거침없는 연기를 하더니 이제는 지쳐 스러질 것 같았다. 입술이 마르고 머릿속엔 섬유질 같은 것이 꽉 절어져 오는 듯하고 열이 나기까지 했다. 순간 어두운 생각에 갇혀 있다는 것을 알 수 있었다. 운명의 갈림길을 두고 중얼거리며 서 있기도 했다. 길게 한숨을 내쉬다가 삶이 버겁다는 생각을 떨칠 수 없었다. 신열이 아래에서 위로 올랐지만 위로 올라와도 몸은 떠오를 생각하지 않은 채 무거운 돌이 꾹 눌리는 듯한 심정이었다. 너무나 많은 소음과 육신의 영역은 파김치가 된 채 인내심의 한계가 왔다. 그렇지만 어지간한 인내심에 놀라기까지 하였다. 도저히 자신의 힘으로 이런 강행군을 하고 있다는 것은 무리였다. 판단이란 늘 틀릴 수 있는 것임을 유념하면서도 어머니를 생각하면 한숨이 나왔다. 그런 와중에서도 선잠을 청할 때도 있다. 평소와 달리 무리를 하면서도 유권자와의 만남은 계속 이어져야 했다. 외상 진 것이 많아 고개를 숙이고 다니는 꼴이었다. 늘 하던 되풀이는 거듭되었다. 이처럼 간절한 요구는 없었다. 그녀로서는 교회에 나가 참회를 하는 것과 다름없었다. 단순히 체력만은 탓할 수는 없는 일이었다. 말 많은 사람들 앞에서 겸손에 가까운 행위를 너무 많이 하고 다녔다. 가슴속에서의 감정은 눈물이 고여 들었다. 부끄러운 줄도 모르고 엉엉 울어 버리고 싶을 정도다. 그러나 다시 머리를 어루만지며 중얼거렸다. 강인한 태도로 다짐을 하였다.

"엄마! 미안해!"

눈앞이 깜깜한 가운데 필녀의 생사를 걱정하였다. 필녀를 생각하면 마음이 초조했다. 바로 그때 기호 4번의 차량이 앰

프 소리를 높인 채 순임이 차량 앞을 지나쳤다. 그 순간 세찬 바람과 함께 시끄러워 고막이 터져 나갈 것 같았다. 그들은 엽기적인 상상력을 전하고 다녔다. 그런 나머지 너무나 많은 소음과 삶의 영혼과 그리고 자유를 갖고 움직였다. 몸 구석구석의 맹장과 십이지장과 실핏줄까지 하나하나가 불덩이처럼 터져 버릴 것만 같았다. 앰프를 달고 다니던 차량이 갑자기 멈춰 서더니 터럭으로 올라선 출마자가 소리쳤다. 그들은 스스로 포악한 입질로 인하여 유권자들에게 덫을 놓고 있었다. 그러나 유권자들은 이제는 더 이상 시끄러워서 못 살겠다는 아우성까지 퍼부었다. 진부한 토론을 갈라놓은 채 굉장히 시끄럽게 고막을 자극했다. 국회 안에서 욕질을 하는 난장판과 다름없는 보기였다. 감상적인 기분으로는 버틸 수 없는 곳이었다. 심한 모래바람이 일고 저녁까지 분열된 생은 끝나지 않았다. 또한 흙먼지와 물밑을 들여다볼 수 없는 탁류와 욕망이 끊이지 않는 곳에서 밝음을 얻기 위한 수단으로 몸부림쳐야 했다. 모든 것이 수긍이 되지 않은 채 응시와 증오가 판을 치는 형국이었다. 성찰의 결과를 판가름할 날이 단 하루 전에도 있었으므로 봄날이 노엽지 않기를 바랐다. 주변은 싸움닭의 노래가 아직도 끝나지 않고 있었다. 이런 이념은 기술적이고 더욱 완숙해지고 있는 예민한 형국이었다. 누구라도 사정이 허락된다면 정치적 감각이 번뜩였다. 아주 잠시 필녀가 누워있는 병원을 찾아간 것은 새벽 2시였다. 눈물도 감정도 없는 표정으로 물끄러미 바라보는 순임이다. 필녀의 생생한 음성이 자꾸 머릿속에서 맴돌고 있다.

'어쩌자고….'

순간 순임의 콧잔등에서 땀이 송골송골 맺힌다. 볼에서 흐르는 두 물체가 최소한의 거리를 두고 파고드는 것 같았다. 그 좋은 인격을 유지하며 살던 필녀가 어느 날은 재물을 노끈처럼 잡고 산다는 소문이 나돌았다. 통뼈를 이루는 목질의 미세한 결속까지 잠깐의 망설임도 허락지 않던 필녀가 아주 잠시 동안은 주변 사람들을 놓아주는 듯했다. 필녀의 모습이 여유로운 존재가 아닐 수 없었다. 숨결은 아주 여리고 고통 가운데 있었다. 그런 데도 불구하고 현실은 불 속을 뛰어든 상황과 다름없다고 생각하였다. 목전의 심판을 음미하는 착오 적인 인용이 필요로 했다. 존재와 희생은 하루하루가 전쟁터에서 보내는 것과 같았다. 화로의 열기처럼 더해지고 시간이 지날수록 마음은 초조해졌다. 문밖의 어둠 속에서 죽어가는 주목(朱木)이 필녀의 흔적을 기억할 것이다. 우여곡절 끝에 함께 살았던 주목(朱木)도 안주인의 입김을 지니고 있었다. 언어의 발작이 난무하던 마당 한 편에서 지켜보던 주목(朱木)이다. 울음 없이 젖은 눈을 굴리던 필녀였다. 사방으로 게으름과 깨지락거리는 눈초리가 지나다니던 자리도 무시할 수 없었다. 낯빛이 양초처럼 창백한 여름도 이제는 볼 수 없게 되었다. 눈빛은 짙은 응달이 들어앉아 있고 살점 하나 안 붙은 양 볼은 뺨이 움푹 꺼져 있었다. 필녀는 연어처럼 헤엄쳐 움직이는 모습과 닮아갔다.

5

순임은 간밤에 깊은 잠을 잘 수 있었다. 밤새 꿈에서 본 섶밭을 기억하였다. 어릴 적 일어난 온갖 눈빛까지 기억할 수 있는 꿈이었다. 기억에 머무는 형상마다 구름과 나무 그리고 푸른 바다가 머릿속에서 잠재하였다. 원초적 생명력이 있는 하늘과 땅 가까이 바다가 있는 추억이 아름다웠다. 말없이 삐걱거리는 대문을 밀치고 나서면 바다가 한눈에 보였다.

봄꽃 피던 길목을 가다 보면 한여름의 개망초꽃이 화사했다. 또한 전에 와 다름없이 봄빛은 늘 아름답다는 생각이 들었다. 고향은 기억에 어렴풋하였으나 그때 본 환멸(幻滅)은 아직도 소상(素像)하다. 담쟁이넝쿨이 용트림을 하듯 절벽을 도배한 모습도 울창했다. 유유자적한 모습은 지금도 변함없었다. 보라에 가까운 빨간색의 꽃도 낮은 산 아래에 가면 피어 있었다. 아무것도 나쁠 것이 없었던 지난날의 기억을 잊지 못하였다. 무릎의 상처가 있었지만 풀꽃과 달빛이 있는 자리에 필녀가 조심스럽게 순임을 불렀다.

'야무진 내 딸!'

필녀는 순임이 산언저리에서 넘어져 있을 때 이렇게 외쳤다. 위엄이 있어 보였던 시조모와 깐깐한 살림살이는 만만찮았으나 딸만큼은 금쪽같았다. 그런 삶을 살던 필녀가 어느 날 장남의 손에서 전답이 팔려나가는 아픔이 있었다. 산과 들을 뚫어 고속도로가 나기 시작했고 산은 국유지로 변해버렸다. 그런 땅이 결국 보상에 의해 장남의 사업자금으로 쓰이게 되었다.

'숭축한 것들! 내 땅이 우째 이렇게 되었을꼬!'

그녀는 사지가 부들부들 떨리고 입가엔 게거품을 내었다. 악에 겨운 나머지 도무지 하는 짓마다 되는 일이 없었던 장남을 생각하면 가슴 아팠다. 그러나 장남의 변명은 구실에서 머뭇거리며 파산되었음을 기억하고 있었다. 장남은 평범한 일거리에 불과하지만 굳이 삐딱하게 본다면 영악하고 약삭빠르게 보이는 성격은 못되었다. 경험도 없는 굴 양식업을 하더니 하필이면 기름유출사고가 생겨나고 그런 후 말할 수 없는 고통이 따랐다. 장남의 사업은 참으로 답답한 풍경이 아닐 수 없었다. 그는 술을 상당히 좋아하게 되었고 할 짓이라곤 단 한 가지 술뿐이었다. 필녀가 누운 옆에 앉아 옷깃을 추서려 주는 일을 담당하고 있었다.
'어쩌자고….'
필녀의 안타까움은 단조로웠다. 자식을 아끼는 태도는 누구 못지않았다. 선택의 여지를 주관할 줄 모르는 바보스러움이라니, 보는 이들의 눈초리는 예사롭지가 않았다. 필녀는 장남의 문제로 걱정이 많은 세월이었다. 몇 해 전 가을부터 사업이 점점 힘들다는 것을 눈여겨보고 있었다. 그 같은 이유로 눈을 못 감는 듯 뿜어져 나오는 숨소리가 힘들어 보였다. 이제는 더 이상 기적의 징조는 없었다. 새우 같은 체구로 겨우 숨을 쉬고 있을 뿐 고래 싸움에 새우 등 터지는 형국에 놓여 있었다. 단아한 모습은 숨만 겨우 쉴 뿐 안색은 전체적으로 전날과 변함없었다. 그러나 이런 전조 현상은 불길한 징조가 아닐까 싶어 웅성거렸다. 필녀는 아주 느리고 고통스러웠다. 그 상황에서도 세상을 이어주는 유일한 통로에서 방황하기도 했다. 거대한 절망의 한탄처럼 호흡이 거칠었다. 흰색 백발은 눈서리가 온 대지의 모양새였다. 앙상하고 가느다랗게 보이는 선 같은 뼈가 죽음을 연상케 했다. 더 이상 견디지 못하여 입을 벌렸다 오므렸다 여러 번 반복한다. 납빛 얼굴은 공포가 지나간 후 표정은 평안해 보였다.

6

김덕칠이 겨우 짬을 내어 필녀를 대면하게 되었다. 그의 판단으로는 아직도 반쯤 열려 있는 입술을 보며 무사한 깃을 확인한다. 이름을 불렀으나 말이 없었다.
'어쩌자고…'
김덕칠의 귓전에는 필녀의 음성이 들려왔다. 등골이 오싹

할 정도로 생생한 말씀이 떠올랐다. 순간 무언가 치명적이고 함정이 도사리고 있지나 않나 하는 두려움도 났다. 자신의 문제로 여러 사람들이 정신을 딴 곳에 두고 있음을 애석해한다. 자신의 죽음까지 보류하고 있는 필녀를 눈여겨보았다. 자식의 꿈이 이뤄지기를 무진 애를 쓰는 듯했다. 어떻게든 생명이 연장되기를 바라는 마음이다. 오직 산자의 몫을 챙기는 욕심만 가득한 채 때로는 의기투합할 문제였다. 당선을 목적으로 마지막 희망만 갖고 있는 상황이다. 모든 것을 계획하는 대로 지속하기만 하면 될 것 같았다. 기적의 테두리에서 작은 희망을 갖는다면 내일만 가능한 일이다. 반나절이 지나고 다시 발작을 하였다는 보도가 있었다. 그 순간 도저히 견디어 낼 기력이 없다는 것을 알 수 걱정했다. 뜬눈으로 있던 영란은 필녀의 수의가 쌓인 보자기만 만지작거렸다. 영란은 아직 아무런 일이 일어나지 않았다는 것을 주변에 연락하였다. 살림을 거덜 낸 남편 때문에 죄인 같았다. 전답을 몽땅 팔아먹은 죄책감으로 김덕칠이 선거에 당선만 된다면 약간의 기대가 많았다. 그리하여 빛이 나는 금덩이가 돌아오기를 바라는 마음도 있었다. 그런 선택은 영란으로서 가질 수 있는 최후의 수단일 수밖에 없었다.

"네는 선거운동에만 최선을 다 해라. 어무이 걱정은 하지도 말고."

영란은 이런 상황에 자신의 삶과 연관되는 말을 하였다. 남편의 변변치 못한 행위로 인하여 항상 기죽어 지냈던 삶이었다. 그녀는 순임에게 사정하듯 속삭였다. 영란의 변명은 이렇게라도 하지 않으면 할 짓이 없다고 여겼기 때문이다. 영란뿐 아니라 주변은 어찌 알고 선거철만 되면 모여드는지 순임의 어깨를 토닥거렸다.

"언니, 엄마 잘 부탁해요."

"예 걱정은 하지도 말고 김서방 일에만 신경 써라."
"…."
순임은 말을 아꼈다. 오직 자신의 처지를 우선 생각하기로 마음먹었다. 그녀는 슬픔도 잊어야 했다. 그 순간은 육체적 고통은 사라지고 슬픔과 기쁨을 추구해야 했다. 일각에서는 여전히 밤을 새워가며 총력을 기울이는 상황이었다. 영란은 단출한 병실에서 한숨의 고비가 빈번하게 이루어지는 경험을 겪어야 했다. 이로 인하여 인간위상이 크게 흔들렸다. 치열하고 냉혹한 경쟁이 이어지는 것도 알 수 있었다. 인간끼리 서로 못 미더워하거나 서로가 짓밟겠다는 살벌함이 있었다. 결국 중심을 잃은 채 겉돌고 있는 요지경 속이다. 약아빠진 불편함도 스스로 이겨 내야 한다는 다짐이 필요했다.
"정말 할 짓이 못 돼…."
"갑자기 뭔 소리고. 뭔 일이라도 생겼나, 와 카노?"
"아녜요. 그냥 해본 소리예요."
"누가 뭐라 캐 사도 한쪽 귀로 듣고, 한쪽 귀로 흘려 삐라."
"하모, 남의 말은 다 듣는 기 아인기라."
"내 사정 누가 알 낀데. 뚫린 입이라고 함부로 하는 소리는 무시해야지."
"그렇겠죠? 제가 알아서 할게요."
"하모, 큰일을 앞두고 맘이 흔들리면 못쓴다."
"그럼요."
"엄마 생각을 해서라도 맘 크게 먹어라."
"고마워요. 제가 잘할게요."
그즈음 5월이 접어들고 있었다. 모래바람과 욕망이 뒤섞인 하루는 유권자들을 만나기 위한 혈안으로 여러 곳을 찾아다녀야 했다. 단 한 표라도 김덕칠에게 돌아오기를 바라는 마음이 간절했다. 어제도 그랬지만 둘씩 셋씩 조를 만들어 앞서거니 뒤서거니 하였다. 그런 상황에 방황과 갈등 속에서 오는 위압감에 시달려야 할 일이었다. 그런 가운데서도 중간과 나중의 끝이 보이지 않아 불안해지기도 했다. 다양한 사람들이 모여 있는 곳을 찾아 소리 내어 외쳤다. 목적지가 가까운 것을 알면서도 고도를 향한 길은 멀기만 하였다.
"안녕하십니까? 기호 1번에 출마한 김덕칠입니다. 저를 도와주십시오. 잘 해내겠습니다. 우리 고장을 위해 참신한 일꾼이 되겠습니다."
"욕 보요. 잘해 보소. 우리야 아직은 누구를 찍어야 할지 생각 중이요."
"도와주십시오. 우리 고장을 위해 열심히 하겠습니다."
김덕칠이 밝은 얼굴로 상대를 다독였다. 그는 항상 씩씩한 몸놀림을 하며 다녔다. 검고 딱딱한 얼굴은 거대한 몸짓과 어울렸다. 정신을 차렸을 땐 난간에 허리를 꺾고 기대어 아래쪽을 내려다보는 아파트였다. 온종일 사정을 하며 열변을 토하며 다녔던 일을 기억하였다. 그는 피곤하지만 잠을 잘 수가 없었다. 외부로부터의 어떤 자극도 들어오지 못하도록 투쟁을 하는 모습으로 서 있었다. 서울서 섶밭까지 오르내리는 동안 많은 경우를 실감하게 되었다. 불가피한 여정 가운데 피하지 않고 오르내렸던 강행군이었다. 따스한 봄 냄새가 코를 찌르는 듯했고 한나절에도 마찬가지였다. 평탄한 여유를 만끽하기 위하여 좀 더 서둘러야 했다. 때로는 기대와는 달리 아닌 일이 많았다. 필녀가 더 이상 버틸 수 없어 보인다는 정보가 있은 후 몹시 긴장했다. 순간순간 대수롭지 않다는 생각을 하며 다녔다. 현실은 그렇지 못한 경로로 빠져들고 있었다. 직감만으로도 느낄 수 있는 문제가 군데군데 일어나고 있었다. 그런 날에는 자신을 다독이는 일이 급선무였다.
'어쩌자고….'
필녀의 음성은 뇌리에서 떠나지 않았다. 피우지 못하는 담배를 피웠다. 약간의 속도를 내며 힘껏 빨아 삼켰다. 목구멍이 지나치게 따끔거렸다. 필녀를 위해서라도 얼굴을 자주 내보일 수 없는 것이 안타까웠다. 새벽 3시가 되었어도 잠이 오지를 않아 베란다에 기대어 생각에 빠져들었다. 여러 가지로 신경 쓸 일이 많았으나 왠지 수렁에 빠져든 느낌이다. 한참이 지났을 시각에 창밖이 희뿌옇게 밝아 왔다. 초저녁에 잠시 잠을 잔 후로는 뜬 눈으로 있었으나 잠은 없었다. 신경이 무척 날카로워 있었다. 담배가 자신의 건강에 치명적임을 잘 알면서도 기분을 달래었다. 담배를 피웠으나 맛이라고는 느낄 수 없었다. 어제의 일이 너무 구체적이고 생생한 기억만 났다. 술을 마시는 것도 아닌데 머릿속은 안개가 낀 듯 뿌연 느낌이었다. 순간, 한 모금 피우던 담배를 급히 꺼 버렸다. 이때 사방에서 바람이 창문을 스치고 지나갔다. 소리가 마치 비를 몰고 올 징조였다. 그 순간 오래전 지구에서 멸종된 공룡의 우렁찬 소리가 환청처럼 들려왔다. 귀를 막은 채 이불을 뒤집어쓴 후 숨 한번 제대로 쉬지 않고 잠을 청하기도 했다.
"아…!"
깊은 잠에 빠져들었을 때는 아침이 밝아져 있었다. 순임은 거울을 보며 화장한 얼굴을 살폈다. 순임의 계획은 또 다른 거리를 배회하기 위한 준비를 끝내고 있는 상황이었다. 당장 그만둘 일은 아니었으므로 급히 서둘러야 했다. 고개를 들리니 눈가의 근육에 경련이 일어났다. 늘 경계하는 마음으로 다녔더니 이제는 눈이 시큰거리기까지 했다. 순임은 허리를 짚고 벽을 의지해야 할 정도로 아픔이 잦았다. 활동 시간은 충분하였으므로 나필국을 다시 불러드렸다. 딱, 하루가 남아 있었다. 혼신의 힘을 갖고 움직였다. 끼니를 걱정할 일도 없었다. 마음은 온전치가 못하였다. 최선을 다해 유권자와 만나 대화에 신경을 썼다.

7

순임의 안색이 점점 굳어져 갔다. 필녀를 눈여겨본 후론 상황을 잊지 못했다. 필녀의 모습을 생각하면 등골이 오싹할 지경이다. 그런 기억을 잊기 위해서라도 고결한 숨결을 하여 더 긴장하며 다녔다. 그런 가운데 갯내음이 끊이지 않는 곳으로 눈길을 돌렸다. 마을 앞으로 작은 고깃배가 멀리서 통통거리며 바다를 가르며 갔다. 배는 속력을 가해 질주하는 모습이었다. 순임은 차를 급정거시킨 후 다급한 마음을 떨칠 수 없어 바다를 끼고 있는 거리를 무작정 걷고 있었다. 그때는 이미 바닷물이 막 들어오고 있는 중이었다. 그러나 우연찮게도 양달필을 만날 수 있었다. 순임이 양달필을 만난 순간 너무 반가워하였다.
"참말로 오래 살고 볼 일이다. 네가 예까지 우얀 일이고?"
"잘 있었어?"
"나야 보다시피 이러고 안 사나. 네는 얼굴이 말짱해 보이네. 신수가 훤해 보이는 기, 잘 사는 갑네?"
"사는 게 누구나 다 그렇지. 정말 오랜만이야."
양달필이 지난날 철이 오빠와의 사이가 남달랐던 사이였다. 오래전 기억을 잊을 수 없는 친구기도 했다. 그녀는 스산한 바다를 끼고 사는 여자로 변신해 있었다. 지난날의 모습과는 전혀 판판이었다. 그때는 태산목도 꽃을 피우고 있을 때였다. 그녀는 다소 흥분이 가라앉았을 때 헤들거리는 웃음을 띄운 채 변명을 하기에 바빴다. 구릿빛 얼굴에서 잡티가 많았지만 외모와는 무관한 행동을 하는 편이었다. 동물 같은 음성으로 주변이 떠나갈 듯이 소리 내었다. 그녀는 언제나 헤픈 웃음을 바닷바람에 날려 버리고 살아가는 여자였다. 그동안 처음 본 모습과는 전혀 생소한 짓을 해대었다. 아름다움과 다소곳한 행동을 유지하던 지난날의 모습은 어디에도 찾아볼 수 없었다. 호들갑스럽게 웃어주는 것만으로도 짐작이 가는 삶이었다. 눈여겨본 감정은 어찌지 못하는 고집스러움이 있는 듯했다. 그즈음 버스가 올 시간인지 승강기 입구로 사람들이 모여들었다. 간혹 긴 머리의 젊은 여자도 차가 멈추는 곳에서 기다렸다. 양달필은 산이 의자에 아이를 업은 채 퍼질러 앉아 웃고 있었다. 약간 피곤한 기색이 역력한데도 화들짝 웃는 스타일이었다. 그런 와중에도 추억을 꺼내는 쪽은 양달필이기도 했다. 누구나 추억은 있듯이 양달필은 자기만의 기억을 할 수 있었던 이유가 있는 듯 보였다.

"참말로 먼데까지 왔데이. 우짠다꼬 이런 데를 다 찾아왔노?"

"선거철인데 넌 모르고 사니?"

"뭐라꼬! 선거철이라꼬?"

양달필은 발악을 하듯 목청껏 소리쳤다.

"넌 요즘 뉴스도 안 듣고 사니! TV도 보지 않고 살아?"

"얄궂다, 안 보기는! 선거하고 네가 무슨 상관이고?"

양달필은 절망에 가깝도록 전폭적인 말을 해버렸다.

"그래! 어이없는 것! 기호 1번이야! 꼭 부탁해!"

"얄궂데이! 네 신랑이 그라믄 이번 선거에 출마했다 이 말이가?"

"그래, 좀 도와줘! 주위 분들에게도 얘기 좀 잘 전해줘!"

"하머, 하머! 잘 알겠다, 고마! 우예, 맨입에 그냥 보내기는 그렇고, 우리 집에 가서 물이라도 한 사발 마시고 가라."
"괜찮아! 바쁜데 찾아와서 미안해."
"아이고, 남는 기 시간인데 뭔 걱정을 하는 기고. 우리 집에 가서 좀 앉았다 가라. 매정시럽 구로 그냥 가능 강?"
"아니야, 시간이 너무 없어 그래!"
"그래도 죽고 사는 일 아니믄 물이라도 한 컵 마시고 가라!"
"사실은….."
양달필의 죽고 사는 일이란 말에 순간 눈물이 왈칵 쏟아질 것 같았다. 양달필이 자신에게 책망하는 말처럼 들렸다.
"괜찮다! 우야겠노. 그라믄, 바쁜데 얼른 가봐라! 길게 붙잡고 있을 일이 아닌가 보네. 얼른 가봐라!"
양달필이 순임의 사정을 듣고는 머뭇거렸다.
"고마워!"
순임은 양달필을 뒤로한 채 좁은 골목을 빠져나왔다. 양달필이 반가운 나머지 올케가 될 뻔했던 일도 생각났다. 필녀의 태도는 너무도 완강하게 오빠의 결혼을 반대했다. 오빠와의 인연은 오래가지 못했다며 변명까지 하던 양달필이다. 양달필이 그 이듬해 오빠와 헤어진 후 어촌계로 시집을 갔다는 소식이 있었다. 적막하고 낯선 곳에서의 하루는 너무 차가운 느낌이 감도는 듯했다. 적응하기 힘든 곳에서 용하게 버티고 있음을 확인하였다. 얼굴이 검게 탄 모습은 해들거리는 표정도 그렇지만 브래지어도 않은 채 가슴의 윤곽을 드러내고 다녔다. 예전처럼 멋이라고는 전혀 없는 모습이었다. 어린 손자라며 업은 아이를 소개한 모습은 영락없는 할머니 다름없었다. 아직은 젊은 나이임에도 불구하고 바깥세상과는 차단된 삶을 사는 듯했다. 그녀는 진작부터 새로움을 포기하고 사는 사람 같았다. 외형적 분위기는 전혀 없어 보였다. 지난 날의 청초함은 어디에도 찾아볼 수 없었다. 아이가 뭘 안다는 것인지 등에 업은 아이와 대화를 했다. 붉은 줄무늬가 있는 티셔츠 사이로 축 처진 젖가슴을 들어낸 채 분방하였다. 자칫하면 우는 아이를 달래기 위한 수단으로 젖을 물릴 태세도 보였다.
　순임으로써는 놀라움과 상상도 못 할 일을 접하게 되었다. 순임으로써는 한정된 것에 일축할 따름이었다. 양달필이 골목을 꺾어서 가는 모습이 영락없는 필녀의 모습과 같았다. 그 순간 죽음과의 운명을 이길 수 없어 눈물이 쏟아질 것 같았다.
　"우얀다꼬 꾸물거리노?"
　먼발치에서 운동권에 합세한 숙모가 소리쳤다.
　"우스워서 그래요. 너무 웃기잖아요."
　"인연이 아인게지. 승님이 결혼 허락만 하였어도 우리하고는 인연일 낀데…."
　"그러게요. 정말 안타까워요"
　"보아하니 썩! 편한 팔자는 못 되는 갑다. 궁색시리 하고 다니는 것 보믄."
　"그래서 더 마음이 아파요. 지난 일을 생각하면…."
　"어쩔 도리가 있나. 이미 엎질러진 물이고 세월이 얼마나 흘렀는데…."
　"그건 그래요."
　순임은 아주 작은 소리로 한숨을 쉬었다. 양달필이 상처 받지 않을 마음이겠으나 어쩌면 마음 아파할 일이었다. 앨범에서 보았던 사진이 문득 생각이 났다. 머리카락이 맞바람과 휘날리며 오빠와 함께 찍은 사진을 기억했다. 싱글벙글 웃는 모습이 복이 있어 보인다고 주변에서는 평하기도 하였다. 그러나 아직도 지난 일들에 대해 보장된 시간이 있을 것 같았다. 물옥잠이 있는 늪지를 배경으로 웃고 있는 모습도 생각났다. 저녁노을이 해를 마감하기 위한 암시를 할 때였다. 산마루 가까운 곳으로 비껴가는 구름을 따라 방향을 잡았다. 배고픔도 잊은 채 떠돌이처럼 행군은 계속되었다. 국도를 달리면서 서서히 속도를 줄여서 갔다. 막다른 길을 달리던 중에 긴급 상황을 보고 받기도 했다. 순임은 고개만 끄덕이며 운전에 신경을 썼다. 그 순간 쉽게 단정 지을 일은 아니지만 빠른 동작으로 차 앞을 지나치는 흔적을 발견한다. 무심결에 확인할 수 없는 물체가 눈 깜빡할 사이 지나쳤다. 얼굴이 경직되어 머리끝이 쭈뼛해 왔다. 온몸이 소름 끼칠 정도였다. 아무도 필녀에 대한 소식은 전하지 않은 상태기도 했다.

"방금 전에 뭔가 지나갔죠?"

순임이 놀라운 표정으로 말했다.

"뭣이라 카노? 아무것도 안 지나갔는데 뭐라 캐 샀노?"

"방금 전에 뭔지는 몰라도 휙-! 하니 지나갔어요."

"그 참, 별일이다. 뭘 봤다는 기고?"

운전석 옆자리에 앉았던 숙모가 생뚱맞다는 표정이다. 아무래도 제대로 먹은 것이 없어서인지 헛것이 보인다는 생각을 했다. 맨 앞자리서 분명히 뭔가가 지나간 것은 틀림없었다. 무심코 고개를 구부려 보기도 했다. 순임의 얼굴을 빤히 바라보던 숙모가 고개를 연신 갸우뚱하였다.

"아무것도 먹지 않고 뎅기다 보면 헛것이 보이는 법이다."

"그래서 그럴까요?"

"우야든동 정신을 놓아서는 안 된다. 마음 독하게 먹고 움직여야지. 어메가 언제 세상을 버릴지 모른다."

"네…."

순임은 많이 긴장했다. 필녀의 사망 소식이 언제 전해져

올지 늘 불안에 떨었다. 그런 생각에 앞날을 점치지 못한다는 것이 안타까울 지경이었다. 옹골차고 당당한 자세로 움직이던 필녀를 잊지 못하였다. 그런 생각에 깊이 빠지다 보면 눈시울이 붉어지는 일은 당연했다.
 '어쩌자고….'
 필녀의 목소리가 환청처럼 들려왔다. 순임의 귓전에서는 아직도 생생한 음성이었다. 자신의 살림살이에 대하여 단 한 번도 누구에게 터놓고 말한 적이 없었다. 순임의 자세는 자존심만 유지하고 있을 뿐이다. 주변의 관습에도 그렇지만 주길연과는 반대의 성격을 갖고 있었다. 주길연이 뒤뚱거리는 모습을 멀리서 본 후 좀 더 진지하자고 마음먹는다. 비극인 채로 실딘 주길연을 먼 서리서 바라보면 신경이 쓰였다. 순임으로써는 최근에 주길연을 눈여겨볼 수는 없다고 여겼다. 주길연은 화가 치밀어 뒤뚱대며 헉헉거렸다. 그러면서도 뭐라고 중얼거리는지 뒤통수를 보였다. 괜히 거들먹거려서 역전이 되는 것이 기가 막힐 지경이다. 주길연에게 평소 행동을 잘하고 다니라고 경고를 한 것이 화근이었다. 공직생활 중인 김덕칠의 체면을 생각해서라도 당연한 충고가 필요했다. 최근 화투판에서 놀아난다는 보고를 여러 차례 받은 사실이 있었다. 하지만 너무 완강히 소리를 내지르는 것에 마음 아팠다. 순임에게 대꾸하는 일은 골치 아픈 일이 다반사였다. 얼굴이 붉어지고 언니라는 이유만으로도 언쟁이 끊이지 않았다. 상대를 다독여 줘야 할 문제는 이뿐이 아니다. 순임은 스스로 표정 관리를 잘하고 있을 뿐이다. 사회를 지탱하고 이끌어 가는 힘은 이웃도 아픔을 함께했다. 그래서인시 사람마다 순임의 남편 쪽으로 관심을 갖는 편이 많다는 평을 전하기도 했다.
 "어느 집 여식인지 참말로 된 사람이다."

"저런 여편네와 사는 자는 복도 많지."
"밤낮으로 사발 깨지는 소리만 들으니 불만이 많나보네."
"사돈 남 말 하고 있네. 밤낮으로 요강 들고 벌서는 인간이 무슨 소리고."
"불만도 이유가 따르는 기고. 매사에 잘못하면 욕을 먹게 돼있는 기다. 잘만해 봐라, 뭔 잔소리를 할 끼고. 원래 남의 떡이 커 보이는 법이다."
순임에게서 인사를 나누던 중년의 남자가 감탄하며 지나쳤다. 그가 인맥을 통해 순임의 행위를 칭찬하고 다녔다. 그럴 때마다 삶과 죽음을 경계로 슬픔이 기쁨이 되는 위기가 오고 갔다. 순임은 그들의 말에 개의치 않고 쫓겨 가는 마음과 다를 바 없이 다녔다.

8

김덕칠은 생각에서 벗으나 벽시계를 살폈다. 저녁 7시경에 있을 모임을 기억했다. 초등시절의 친구들은 열의와 같은 환영을 해주었다. 그들의 결의를 믿으며 또 다른 모임의 장소를 찾아 나섰다. 공교롭게도 뜻밖의 전화는 여러 곳에서 걸려왔다. 지인들의 응원에 찾아가는 일은 당연한 문제였다. 그들은 어릴 적 동네에서 함께하였던 이웃이었다. 온갖 유언비어는 낭설이 따랐으며 뉴스 시간이 가까울 때는 귀 기울여 정보를 참고하기도 하였다. 앵커의 등장과 함께 지역의 출마자들에 대한 보도가 집중적으로 방송되고 있었다. 김덕칠은 브라운관에서 눈을 떼지 않고 출마자들의 반응을 예의 주시하였다. 그때마다 강한 파도가 가슴을 치는 듯했다. 감정의 기복이 심했던 까닭에 한 가지의 답을 정해야 했다. 뉴스만 끝나면 이미 약속한 장소로 이동할 참이었다. 주변은 매몰찬 바닷바람으로 인해 비린내가 물씬 풍기는 환경이었다. 차량은 계속해서 덕동을 지나던 버스를 향해 따라서 달렸다. 떠나온 고향은 언제나 그의 시야에서 보았던 흔적들이 그대로 있었다. 고향을 떠나 학업을 하던 시절과는 많이 변화된 곳이었다. 그러면서도 이따금 씩 속 깊은 기침을 해대었다. 다음 스케줄에 따라 저녁 모임이 있는 장소로 이동 중이었다. 도착한 장소에 이르자 외등이 환하게 주차장 입구를 밝혀 주었다. 이미 약속한 일이었으므로 강박적인 여론은 없는 곳이라 생각되었다. 김덕칠의 선거운동을 돕기 위해 알음알음 연락을 해왔다. 김덕칠과는 인맥을 유지하던 사람들이 많이 모여 있었다. 그들의 몇몇은 김덕칠을 무기 삼아 자신의 복적을 계산하고 있었다.
"제가 이번 선거에 당선만 된다면 여러분의 의견을 반드시 수렴하여 해결해 드리겠습니다."
김덕칠을 마중하던 몇몇이 사정을 미리 귀띔해 주었기에 단체의 흐름을 알 수 있었다. 어촌계 사람들이 모여서 애로사항을 논의 중에 있었다. 어촌계에서는 태풍에 의해 전년도 보상이 늦어 불만을 토하는 자리였다.
"나중에 당선되면 나 몰라라 하지는 않겠지요. 선거철만 되면 출마자들의 하는 소리는 선량한 민심만 이용하는데 나중에 배신이나 때리지 마쇼. 주구장창 어떻게 하겠다는 말만 외쳐대고는. 실행이 안 됐어요. 이번에는 믿어도 되겠오?"
정사장은 김덕칠을 안내하면서 상황을 알려주었다. 그가 홀 안으로 들어서기가 무섭게 기다렸다는 듯 김덕칠을 반겨 주었다. 김덕칠은 피곤이 밀려오다가도 새로운 윤곽을 포착할 수 있어 의욕이 넘쳤다. 모두가 아무렇지도 않게 자신의 대견함에 관심을 주었다. 성격이 잘 들어맞지 않아도 화제의

핵심에는 귀 기울이는 것은 당연했다. 그래서인지 그들은 김덕칠과 악수하며 용기를 북돋아 주었다. 대다수가 장수면 출신의 고향 사람들이었다. 과거에 정계에 몸을 담았던 사람도 몇몇 보였다. 그들은 김덕칠에게 앞다투어 눈도장을 찍고 싶어 했다. 김덕칠로서는 위안이 되는 조직이었다. 소탈한 성격의 김덕칠은 그들에게 선거 공약으로 설득력 있는 발언을 전파했다. 어떻게든 그들 또한 이번 선거에 꼭 당선되기를 희망하였다. 선거일 또한 불과 9시간을 남기고 있었다. 늦은 밤이지만 스케줄에 의해 다음 장소로 가기 위한 마음은 몹시 분주하였다. 다음 장소인 '햄손' 조직에서도 겨우 30분을 머물고는 또 다른 장소로 움직여야 했다. 이런 이유로 어떤 음식을 먹었는지조차 모를 정도였다.
"정말 피곤한 일이야. 자네는 눈치껏 먹지 그랬어?"
김덕칠이 나필국을 염려하며 소리쳤다.
"걱정하지 마이소. 저는요, 먹는 자리에서는 누가 챙기지 않아도 잘 챙겨서 먹고 합니더. 자형이나 끼니때 잘 챙겨서 드이소."
"이런 일은 식사 때를 제시간에 못 찾아 먹어서 말이야."
"맞습니더. 우리가 이때를 먹는 일에만 연연해서는 안됩니다. 초를 다투는 일인데 우얍니꺼. 그나저나 피곤하시면 링거라도 맞아감서 다니셔야 합니더."
"그러고 있네. 간밤에도 최원장 보고 기다려 달라고 사정해서 집사람하고 다녀왔다네. 정말 미안하더군."
"친구지간에 미안한 일이 뭐 있습니꺼. 오고 가는 정도 무시를 못하지예."
"최원장도 이제 옛날 같은 모습이 아니더라구. 지방 병원을 운영하는 것도 봉사정신이 있어야 하거든. 정말 대단한 사람이었어."

"주변에 친구분들 많다 아입니꺼. 그들도 이번 선거에 많은 도움을 줄 낍니더."
"정말 그럴까."
"하모예. 당연히 도와주다 말고요."
"정말 자네 말대로라면 얼마나 좋겠어."
"용기 내이소. 반드시 당선되고도 남을 낍니더. 이번 선거는 확실히 승산이 있는 깁니더."
"이번 선거에 자네가 나서 줘서 정말 고맙네."
그는 배고픔을 잊고 정신없이 다녔다. 이러한 가운데 그의 움직임은 사방의 파도 소리처럼 숨결이 힘차보였다. 연결의 고리가 튼실한 것도 당연하겠지만 긴장을 늦추는 따위는 없어야 할 일이었다. 조화와 균형이 정당성을 이루는 목적이 최우선으로 여겼다. 승리의 깃발을 위한 목적이라면 먼바다에서 돌아오는 만선의 배가 흰 거품을 몰고 오는 기적과 흡사한 것 같았다. 하늘의 무게를 가늠할 수 없는 수평선을 주시하는 시각도 당연한 것처럼 그려보기도 했다. 김덕칠은 이번 선거에 당선만 된다면 새 정권에 접어들어 확신할 수 있는 자기만의 유익한 프로젝트를 전수할 참이었다. 낡은 것과 새것이 잇따르는 순간 삶은 끝없는 변화로 시작된다는 것을 실감한 때문이다. 김덕칠은 살얼음판을 걷는 흐름의 결과에 대해 고통스러워했다. 그런 김덕칠 곁에서는 다소곳한 모습의 순임이 항상 힘이 되어 주었다. 지친 경우도 당연하겠지만 필녀만 생각하면 머리가 아플 지경이다. 순임은 반가운 표정이 아닌데도 불구하고 표정이 밝았다. 어제처럼 바닷바람은 차창 문을 통해 파고늘었다.

순임으로써는 지금까지 최선을 다한다는 목적을 두고 움직였다. 이런 가운데서도 진동음이 울렸다. 가끔씩 핸드폰에서 울리는 진동음은 목이 조여드는 느낌이다. 그러나 적어도 쑥스러워하거나 절망적인 상태는 보이기 싫은 순임이다. 매번 반복되는 일이었으므로 환한 웃음을 지니고 다녔다. 자세를 튼 순간 몸에서 관절 꺾이는 소리가 났다. 순임은 실룩거리는 뺨을 쓸어내리기도 했다. 순간 식은땀이 등줄기를 타고 내렸다. 김덕칠의 안사람으로서 유권자에게는 언제나 밝은 기분을 갖고 다녔다. 행동과 언동은 결국 김덕칠에게 매일 보고가 전해졌다. 김덕칠은 순임에게 타인과의 행동에 절도가 있다는 평가를 여러 차례 전해 들었다. 유권자들마다 칭찬을 아끼지 않는다고 보고를 전해 들었다.
"선거판의 결과는 끝나봐야 아는 일이지만 평판은 좋아."
"모두가 함께한 때문입니다. 마음으로라도 도와주시는 덕분에 많은 도움이 됩니다. 정말 감사합니다."
"하모요. 다행한 일이죠. 모두에게 감사한 일이죠."
"많이 도와주셔서 고맙습니다. 우리 민심이 어떠한지 잘 압니다. 민심의 고통이 뭔지를 잘 알고 있기에 이런 도전도 필요하다고 생각하였습니다. 여러분의 뜻을 잊지 않고 실천하겠습니다. 정말 고맙습니다."
"우리가 뭘 도와줬다고. 힘내시요. 잘 될 거요."
"고맙습니다. 절대로 이 은혜는 잊지 않겠습니다."
길목을 지날 때마다 아끼지 않는 격려가 힘이 되어 주었다. 김덕칠은 선거 사무실 사람들의 마음까지 신경을 썼다. 이런 행위를 지켜보던 선거사무원들은 아내에 대해 애정이 없어 보인다고 여겼다. 그는 근친상간을 막론하고 선거운동에만 신경을 써야 했다. 어떠한 방식으로든 자신의 피력을 남에게 알리는 것이 최우선이라 여겼다. 공직에서도 마찬가지로 업무처리가 분명하였으므로 칼 같은 성격으로 정평이 나 있었다. 그러나 벼랑 끝에서 머뭇거리는 찰나에 서있는 심정이었다. 강심장이라지만 몹시 초조한 가운데 있었다. 하필이면 필녀의 위기가 좀 더 심각하게 진행되고 있다는 것도 염두하고 있었다. 발악에 의한 새우모양새의 파닥거림은 겨우 숨을 쉴 정도에서 버티고 있음을 알았다. 새벽 5시가 지났을 무렵, 영란은 필녀의 마지막 모습을 순임에게 전해주었다. 영란은 말문이 떨어지지 않아 초조함이 영역했다. 지금까지 순임이 내외를 위해 최선을 다하고 있다는 것을 암시하였다.
"많이 바뿌제?"
"왜 그러세요?"
"어무이가 지금 막 숨을 거둘 기미가 보인다."
순임은 말문이 막혔다. 그 어떤 언질도 못하였다. 엄마의 주변은 항상 사람들로 북적이고 있음을 상상했다. 순임은 그렇게 기억하고 싶었다. 그 순간 주길연이 뒤뚱대며 의사의 손끝을 주시하고 있었다. 냉정을 갖고 지켜보는 가운데 사람들이 모여들었다. 그런 필녀의 모습을 지켜보며 슬퍼하는 사람은 없었다. 오직 김덕칠의 선거일에만 정신이 산만해 있었다. 순임은 무덤덤한 표정으로 고개만 끄덕인다. 필녀의 죽음을 담담하게 받아들이겠다는 심산이기도 했다. 주변은 아까보다는 바람이 점점 죽어가는 상태였다. 예민한 가운데서도 먼 곳에서는 아직 파도 소리가 남아 있음을 직감하였다. 이제는 모든 것이 끝이 보인다는 것을 암시했다. 투표를 막 시작할 무렵이다. 밤새 침몰했던 죽음들이 흰 파도의 거품과 함께 바람이 일었다. 필녀는 오랜 기적을 남긴 채 입을 모으고 있었다. 무슨 정신으로 버티고 있었는지 의문이 가지 않을 수 없었다. 큰 키에 코가 땅에 닿을 듯한 모습은 섶밭 사람들의 기억에 남아 있었다. 필녀의 장지가 될 곳에서는 아침부터 사람들의 움직임이 보였다. 양지꽃 피는 평지에 필녀의 장지가 준비되는 중이었다. 외형적 분위기는 사위를 위해

한몫했다는 평이 파다했다.
"사람의 명줄은 하늘이 점지하는 일이지."
"명줄이 질기도 보통 질긴 것이 아니더만."
"막말은 해서는 뭣 할 끼고. 타고난 복, 복대로 살다 간 마님이지. 한 세상 잘 살다가 간 것은 사실이지. 어디다 비할 끼고."
"우리가 그런 복 가진 사람 있다면 여기에 살고 있었겠나."
"내 팔자가 그런 거는 하늘이 알고 땅이 안다. 뭐라 카노."
"내 복대로 살다가 가면 되는 일이고."
"고 마, 답답해서 하는 말이다. 죽고 나면 말짱 허다. 입찬 소리도 젊어서 하는 소리고. 늙어 막에 신세타령이려니 한다."
골목 어귀에서 아낙들이 웅성거렸다. 그들은 비극의 원천이 좀 더 지연될 뿐이라고 아우성이다. 몇몇은 진작부터 일을 서둘고 있었다. 그들의 동작은 전날만큼 바쁜 일정으로 분주했다. 필녀가 살아생전 즐겨 앉았던 양지쪽은 장지가 되었다. 앞산을 비껴 돌아서 보면 바다가 보이는 곳이다. 파란 하늘 가운데 흰 구름이 천천히 움직이고 있었다. 지난날의 장수면장 안주인으로서 고고하고 눈부신 한때가 있었다. 동네가 무진장 크지는 않지만 바다가 보이고 갈매기가 덩실덩실 춤추는 곳이다. 집안의 큰 몫 또한 필녀의 움직임에 의해 치러지던 곳이다. 장지가 될 곳에서 보면 바다가 한눈에 보였다. 순임의 태도는 몽둥이로 머리를 호되게 맞은 기분이다. 순임은 아주 가늘게 심호흡을 하였다. 멍청한 표정은 갈매기가 춤추는 모습을 보고 있었다.
"자네는 타고난 체질인가 보군?"
"아직은 건재합니더."
"건강의 복이 있으니 다행이야."

"하모요. 그래도 울 엄마의 유전인자가 특출한 거지요."
"그렇겠군. 장모님의 연세를 보면 이해가 돼."
"물질이 풍부하지는 못해도 건강의 복은 타고난 거지요."
"어떻게든 몸이 재산이라고 여겨야지."
"여부가 있겠습니꺼."
"저쪽으로 방향을 돌려 보지. 몇 사람이 모여 있군."
 며칠 전처럼 얼른 달려가는 동작도 하지 않았다. 얼굴이 붉어진 채 팔의 힘이 쫙 빠지는 몸이었으나 담담했다. 김덕칠이 순임의 표정만 봐도 알 수 있다는 듯 침묵하였다. 그런 그의 얼굴에서 그림자 같은 것이 드리워져 있었다. 순임의 얼굴을 보는 순간 모든 것이 부끄러운 생각들로 가득했다. 그는 가슴 한쪽이 싸늘해져 왔고 모든 것이 막막하였다. 정해진 선거 날이라 아무런 말을 못 하고 있었다. 한쪽 심장에서는 금이 가는 느낌도 들었다. 필녀가 지금까지 용하게 버티고 있었다는 것은 김덕칠에 대한 최대한의 배려라고 여겼다. 김덕칠이 내심 고마워하는 표정도 있었다. 김덕칠이 다급한 마음에 시계를 들여다보았다. 그때는 이미 투표를 막 시작할 때였다. 정확히 새벽 6시 03분이다. 초조한 나머지 시선을 어디에 둬야 할지 몰라 두리번거렸다. 투표가 시작됨과 동시에 주변은 필녀가 있는 곳으로 모여들었다. 김덕칠은 달리던 차를 멈추게 했다. 나필국이 놀라운 반응을 보였다.
"자형! 뭔 일인데예?"
"잠깐 바람이라도 씌고 싶어!"
"그렇게 하이소! 너무 걱정 마시고예. 잘 될 겁니더."
 나필국이 투표 결과에 자신만만하다는 듯 소리쳤다. 그러나 김덕칠의 의도는 그런 것이 아니었다. 그는 멍하니 경직된 채 바닷바람을 씌며 필녀를 생각하였다. 등을 기대고 싶어 소나무에 기대었다. 뱀처럼 똬리를 튼 소나무가 버티고 있었다. 먼바다를 향해 뚫어지게 바라볼 수 있는 곳이었다. 한 손으로 나뭇가지를 휘어잡고는 이슬을 튕기었다. 발아래로 푸른 물결이 출렁이고 있었다. 지난날 그맘때처럼 붉은 해가 떠올랐다. 붉기가 벌겋게 타올라 바다를 데우는 듯했다.
"장관이군!"
"심란하지 예? 고모가 매형을 도우려고 하시는지 명줄은 건재하다 아닙니꺼."
"그런 이유라면 감사한 일이지. 그런데 난 그런 마음을 갖고 할 체면이 없어."
"와 예? 매형도 우얄 도리가 없어 그렇지. 누가 억지로 그래서 그런가예."
"아무튼 시기가 묘하게 돌아가는 것 같아서 안타까워."
"맘 크게 잡숫고 힘내이소."
"어쩌다 이렇게 되고 말았는지 몰라."
그 순간 필녀가 환하게 웃던 모습을 기억했다. 필녀는 전설과도 같은 사람이라 여겨졌다. 자신의 죽음을 예감하면서도 자식을 위해 마지막 선물을 하고 간 까닭이 고마웠다. 지난날 짧은 머리에 청바지를 입은 채 필녀를 처음 만났던 기억이 뚜렷하다. 그때는 바다가 고요한 때였다. 순임을 사랑한다는 말을 자신 있게 전했던 기억이 있다. 그때는 밑천도 없고 대단한 위치도 아니었다. 오직 젊음이 재산이라고 여겼던 때였다.
'제게 따님을 주십시오. 따님을 책임지고 밥 굶기는 일은 없을 겁니더!'
필녀에게 자신 있게 말을 한 것을 잊을 수 없었다. 그런 세월이 벌써 이만큼 왔다는 사실에 놀라웠다. 필녀와의 약속 이후 조금도 어긋난 법이 없었던 삶이었다. 그녀의 힘이 작용한 것은 아낌없는 후원이 따랐기 때문이다. 관직에 몸담았던 김덕칠을 언제나 존중해 주었다. 그의 힘이 너무 막강한 자리였으므로 자랑이 아닐 수 없었던 필녀의 관심이기도 했다. 그때만큼은 사람들의 각별한 이목이 따랐기 때문이다.
"그냥 가 볼까?"
"차 시동 걸까예?"
"병원으로 가지!"
그는 회상에서 벗어나 필녀가 있는 병원으로 향했다. 파랗게 넘실대는 성난 파도를 보며 오지랖 넓은 자신의 위치를 사과하고 싶었다. 며칠 전에도 눈을 부라리며 걱정하던 말을 잊지 못했다.
'어쩌자고….'
그 순간 눈알이 갈라 터지는 것 같았다. 오직 자신의 욕망에만 움직이고 있었음을 가슴 아파했다. 필녀는 자신을 위해 죽음 앞에서도 내면과의 싸움에서 끝까지 버텨주었음을 알았다. 이 또한 큰일을 앞에 두고 있는 자신에게 전하는 경고나 다름없었다. 자신이 부정하고자 하였던 동일성의 논리는 인간의 삶과 정치와 역사를 망쳐놓을 수 없는 정황에 고민하기도 했다. 그럼에도 불구하고 추종할 수 있는 마지막 기점에 머물렀다. 나직한 마음은 피상적인 시선으로 연어의 몸짓을 보는 듯하였다.

글 만드는 남자

글 만드는 남자

 규는 청주행 기차를 타기 위해 바쁜 걸음으로 집을 나섰다. 간밤에 세찬 비로 인해 질퍽거리는 거리는 풀냄새가 진동하였다. 그 시각 산 능선에서의 운무는 미동도 않고 머물러 있었다. 오랫동안 기다려온 비였기에 포근함을 주었다. 규는 어린 나이에 일본에서 나와 청주라는 곳에서 한글을 배우게 되었다. 고종형 준혁이 많은 도움을 주었다는 것도 생각났다. 이런 바탕을 빌미로 규는 등사원지에 글을 씌기는 기술을 연마할 수 있었다. 청주는 고향이나 다름없는 곳이기도 했다. 한국의 물정을 제대로 파악할 수 없는 나이에 일본에서 나오게 되었다. 규의 앞날을 위해 물심양면으로 도와준 준혁을 찾아 나서는 길이었다. 규의 일본 생활을 이해해 주었고 아주 특별한 형임을 기억하였다. 규를 위해 항상 응원해 주던 형이다.
 '곳곳마다 엄청나게 변했어. 생각하면 참으로 아득한 일이야.'
 규는 자신의 성장을 되뇌면서 기차를 탔다. 아버지와 어머니는 어린 동생과 많은 어려움을 겪으며 살아왔음을 기억했다. 그는 일본에서의 생활을 못 잊어하였다. 아버지는 아침이 되면 어디서 끼니를 해결해야 하는지 걱정했다. 어쩌다 일본에서 정착을 하게 되었는지는 어린 마음에는 몰랐다. 아버지의 선택은 누군가의 꼬임에 이끌려 일본으로 가게 되었다는 것과 일본인 어머니를 만나게 되었다는 것은 아이러니다. 외가는 넉넉하지 못한 일본인이었다. 누구나 마찬가지였지만 일본인이 아니라는 이유로 차별적인 삶도 많았다. 그러나 일본인인 어머니로 인해 그다지 무시하던 것도 가끔은 피할 수 있게 되었다고 했다. 아버진 이런 삶을 푸념하더니 어느 날 갑자기 한국으로 가족을 데리고 나오게 되었다. 일본인 어머니가 많이 아팠고 돌아가셨다고 했다. 이로 인해 살기는 더 고달팠다고 전해 들었다. 아버지는 더 이상 일본 생활을 접어야만 했나. 아버지는 따로 고향이 없었다. 아버지의 유일한 혈육이었던 고모가 청주에서 살고 있었다.
"규! 넌 앞으로 청주가 너의 고향이야. 고향을 잊어서는 안 돼. 청주를 잘 기억하고 청주가 너의 고향이란 것을 잊지 마."
아버지의 유언이기도 했다. 아버지는 청주가 고향이나 다름없도록 세뇌시켰다. 고모가 살고 있는 청주에서 가족을 이끌고 정착하게 된 곳이다. 아버지는 많은 과정을 어렵게 터득해야만 했다. 그런 과정에서 규의 고향은 청주가 되었다. 일본에서의 생활은 늘 고통이 따랐다는 것을 아버지를 통해 알게 되었다. 아버지는 한국 생활은 마음이 따뜻한 사람들이 모여 산다고 늘 말해 주셨다. 일본에서는 조선 사람이라면 누구나 겪는 고통이 따랐다. 아버지는 물장수가 수입이 되는 업종이었던지 어깨에 물통을 짊어지고 나섰다. 그런 생각은 성장하면서 아름아름 기억되는 파노라마다. 규는 철부지답게 아버지 등만 바라보며 살았다. 어려운 여건을 알지 못하던 철부지 여섯 살이었기에 당연하였다.

"규, 왔니? 정말 오랜만이다!"
고모가 친정 장손인 규를 무척 반겼다. 고모집은 정원이 넓고 나무가 우람하여 집 둘레가 대궐 같았다.
"고모, 그간 잘 지내셨어요?"
"그래, 잘 왔어. 우리 규도 이제는 의젓한 청년이 되었구나!"
"고모도 건강하시지요?"
"그럼, 이제는 준혁이가 집안을 이끌어 가고 있잖니. 난 이제 옛날처럼 심한 일은 하지는 못해. 내 나이가 몇인데."
"고모님도 참, 아직 건강하신데 왜 늙었다고 하세요. 준혁이 형을 생각해서라도 늙었다는 말씀은 하시면 어떡해요."
"그렇지만 나이가 있으니 자연스럽게 넋두리를 할 수밖에. 아버지 성묘하려고 왔니?"
"네, 이점저점 볼일이 많아요."
"먹고살자는 짓인데 무슨 일이 없을라고. 어떤 일이든 생각을 깊이 하고 살아야 해. 요즘 세상은 눈 뜨고 당하는 세상이 되어 버렸어. 무슨 일을 하던 정신 바짝 차려야 하는 세상이야."
고모는 규를 측은하고 안쓰럽다는 표정으로 걱정이 많았다.
"준혁이 형님은 사업이 잘되나 보죠?"
"요즘은 너나없이 어려운 세상이야. 각자 운명은 하늘에 맡겨야지."
"그렇죠. 준혁이 형은 어떤 일이든 잘할 거예요."
"세상일이 요지경이 되어 버렸어. 정말 무서운 세상이 되어 버렸어."
"준혁이 형은 걱정하지 마세요. 어떤 일이든 잘해 낼 텐데요, 뭘."

"그나저나 순임인 많이 컸을 거야?"
"네, 어떻게나 말괄량이 짓을 하는지 말 못 해요."
규는 딸 순임을 기억하며 웃음이 만개한다.
"무엇보다도 네 처가 고생이 많을 거야. 규! 부부는 서로 위하며 살아야 해. 어긋나면 매일같이 싸움질이나 하면 살림이 되겠니. 네 처에게 잘하렴. 병든 아버지 모시느라 얼마나 고생을 했겠어. 내 말하지 않아도 눈에 선해. 내 식구를 남같이 대하면 절대 집안이 편할 수가 없는 거야."
"걱정 마세요. 고모! 준혁이 형은 멀리 갔어요?"
"무슨 사업을 한다고 하더니 어려운 눈치야. 벌여놓은 사업이 잘되어야 하는데 눈치 보아하니 걱정이 말이 아닌가 봐."
"형은 어떤 일이든 잘할 겁니다."
"지금은 세상천지가 어려운 시절인데 쉬운 일이 어디 있겠니?"
고모는 어려운 시기를 안타까워한다. 뿐만 아니라 여러 형편을 감안한다면 당연한 시기인데도 불구하고 미리 짐작하는 눈치가 빨랐다. 구름이 옅게 깔린 파란 하늘을 바라보며 이슬 같은 눈물을 머금고 있었다. 생각지도 않게 고모는 앞날을 뚜렷이 판단하는 안목이 남달랐다. 시할머니까지 계신 층층시하에 식구들 건사하며 사시더니 강한 의지를 갖고 계셨다. 느지막이 준혁을 낳아 집안의 대를 이었다는 뜻에서 최후의 대접을 받았다는 사실도 아버지를 통해 알게 되었다.
"집안의 경사야. 경사가 났다고…."
고모의 시할머니 문 씨는 아들이 태어났다며 골 안이 떠들썩했다. 문 씨는 고모가 딸만 줄줄이 낳았다고 구박이 많았다. 영험한 사찰을 다녀온 후 태기가 있었다는 설도 있었지만, 낭설 같았다. 고모는 막판에 아들을 얻게 되어 소원한 까닭을 풀었다고 한다. 집안의 대를 이었다는 것이 시할머니 문 씨에게서 누명을 벗을 수 있었다. 오랜 시절을 구설수에 시달리더니 천만다행한 일로 여겼다. 가문의 대를 잇게 된 고모는 준혁이 태어난 후 삶이 조금씩 평안했다는 말을 종종 하였다.

"준혁이가 김 씨 가문으로 봐서는 등불이란다. 아들놈을 낳지 못했다면 난 이 가문에서 일찌감치 목숨을 다하고 말았겠지."

고모는 여러 번 넋두리를 남기며 긴 한숨을 내쉬었다. 규는 고모와 나란히 앉아 많은 이야기가 오갔다. 긴 시간을 준혁이에 대한 말만 하였다. 하늘의 구름은 무척 맑았다. 규는 오래도록 구름 한 점 없는 맑은 날씨에 청주에서 머물게 되었다.

*

영모는 좁은 길목을 오래도록 살피는 버릇이 생겼다. 그녀의 일상은 매일 반복되는 일을 하며 지냈다. 물끄러미 바라보는 표정은 한결같았다. 아침저녁으로 틈만 나면 굽어진 골목을 바라보며 누구를 기다리는지 표정이 멍했다. 영모의 깊이 파인 눈동자는 수심이 가득하였다. 애절하게 바라보는 눈동자에서 눈물까지 고여 들 때가 많았다. 모퉁이를 돌아서 반드시 기다리는 사람이 나타날 줄 것만 같았다. 그런데 생각처럼 기대가 어긋나는 일상이 반복되기도 했다. 비 오는 아침에도 변함없이 넋을 잃고 바라보는 태도는 전과 다름없었다. 당연한 일처럼 순리적으로 기다렸다.

"오늘도 소식이 없구나. 정말 기운 빠져서 못살겠어."

"엄마, 왜 혼자서 말을 하는 거야?"

순임이 의아하여 묻고 있었다. 여러 차례 순임의 눈에는 예사로운 보기가 아니었다. 마루에 앉아 항상 소리를 내었기 때문이다.

"가당치도 않아. 무슨 소리를 내었다고 그래?"
"엄마는 항상 그랬어. 벌써 몇 번째인데. 무슨 일 있었어?"
"아니야. 예는 괜히 트집 잡는구나."
"몰라. 엄마가 하는 일은 알 수가 없어."
"후후훗…."

그동안 소식이 끊어졌던 규가 집으로 돌아올 것을 손꼽고 있었기 때문이다. 영모는 좁은 길목을 오래도록 살폈다. 깊이 팬 눈길로 하염없이 바라보는 습관을 갖고 지냈다. 이 또한 전혀 새롭지 않을 만큼 준비된 자세였다. 옛날 영모엄마가 그랬듯이 앞산을 뚫어지게 바라보는 버릇은 변함이 없었다. 계곡 건너 산 아래는 초목이 욱어져 있다. 아무도 다니는 곳이 아니기에 숲이 울창하였다. 그늘진 산허리에서는 여름을 알려 주기라도 하듯 울창한 풍경으로 인해 시야를 맑게 해 준다. 한때는 헐벗었던 민둥산이었지만 저토록 초목으로 변화되어 낯설지가 않게 되었다. 궁색한 살림살이는 변함은 없어도 식구들의 건강이 우선이었다.

"뭔 일이라도 있는 거야? 왜 소식을 주지도 않고 떠돌아다니는지 모르겠어."
"혼자서 뭐라고 중얼거려. 가만 보면 습관이 되어 버렸어. 아직도 규는 연락이 없나 보네."

담 너머로 길을 지나던 우암댁이 영모를 바라보며 소리쳤다.

"그렇죠, 뭐! 소식을 모르니 속상해요."
"남자들이란 어디든 나서면 강원도 포수라잖아. 너무 속

끓이지 마! 곧 돌아오겠지."

우암댁이 마치 점을 치는 무당처럼 소리 내었다.

"정말 맘에 안 들어! 생각하면 미치겠어요. 나 이러다 죽을 것 같아."

"뭔 일이라도 있을라고. 안주인 역할이란 것이 집에서 느긋하게 기다려주는 성품을 좀 보여줘 봐. 왜 그래?"

우암댁이 영모의 눈길을 바라본다. 뭔가가 집힌다는 것인지 아니면 뭘 안다는 것인지 영모의 얼굴을 자세히 살핀다.

"아휴, 얼굴 닳겠어요. 제가 누굴 닮았나요? 뭘 그렇게 뚫어져라 바라보세요."

"내가 뭘 본다고 해서 믿지는 말고, 애아버지가 여기저기 떠도는 것은 바람이라 그래. 그래서 어디를 나서면 바람처럼 훨훨 떠도는 팔자거든. 그냥 이해를 하고 살아."

"정말 못 말리는 사람이죠. 왜 그럴까요?"

영모는 의심의 여지가 없다는 듯 우암댁의 말에 동조하였다. 근거도 없는 말을 가지고도 사실인 듯 걱정이 앞선다.

"내가 뭘 안다고 하는 말은 아니고 그렇겠다는 내 짐작이야. 내가 이 집 사정을 쭉 지켜봐 온 것이라 말하는 거야. 어디를 갔다는 소문은 들었어도 당신은 남편을 믿어야 해. 남자가 집 나서면 어디서 머물다 돌아오는지 나도 궁금했어. 못 말리는 바람이려니 하는 거지. 암, 바람이구 말구. 집안의 가장이 집을 나갔다는데 왜 걱정이 없겠어. 아무튼 내가 볼 때 이 집은 다른 집보다는 하늘 사업이 있잖아. 남의 집 하고는 차원이 다르다고 봐. 내 추측엔 그렇다고 봐. 안 그래?"

"그렇지만 바람은 좀 그렇다. 여자랑 바람이 났다는 소리지 뭐예요?"

"아니, 이 사람아! 바람이 났다는 말은 아니지 않은가. 왜 그래?"

"정말 누구 속 뒤집어 놓을 일이 있어요. 누구 속 터지는 것도 모르면서 쓸데없는 소리를 하고 그래요."
"아니면 말구. 자기는 너무 예민해. 아휴, 정말 무슨 말을 못 하겠어."
"근데, 너무 해요. 바람이 뭐예요."
영모는 실망한 눈빛으로 우암댁을 바라보며 화를 버럭 낸다.
"논에나 가봐야겠네. 아휴, 속 시끄러워서 원!"
우암댁을 뒤로한 채 논으로 간다며 훌쩍 나선다. 이웃과 말을 섞다 보면 소문은 파장을 일으켰다. 어처구니가 없는 일은 다반사다. 산언덕 주변은 벌써 나리꽃이 곳곳에 피기 시작했다. 영모는 규의 얼굴을 그려보지만 정확한 윤곽이 그려지지가 않았다. 규가 집을 나선 지 달포가 넘었으니 그의 얼굴이 가물가물하다. 어디서 생활하며 다니는지 궁금하지 않을 수 없다. 전날 밤에는 비가 세차게 내리더니 구름이 산허리를 휘감고 있었다. 손으로 이웃과 품앗이하며 심었던 모내기였는데 벌써 뿌리가 활착이 되어 작황이 좋아 보였다. 푸름이 더 짙어서 성장하는 과정이 하루가 다름을 눈여겨본다. 영모는 전체적인 논바닥을 살피며 복잡함에서 벗어났다.
"아휴, 예쁘기도 해라. 내가 이런 맛에 사는 거지. 어쩜, 하루가 다르게 자라네. 내가 이러고 사는 것이 낙이지. 산다는 것이 별수 있겠어."
영모는 혼자서도 말을 아끼지 않고 내뱉는다.
"논바닥에 물이 찰랑찰랑하고 보기 좋구만. 자기는 혼자서 왜 그러고 있어?"
아랫동네 부암댁이 얼결에 만나서 반가운지 소리쳤다.
"엊그제 심었던 모가 벌써 파랗군요. 벌써 뿌리에서 탁근을 하나 봐요."

"작황이 하루가 다른 것이 농산물이잖아. 그간 잘 있었어? 농사철 아니면 자기나 나나 얼굴 볼 일이 있어야지."
 "그렇죠. 나날이 뭐에 쫓겨 사는지 세월 금방 가요."
 "아무렴. 당신이나 나나 산다고 사는 것이지. 별 수가 있겠어."
 "그러게요…."
 영모는 먼발치에서 부암댁을 바라보며 웃었다. 틈틈이 갑갑한 속을 다래는 일이라 기분이 좋았다. 낮은 웃음소리를 뒤로 한 채 손짓만 하고는 집으로 향했다. 집으로 돌아오자 휑한 바람만 무시로 드나드는 방안을 살핀다. 규가 집을 나선 지 달포가 지났으므로 그가 머물던 방을 기웃거렸다. 규가 작업 공간으로 사용하고 있었던 방이었다. 아무런 물건도 없는 휑한 방이었다. 방안은 잉크 냄새로 진동하였다. 작은 골방에서 밥상을 펴 놓고 철판을 깔아 글을 써오던 공간이다. 그가 평소 글을 쓰고 책을 만들어 납품을 하였다. 시대의 변화에 자신의 사업을 고민하며 지냈다. 바쁜 일감이 쌓였을 땐 식구들과 밥벌이하던 공간이기도 했다. 최근에 프린트 일은 점점 일감이 사양길에 접어들었다. 규는 이 문제로 고심이 많았다. 밤잠을 설치며 호롱불 밝혀가며 글을 쓰던 곳이다.
 "낙심하기는 이르지만 앞으로 닥칠 어려움이 코앞에 온 것 같아."
 규는 집을 나서기 전에 고민하던 말이다.
 "당신은 세상을 다산 사람처럼 그런 말을 해요."
 "내 말은 현실을 받아들이자는 뜻이야."
 "어떻게든 먹고살아야지 않겠어요? 포기하기는 일러요. 애들도 커 가는데."
 "누가 그런 따위에 모른다고 했어? 세상일은 내 뜻과는 다르다는 거야."

"글쎄 누가 뭐라고 해요?"
"아무래도 청주에 다시 가봐야 할 것 같아."
"청주는 왜 또 가요?"
"청주에 있는 흥덕사 일원을 다녀올 계획이야. 앞으로 인쇄로 모든 활자가 시작될 거란 예측이 있었거든…."
"어머, 그런 문제가 생겼어요?"
"내 아무리 철판을 깔고 철필로 글을 쓴들 프린트 작업으로서는 밥벌이가 될 수 없는 세상이 와 버렸다는 말이야."
규는 순간 눈시울이 시큰거렸다.
"그럼 우린 앞으로 어떻게 살아요. 뭘 해서 밥을 먹고살죠?"
"그래서 내가 요즘 고민이 많은 거야."
"어떻게…."
규는 여러 문제를 들먹이며 고심하였다. 그의 곁에서 영모는 항상 지켜보았던 일이다. 천성은 술을 좋아했으나 자신의 업종이 사라진다는 것에 마음을 걷잡을 수 없어했다. 평생을 글을 쓰며 밥벌이를 하던 그가 청주로 가서 밥벌이가 될 사업을 갖고 올 것인지 고민이다. 영모는 또다시 고민을 하지 않을 수 없었다. 그가 집안을 들어서기까지는 초조함이 따랐다. 규는 어려서부터 영리함이 있었음을 기억한다. 이런 규를 영모는 늘 지켜보아 왔다. 그는 이웃하며 살아온 아이였다. 까맣게 잊고 있었던 지난날의 흔적은 동네에서였다. 일본에서 갓 이사를 온 규는 한국말을 제대로 못했다. 말이 통하지 않는 규를 영모는 따라다녔다.
"나랑 놀면서 친구들과 친해 보렴."
영모는 당돌한 모습으로 규에게 다가섰다.
"왜?"
규는 긴말을 못 했다. 그날 이후로 규는 영모의 뒤만 따라

다녔다. 영모는 규를 위해 누군가와 마주친다면 항상 문제를 대변해 주었다.
"어디서 왔어?"
친구인 욱이 말을 건넸다.
"네들도 얼른 우리말을 할 수 있도록 도와줘. 예는 일본에서 이사 왔어."
"그래. 같이 놀아."
규는 영모가 곁에 있어 주었기에 한국말을 조금씩 하게 되었다. 규는 늘 주변의 말에 귀 기울였다.
"나도 잘할 수 있어."
규는 늘 자신감으로 말하였다. 자신이 남보다 특별한 일을 한다는 것은 없었다. 그는 진심이 가득한 자세로 커왔다.

*

규는 무겁고 예리한 철판을 받침 삼아 등사원지를 펼쳐놓고 밥벌이를 하기 시작했다. 그는 오래도록 연마한 까닭에 글을 씌기는 전문가로 변신하게 되었다. 철필로 글자를 한 자, 한자 씌기는 기법이 독특했다. 직삼각형의 뽈자를 모서리를 잘라서 각을 지게 만들었다. 이런 각 모양은 자음과 모음이 만들어지게 되었으며 글자가 성립되는 과정이기도 했다. 그는 각도에 맞춰서 글자를 만들어 나갔다. 이런 규의 솜씨는 화가가 그림을 그리듯 글을 만드는 기술자가 되었다. 꾸준히 연습한 결과 글자가 만들어지는 것이 신기할 정도였다. 교육구청에서 급사로 일하면서 손수 연마한 재주였다. 관청에서 글을 쓰는 일은 규의 몫이기도 했다. 결혼을 하고 자식을 낳고 가장이 되어 버린 규의 안목은 이렇게라도 밥벌이를 한다면 괜찮을 것 같았다. 규의 이 같은 소문은 돌고 돌았다. 관내 관공서에서는 각 부서 별로 회의 자료를 만들기 위해 규에게 일감이 몰리기 시작했다. 규가 최초로 활자를 새겨 책으로 만들어지고 회의 자료가 되는 특허였다. 이런 기법은 규를 따를 자가 없는 혼자만의 기법이기노 했나.
"송사장, 얼굴 보기가 하늘에 별 따기야. 어떻게 된 거야?"
교육청 직원인 손주사가 규의 특허를 신통해 여겼다. 그는 규의 일에 호감을 갖고 있었다. 그는 규에게 회의 자료를 직접 만들어 작업하도록 건네주기도 했다.
"손주사! 이런 일도 쉽지는 않아. 밤샘 작업을 해야 하니 몸이 말이 아니야."
"돈 벌기가 그냥 되남. 무슨 일이든 고통은 따르는 법이야."
"이런 일은 누가 하던지, 자신이 직접 해봐야 내 속을 알아 줄 거라 생각해."
"아휴, 이 사람아! 누가 그걸 모르나. 내가 말해보는 푸념이야."
규의 글솜씨가 만방에 소문이 났음을 감탄하였다. 이런 소문은 학교에서도 마찬가지였고 교육청과 경찰서에서도 규의 글솜씨를 인정해 주었다. 어느 곳이든 결과물을 갖고 회의를 하기에 이르렀다.
"암튼 자네는 재주가 특출한 것 같아. 하늘에서 당신을 지목하여 이런 분야를 통해 의식주를 해결하라는 뜻이겠지."
"손주사! 당신도 해봐. 관청에서 책상에서만 우두커니 앉아만 있지 말고."
"이 사람아, 난 안 힘든 줄 알아. 나만큼 일해보라지. 얼마나 힘든 일인데."
"정말 그럴까."

규는 손주사를 힐끗 보며 웃는다. 그는 잔꾀를 잘 부린다는 이유로 주변에서는 신중하지가 못하다는 소문이 파다했다.
"농담 아니고 당신도 하는 일 집어치우고 내 직업을 배워 봐."
"난 적성이 안 맞아."
"가장이 식구들 먹여 살리려는데 직업에 귀천이 있겠어?"
"그래도 난 아니야."
"쉬운 돈 벌 생각은 하지도 마."
"난 항상 솔직해."
"알았어. 내 생각엔 푼돈이라도 해서 용돈 하면 좋겠다 싶었던 거지."
"고맙네 그려!"
이러한 절차가 시작됨으로 인하여 규의 섬세한 글은 그들의 수고를 들어주는 일이 되었다는 평판이 나돌았다. 규는 육필로 밤낮없이 등사원지에 글을 써야 했다. 등사판을 만들어 석유를 잉크판에 부어 여러 번 반죽을 묽게 만들었다. 여러 차례 문질러 종이에 글귀가 나타나도록 등사판을 문질러야 했다. 덩어리 채 잉크를 주걱에 퍼서 석유를 첨가했으며 잉크가 묽어지도록 롤러를 사용하였다. 묽게 된 잉크를 롤러에 묻히고 등사판을 번갈아가며 문질러야 글체가 나타났다. 등사된 종이를 빼내고 다시 잉크를 바르고 밀면 복사가 되어 글이 찍히는 원리였다. 이런 기법은 누구도 따라 할 사람이 없었다. 규의 연구에서 비롯되어 사방에서 소문이 나돌게 되었다. 규는 밤낮없이 바쁜 일상이 되어 버렸다. 원지에 직접 철필로 글을 씌기니 글이 만들어졌다는 소문이 나돌았다. 기술적인 과정은 여러 해를 거듭한 끝에 결실이 찾아온 것이다. 수차례 연습한 결과물이 자신의 기반이기도 했다. 이런 바탕을 혼자서는 감당이 되지 못했다. 규를 돕기 위해 딸 순임이 어린 나이지만 일을 함께 도와야만 했다. 순임은 규의 산더미 같은 일에 관여하는 일은 어려운 나이였다. 이런 순임으로써는 바깥 놀이에 신경을 쓰는 아이였다.
"순임인 오늘도 동무들하고 놀 생각만 하나 보네. 아버지 일을 돕지 않으면 밥을 굶어야 하는 일이야. 아버지 일을 함께 도와줘야 우리 식구들이 밥을 먹을 수 있단 말이야. 우리 가족이 오늘처럼 같이 일을 하지 않으면 밥을 먹고살 수 없게 된단 말이야. 아버지 말을 알아듣겠어?"
"난 몰라! 아버지는 일을 만들어서 일을 하라고 그래? 왜 이런 일을 가족들이 해야 하는데? 난 하기 싫단 말이야. 친구들하고 놀 거야."
순임은 치맛자락을 잡고 꼼지락거리고 있더니 눈물을 글썽인다. 친구들이 기다리는 것을 알고는 담 너머로 신경이 곤두서 있었다. 순임은 왈가닥으로 소문난 여식이다. 친구들과 어디를 나서려는지 일할 기분이 아니었다. 아침부터 담 너머엔 여러 명이 옹기종기 모여서 순임을 기다리고 있었다. 해가 중천에 이르면 줄지어 기다리는 친구들이 많았다. 이런 여식을 구슬려야 하니 마음이 아팠다.
"오늘은 어디로 가려고 동무들이 저렇게 진을 치고 있어?"
"아버지는 왜 하필 놀러만 갈려고 나서면 일을 하자고 하는지 몰라."
순임이 담 넘어 친구들을 힐끗 살피면서 뽀로통했다. 이런 모습을 영모는 생긋이 바라보며 웃기만 할 뿐이다.
"이렇게 해봐. 집게손가락에 고무를 끼고 끝 번호부터 목차까지 한 장씩 걷어서 주면 아버지가 호치키스로 중앙에 찍을 거야. 이렇게 하면 책이 만들어지는 거야. 알았지?"
규는 순임의 대답을 듣기도 전에 눈빛을 살핀다. 순임이 화가 잔뜩 난 표정을 먼저 읽었기 때문이다. 어린 나이에 일을 하게 한다는 것은 안타까웠다. 규가 일본에서 한국으로 나오게 된 나이가 순임과 같은 일곱 살 나이다. 일손이 부족한 탓에 어린 순임의 손길도 필요한 때문에 어쩔 수 없는 현실이다. 자식의 형편을 이해 못 하는 것은 아니지만 바쁠 땐 부지깽이가 필요할 정도였다. 방안은 온통 잉크 냄새로 가득했다. 페이지별로 촘촘히 널어놓아 발 디딜 틈이 없는 방안 풍경이다. 주문이 밀려서 약속한 날짜를 맞춰야 했다. 시간별 회의 자료들이 산더미 같았다. 마음은 급하고 어쩔 수 없이 아이들을 동원할 수밖에 없는 실정이었다. 이렇게 식구들이 합심을 한 까닭에 손발이 척척 맞았다.
"순임인 처음 하는 일인데 착하게 잘하는구나. 잘하면서 심통이니, 왜 그래. 이렇게 해서 돈을 버는 거야. 돈 벌어서 우리 식구들 맛있는 것도 사 먹고 할 텐데. 앞으로 아버지 하는 일에 잘 따라주었으면 좋겠어."
"아버지! 자장면 많이 사주면 열심히 할 거야."
"그래, 알았어. 누구 부탁인데 안 사주겠니. 열심히 해주면 빨리 끝날 수 있어. 앞으로 한 시간만 더 거들어 주면 빨리 끝나겠어."
"응. 애들인데 좀 더 기다리라고 말하고 올게요. 애들아, 조금만 기다려!"
순임이 담 너머로 친구들을 향해 소리쳤다. 손동작이 빠른 순임은 페이지 별로 순서를 빠뜨리지 않고 정확히 해내었다. 손놀림과 생각이 일치하였다. 잽싸게 움직여 주니까 일이 순조로웠다. 순임이 밖으로 내빼고 싶은 행동은 눈을 감아야 했다.
"지금은 바쁘다니까."
규는 순임을 구슬리기 위해 틈을 주지 않았다.

"하고 있는데 아버지는 왜 그래요."

"마음이 콩밭에 가 있잖아. 페이지가 순서에 맞지 않으면 다시 해야 해."

규는 항상 순임이 신경이 쓰였다. 순임의 영악함이 누구도 못 따른다는 것을 잘 알기 때문이다. 사나흘 밤을 약속한 날짜를 맞추기 위해 날밤을 새웠다. 호롱불을 밝혀놓고 한자, 한자 씌긴 것이 글자가 되어 끝이 보였다. 글을 완성한 원지가 여러 장이 쌓였다. 등사를 하기 위해 등사판에 등사원지를 붙였다. 잉크가 잘 반죽된 판에 롤러를 이용해 등사판을 수차례 문질렀다. 차츰 글자가 선명히 나타나고 복사를 하는 과정이 시작되었다. 여러 과정은 기발한 아이디어가 내포되어야 했다. 글로서 밥벌이를 하는 규에게는 시간과의 싸움이기도 했다.

*

규는 일사천리로 일이 끝나게 되었고 두텁게 쌓인 서류 봉투는 책으로 엮어져서 납품이 가능하게 되었다. 여러 부서에서는 규의 이 같은 사업에 흑심을 품은 자들이 많았다. 청구서를 내밀면 한 가지 납품권이 결재를 미루었다. 보름씩 거듭 지나고 다시 청구서를 내밀면 돈은 제때 주는 법이 없었다. 담당자는 자신이 먼저 갈취하는 사례들이 많았다. 규의 결재는 항상 뒷전이었다. 그들은 공금횡령을 밥 먹듯 하였다. 이 같은 행위는 속이 상하는 일이었다.

"과장님, 이번이 벌써 몇 번째 올리는 청구서입니까? 오늘은 꼭 결재를 해주세요. 우리가 땅 파서 남 좋은 일하는 직업은 아니지 않습니까?"

"송사장! 내 형편도 좀 헤아려줘. 쥐꼬리만 한 월급 받아서 식구들 못 먹여 살려. 이런 내 심정도 헤아려줘. 이번만 형편 좀 봐 달라니깐, 부탁이야."
서 과장은 대뜸 규의 청구액을 무시하며 몇 차례 공금을 먼저 가로채어 규를 난처하게 만들었다. 서 과장은 이런 납품 건을 이용해 다시 청구서를 올리게 하여 돈을 받게 되는 불상사를 만들었다. 서 과장뿐만은 아니었다. 이들은 이런 명목을 빌미로 공금을 횡령하였다. 규만 난처하게 하였다. 급기야는 기본적인 관례처럼 행하였다. 규는 이런 병태가 속상하여 술로서 마음을 달래었다. 속상함이 하늘을 찌를 듯했다.
"우린 뭐 밑천이 있어서 이렇게 하는 줄 아세요? 오늘은 이유 불문하고 결재를 해 줘요. 애들 밥은 굶길 수 없잖아요."
"알았네. 정말 짜게 노는 구만. 송사장, 왜 그렇게 됐어?"
"저 사정을 잘 아시면서 그러시네. 이번 품목으로 얼마나 해 먹었어요."
"아, 알았다구. 알았어요."
"오늘 저녁에 명월댁이 업소에서 만나죠. 한잔하면서 회포도 풀 겸 말입니다."
"아, 그런 일이라면 좋지. 나 사실 이런 날 오기만을 정말 기대했다고. 하늘이 두 조각이 나는 한이 있어도 어찌 마다할 소냐. 송사장, 우리 있다가 만나세."
규가 대접을 하겠다고 했더니 서 과장은 인상이 밝아졌다. 그는 돈을 흔쾌히 결재해 주며 몇 곱절의 대접을 받겠다는 심산이 가득했다. 규는 얼굴을 붉히며 옥신각신 끝에 수금을 하기에 이르렀다. 어느 부서를 가던 결재를 하는 담당자가 돈을 먼저 가로채는 일은 다반사였다. 규는 속상함을 달래기 위해 술을 마시며 마음을 달래는 일이 많아졌다. 이런 규의 속사정을 영모는 분통하였다. 규의 바깥일이 점점 신경 쓰였다.
"먼저 본 까마귀가 먹어 치우는 꼴이라니. 이런 일이 다반사니 이걸 어쩌면 좋아. 앞으로 이런 일 많아질 텐데 어떻게요?"
규의 휘청거림은 날마다 술이 과한 까닭에서 비롯되었다. 영모의 속상함은 술로 달래는 규를 바라보는 심정이 가슴을 아리게 했다.
"순임아! 아버지 심부름 좀 다녀와야겠다."
"어디?"
순임이 궁금한 눈초리로 바라본다. 생각 끝에 자식을 앞세워 수금을 하도록 종용하였다. 상대측에서는 수금할 부분을 차일피일 미루는 일이 다반사였다. 마땅히 받아야 할 임금이기 때문이다. 그는 고민 끝에 내려진 결정이었다. 이런 결과물을 어쩔 수 없이 순임을 택한 것이다.
"율 국민학교 교무실에 가면 교장선생님이 기다리고 계실 거야. 이 청구서 내밀면 돈을 줄 거야. 꼭 받아와!"
"버스 타고 가야 하잖아. 그럼 이걸 내밀면 돈을 줄 거라고?"
"그래, 꼭 받아와야 해."
규는 어린순임을 구슬려 심부름을 시켰다.
"안 주면 어떻게?"
"이번에는 줄 거야. 몇 번을 꿀꺽한 자료야. 그 돈은 안 줄 수 없을 거야."
규는 장담하였다. 몇 번을 허탕치고 돌아온 품목이었다. 아내 영모는 순임이 밑으로 동생들이 여럿이다. 남편을 뒷받침할 여유가 못 되었다. 순임이 동생 셋은 물불을 가리지 못

하는 때였다. 영모로서는 한눈팔 여유가 없게 하는 아이들을 키워야 했다. 규의 결정은 순임을 비서처럼 이용하게 되었다. 여러 번 결재를 받기 위해 오갔던 곳이다. 교장은 규를 여러 번 골탕을 먹였다. 규는 홧김에 머리를 쓴 것이다. 규의 결재를 항상 뒷전으로 미루었고 횡령하였다는 것도 눈치가 보였다. 떼 먹히는 일들이 많아지고 이런 이유로 술로서 마음을 달래는 규기도 했다.
"버스도 종종 타봐야 목적지를 찾아갈 수 있는 거야. 조심해서 다녀와."
"알았어요. 내 금방 다녀올게요."
"조심해서 찾아다녀야 해. 길 잃어버리면 고아원 가야 될지 몰라."
순임은 아버지 심부름 길에 나섰다. 순임이 버스를 타는 일은 고역이었다. 멀미를 잘하는 타입이었다. 버스를 타면 빈자리를 찾아 잽싸게 앉았다. 규의 심부름 길은 학교를 찾아야 하는 길이기 때문이었다. 버스는 울퉁불퉁한 자갈길로 달렸다. 속력을 내어 달리는 버스는 뿌연 먼지를 일으켰다. 이십 분 거리의 율 국민학교는 하품이 날 정도로 오래 걸렸다. 동네를 지나던 버스는 속력을 내어 달렸다. 어느 지점에 이르자 학교가 보였다. 정문에 들어서자 봉숭아꽃이 곳곳에 피어 있었다. 여러 가지의 꽃이 화단에 피어 있었고 눈부실 정도였다. 버스는 학교 앞에서 멈췄으므로 순임은 규의 심부름에 쉽게 따를 수 있었다. 순임은 아무런 긴장감도 없이 살폈다. 교무실은 복도를 걸어서 중간지점에 팻말이 쓰여 있었다.
"어떻게 왔니?"
작고 검은빛이 나는 남자 선생님이셨다.
"안녕하세요, 선생님? 아버지 심부름 왔어요."
"아버지가 누구시지?"

"아버지는 송규자입니다."
"오, 그래! 네가 송사장 딸이구나."
"저는 교장선생님을 만나야 해요. 교장선생님은 어디 계세요?"
"내가 교장선생님이야. 바로 찾아왔구나."
"아버지가 청구서 드리면 돈을 주신다고 했어요."
"아, 그래……."
교장선생님은 웃음을 머금었지만 반색하는 표정이었다. 교장선생님의 얼굴은 순식간에 어둠이 감돌기 시작했다. 그는 서랍을 열더니 노란 봉투를 꺼내어 내밀었다. 갑자기 순임에게 거래를 하자는 듯 표정이 바뀌었다.
"여기 돈에서 10원만 깎아주면 안 될까?"
교장선생님은 얼굴을 붉히며 순임에게 조심스럽게 물었다.
"교장선생님! 10원을 깎아서 뭐 하시게요?"
"내가 필요해서 그래. 깎아줘!"
"교장선생님! 많지도 않은 금액인데 이렇게 값을 깎아 달라고 하시면 어떡해요. 여기서 한 푼도 뺄 수 없어요. 그대로 주세요."
"그…그래, 알았어. 여기 돈 갖고 가!"
교장선생님은 얼굴이 홍당무 같았다. 붉어진 얼굴로 순임을 똑바로 보지 못하고 있었다. 순임의 얼굴을 바로 보지 못해 쩔쩔매는 시늉을 하기도 했다. 어린 순임에게 부끄러움을 감추지 못하고 안절부절못하였다.
"교장선생님! 오늘처럼 우리 아버지에게 이런 식으로 부탁하지 마세요."
"다음엔 절대로 이러지 않을게. 잘 가!"
"그럼, 교장선생님! 안녕히 계세요."
"그, 그래! 조심해서 가!"

교장선생님은 순임의 얼굴을 똑바로 보지 못하고 등을 돌렸다. 그 같은 행동을 보았던 순임은 아버지가 생각났다. 아버지가 수금문제로 고민하고 있음을 잘 알고 있었기 때문이다. 순임은 토요일이었는데 교장선생님이 기다리고 있음이 신통해 여겼다. 순임으로써는 수금 절차에 고민하는 아버지가 생각났다. 어린 마음은 규의 상황을 짐작할 수 있었다. 순임은 복도를 천천히 걸어 나왔다. 활짝 열린 창문을 통해 시원한 바람이 불었다. 작고 당돌한 순임이 입고 있었던 꽃무늬 원피스가 바람에 나풀거렸다. 그 순간 다리에 얼룩진 땟물이 보였다. 순임은 정색을 하며 바람이 치마를 나풀거리게 한다는 것이 신경 쓰였다. 순간 땟자국이 얼룩져 있음을 발견하였다. 교장선생님이 모습을 보면서 얼마나 흉을 봤을까 싶었다. 그런 생각에 고심하더니 침을 손바닥에 힘껏 뱉더니 땟물이 있는 다리를 잽싸게 지워 나갔다.
"아, 칠칠맞기는! 내가 정말 왜 이러나 몰라."
순임이 갑자기 신경이 곤두섰다. 생각지도 못한 자신의 지저분한 모습을 발견하였기 때문이다. 교무실에서의 상황을 생각하면 황당하기 짝이 없었다. 다음엔 이런 창피함은 없어야겠다는 생각을 굳게 하였다. 어린 마음에 자신의 행동이 참으로 어처구니없다는 생각을 하게 되었다.
"아, 지저분하게 왜 이렇게 된 거야…."
순임이 뾰로통한 얼굴로 여러 번 중얼거렸다. 어린 나이라지만 당돌하고 왈가닥이었다. 버스는 한참을 기다린 후 멈췄다. 장보고 외출한 사람들로 버스 안이 가득했다. 버스기사는 기다림도 없이 곧장 출발하였다. 기준을 잃은 탓에 넘어질 상황이었다. 아저씨의 부축이 아니었음 바닥에 넘어져 상처가 날 뻔했다. 여름방학이 되어 숙제할 일이 있었지만 관심이 없었다. 친구들의 움직임에 더 신경이 쓰였다.

"순임이 넌 온종일 어디 있다가 나타났니?"
친구 영선이 달려와 소리쳤다.
"아버지 심부름 다녀오는 길이야."
"오늘 심심했단 말이야. 애들 모을까?"
"뭣 하러, 내일 봐!"
"그래, 그럼! 네 내 집에서 놀면 안 될까?"
"있어봐. 집에 갔다가 나올게."
"알았어. 애들 불러 모을게."
"알았어. 정자나무 아래서 기다려."
순임은 꼿꼿한 자세로 마당에 들어섰다.
"아버지, 다녀왔어요."
순임이 무더운 날씨에도 기운이 넘쳤다. 규는 철판을 무기 삼아 등사지 원고에 글을 새기고 있었다. 순임이 소리가 들리자 상황이 몹시 궁금했다.
"어떻게 돈은 받았어?"
"받아 왔어요."
"허허허! 우리 딸, 재주도 좋다. 어떻게 하면서 주 든?"
규는 몹시 궁금한 마음에 하던 일을 멈추고 순임을 뚫어지게 보았다. 학교에 찾아만 가면 수금하기가 힘들었던 곳이다. 그동안 몇 차례 들렸다지만 허탕만 쳐야 했던 것을 기억했다. 깐깐한 선생님의 처세가 스트레스였다. 몇 번을 다그쳐도 돈 없으니 다음에 들리라며 청구서를 다시 요청하였다. 선결제로 자기의 몫으로 챙기던 교장을 기억했다. 그래서 궁여지책이 필요했던 끝에 순임을 보낸 것이다.
"어떻게 해서 받았니?"
딸의 행동이 새삼 신통하기만 하고 궁금한 마음에 여러 번 또 묻는다.
"10원만 깎아 달라고 해서 못 깎아 준다고 했어."

"뭐? 그 깐 10원을 깎아달라고 하던?"
"10원으로 뭐에 쓰려고 하냐고 물었더니 얼굴이 불그레하던데."
"그래서 10원은 드리지 그랬어?"
"그러면 끝도 없을 거라 생각했는데. 다음번엔 그러지 말라고 하면서….'
"픕!…."
규는 어이없다는 표정을 지으며 교장선생님과의 상황을 상상하며 웃음이 났다.
"순임이, 아버지 대신 앞으로 네가 수금하러 다녀야겠다."
영모는 엿듣고 소리쳤다. 평소에도 규의 괴로움을 기억하던 아이가 대견하다 여겼다. 딸아이의 영악한 태도가 안타깝지만 규의 고통을 해결해 주니 웃음이 났다. 규는 순임의 당돌함에 어이없었지만 험난한 세상을 잘 이겨 나갈 것이라 생각되었다. 그러면서도 한편으로는 무거운 돌덩이를 내려놓은 듯했다. 수금할 시기가 되면 속상함이 오래갔다. 어떤 명목이든 수금할 시기가 되면 담당자의 권한으로 공금을 횡령한다는 것을 느꼈다. 규의 차례는 항상 밀쳐두어 속을 끓였다. 그 같은 이유로 규는 많은 고통이 따랐다.
"순임이 정말 잘했어. 나중에 맛있는 것 많이 사줄게!"
"나, 동무들이 기다리고 있어서 나가야 해요."
"아니, 배 안 고파?"
"안 먹어도 좋아."
"안 돼, 먹고 나가야지!"
"안 먹어도 된다니까요."
순임이 뒤도 안 보고 잽싸게 뛰쳐나간다. 규는 말괄량이 딸을 보며 웃었다. 저 아이를 생각하면 기운이 솟는다. 규는 멀어져 가는 순임을 오래도록 바라보았다.

*

 순임이 돌부리에 차여 발가락에서 통증이 왔다. 얼마나 통증이 심했던지 화를 내며 신발을 벗어던진다. 둘러맨 책가방도 저만치 던져 버렸다. 새떼처럼 어울려 가던 동무들은 저만치 가고 있었다. 그들은 일행 중에 누가 빠졌는지도 모른 채 키득거리며 갔다.
 "아, 정말 신발이 문제야. 엄마는 이렇게 큰 신발을 왜 사줬나 몰라."
 길 가운데를 지나던 차가 먼지를 뿌옇게 일으켰다. 먼지가 얼굴을 강타하여 앞이 보이지 않았다. 멀어져 가는 차까지 부아가 치밀었다.
 "야, 네들 정말 의리도 없이 모른 척하고 갈 거야?"
 순임이 친구들을 향해 소리쳤다. 아픈 발가락을 움켜쥐고는 바락바락 내질렀다.
 "너 왜 그렇게 앉았니?"
 걸음을 멈추던 친구들이 놀라며 우르르 달려왔다. 순임의 아픔을 눈여겨보았기에 모두가 안절부절못하였다. 차가 지나가면 친구들이 보이지 않을 만큼 뿌연 먼지를 일으켰다.
 "네들은 내가 어디로 사라졌는지 궁금하지도 않니?"
 순임이 새침한 얼굴로 동무들을 노려본다. 순임의 앙칼진 태도에 모두들 기운을 빼고 있다. 얼마간 통증으로 인하여 오래도록 버텨야 했다. 동무들의 표정도 굳어진 모습에 사방이 고요하다. 돌길에 주저앉아 시간 가는 줄 몰랐다.
 "누가 날 업어 줄 수 있겠니? 학교는 가야 하지 않겠어?"
 "그래, 우리 중에 덩치가 큰 사람이 좋겠어. 우리 중에 선희가 좋겠다. 어떡할래, 업고 갈 수 있겠어?"
 윤희가 꾀를 부렸다. 윤희의 잔머리는 순임이 못지않았다.

"신발은 어떻게 했니?"
"저기 던져 버렸어. 엄마가 신발을 너무 큰 것으로 사줬어. 내년에도 신어야 한다면서. 네들은 울 엄마 말이, 말이 된다고 생각해?"
"그렇다고 저렇게 던지면 어떻게 해?"
"너무 헐거워서 돌에 부딪쳤어. 저 신발, 너무 불편해!"
순임을 업고 뛰던 선희는 땀이 비 오듯 했다. 도로변에는 나무가 없는 거리였으며 그늘마저 없었다. 순임은 선희를 생각 한 때문인지 갑자기 걸음을 멈추게 하였다.
"선희 너 힘든데 여기서 내려줘!"
"어떡하려고?"
"여기서는 천천히 걸어서 갈게. 선희야, 힘들었지?"
"생각보다 가볍던데. 몸무게 괜찮았어."
"오늘은 체육 시간에 뛰지도 못하겠다. 발가락이 아파서…."
"피가 났어?"
"살갗이 까졌어."
"곧 괜찮아질 거야. 걱정하지 마."
선희는 생각하는 것이 엄마처럼 말했다. 순임이 까칠하였어도 대화가 통하는 동무다. 불볕이 따로 없는 날씨였다. 햇볕을 많이 받아 숨을 제대로 쉬지 못하고 헐떡인다. 길을 걷다가 그늘이 보이면 자기의 집이었음 했다.
"학교까지는 너무 멀어. 여기가 우리 집이었음 좋겠어."
"나도 우리 집이었음 했는데 네 생각도 그러니?"
동무들과 어깨를 나란히 걷던 일행은 생각이 같았다. 집에서 학교까지의 거리가 한 시간을 넘게 걸어야 했다. 그들은 한결같이 가까운 학교와 집을 생각하며 다녔다. 한여름 날씨에는 땀으로 얼룩져서 지나가는 흙먼지로 인해 온몸은 떼로 뭉쳐지는 형국이었다. 다리와 얼굴은 땀으로 인해 흙먼지를 만나면 꽃무늬가 그려졌다.
"순임아, 까마귀가 순임이 얼굴에 묻은 땟물을 보고 할머니 하면서 찾아오겠네. 씻고 방으로 들어가렴."
순임이 축담에 올랐던 순간이었다.
"씻기 싫어!"
순임은 어디서 무엇을 하다 돌아왔는지 땟물이 덕지덕지했다. 아이들은 씻는 일에 인색하다는 것을 영모는 알았다. 순임이 세숫대야에 물을 한 바가지 퍼부었다. 곧바로 얼굴만 대충대충 씻더니 금방 물을 엎질러 버린다. 영모의 표정은 웃음만 가득하다. 뭐라고 꾸중을 하는 법도 없었다. 일단 물이 귀한 생활이기에 웃고 말 뿐이다. 규는 호롱불을 켜기 위해 석유를 붓고 밤샘작업을 하려는 듯 분수했다. 철판도 녹이 슬지 않도록 석유를 붓고 문질렀다. 지저분한 먼지를 털어내고 깔끔하게 검열하였다. 어린아이들이 나대었고 어수선한 가운데 조심해서 다니도록 일렀다. 이런 분위기는 영모의 역할이 중요했다. 아이들에게 충고를 해야 하고 귀가 따갑도록 세뇌시켰다.
"네들은 이제부터 아버지 옆으로 왔다 갔다 하지 말고 잠을 자야 해."
"네. 알았어요, 엄마!"
오 남매에게 소리친 영모는 규의 표정을 먼저 살핀다. 직업적으로도 그럴 수밖에 없는 예민함이 따랐다. 글을 쓰면서부터 가뜩이나 예민한 성격이 날카로웠다. 호롱불을 밝히고 밤새 밀려둔 회의 자료를 쓰느라 밤을 꼬박 새워야 했다. 관공서에서는 회의를 즉시 할 수 없는 사내도 발생하기도 했다. 규의 책자가 완성되지 못하면 회의를 진행할 수 없었으므로 양해가 되는 날은 다행스러웠다.
"송사장, 오늘은 제시간에 회의를 할 수 있겠어요?"

군청 문공부에서 찾아온 김주사가 다그쳤다. 규의 등을 바라보고 앉아 자기들이 맡겨두었던 자료를 갖고 먼저 하는지를 지켜보았다. 온종일 지켜보았고 등사가 시작되면 과정을 지켜보기도 했다. 규는 식구들을 불러 책이 만들어지도록 하였다. 그간의 만취 상태로 일을 못하고 선반에 올려둔 자료들이 회의 시간을 넘기고 있었다. 먼저 찾아온 김주사는 과장의 다그침에 못 이겨 규를 독촉하며 지켜보고 섰다.
"자료를 건네준 지가 언젠데 아직도 미루고 있었던 거예요?"
"아, 그렇게 되었어요. 조금만 기다려 봐요. 곧 끝낼 수 있으니까?"
"제가 요즘 윗분들인데 얼마나 볶이는지 알아요? 제발 나 좀 살려줘요."
"…!"
"아니, 송사장! 아직도 이러고 있으면 어떻게요?"
제시간에 회의가 진행되지 못한 탓에 느닷없이 진 과장까지 불쑥 찾아왔다. 부서에서 여럿이 교대로 찾아와 진을 치고 있었다. 회의가 진행되지 못하여 마루에 앉아 규의 동작만 지켜본다. 겨우 글을 씌기고 등사를 하여 책을 만들어 가는 모습을 눈으로 확인하였다. 손가락에 고무를 끼워 페이지를 찾아 책을 만들었다. 모두가 순리를 알고 있는 식구들은 규를 도왔다. 순임이도 동원이 되어 일을 시켰다. 손놀림이 기계적이고 작은 키에 아버지를 돕는 순임이 대견스러웠다. 모두가 분야별로 진행하는 동안 책으로 만들기까지 일사천리였다. 그들은 지켜보는 내내 무표정한 얼굴이다. 오래지 않아 책은 만들어지고 공무원들은 시간에 쫓기며 책보자기를 들고뛰었다. 번갯불에 콩 튀기듯 일을 끝내고 나면 훗날 수금 절차는 또다시 괴로움이 더해졌다. 결재 담당은 차일피일

미루며 핑계를 일삼았다. 자신은 정작 대금을 착취한 후였음
으로 구실을 만들어 애간장을 태웠다. 규는 이런 관례를 알
고도 처음처럼 다시 반복하였다. 납품하였던 날짜와 품목을
만들어 청구서를 제출하면 겨우 결재를 해주는 식이었다.
 "오늘 기분도 꿀꿀한데 어디 나가시 고량주나 한 잔씩 합
시다."
 "송사장, 그렇게 안 하셔도 되는데 뭘 그렇게 까지…."
 딴전을 피우던 진 과장의 얼굴이 화색이 돌았다. 규를 이
용해 얻어먹겠다는 심산이었으므로 엄청 계산적이다. 오래도
록 간구한 나머지 밤새도록 술을 마시고 기진맥진해 집에 도
착한다. 이런 방법을 하면서 거래는 지속되었고 매번 갈등은
쌓였지만 회포를 풀었다. 규는 그들의 이런 횡포를 잘 알고
있었다. 생각하면 이들과 함께 회포를 풀어야 함은 가당키나
한가. 그렇지만 이들로 인해 늘 고민하고 괴로워하는 직업이
었고 술에 만신창이가 되어야 했다. 다음 날 아침이면 당연
하게도 속설임이 따랐다. 영모는 규의 속을 달래기 위해 푸
줏간에서 사 온 소뼈를 고와야 했다. 규의 속을 달래는 일은
일주일이 가까워야 진정되는 체질이었다. 처음은 김내과를
찾아가 링거를 맞아야 함은 당연한 순리였다. 얼굴은 핏기가
없고 온몸은 후들거렸다. 규는 아프면서도 자신의 속내가 녹
아서 문드러진 것 같았다.
 "송사장! 얼마나 마셨기에 혼수상태가 되어서 온 거야?"
 김원장은 규를 보며 웃음이 가득이었다. 규 자신은 죽을
것 같은데 김원장은 농담을 던진다. 원장은 이 순간만 모면
하면 서뜬히 일어날 것을 일기 때문이다. 김원징은 규를 생
각하며 무던히도 놀려댄다. 이럴 땐 규의 표정은 말이 아니
다. 답변을 거부하며 괴로워 손사래를 친다.
 "얼른 주사나 한 대 놔줘요. 내가 죽을 지경이 되었잖아

요."
 "아니, 이 사람아! 그러니까 말술을 마시기는 왜 마셔. 이렇게 될 것을 생각도 않고 마셨으니 속이 남아나겠어? 어지간히 짝짝 마셔라. 그러다 당신 죽어!"
 김원장은 잊을만하면 규가 병원을 들락거린다는 것을 잘 알았다. 링거 한방이면 깨어나는 것을 잘 알았기에 농담까지 하였다.
 "내장이 녹아내리는 것도 모르고 퍼먹으면 어찌 되겠어. 이런 식으로 계속해서 폭음을 하다 보면 제 명에 못살아. 알았어요?"
 "이제 안 마셔요. 술고래들하고 일해 먹고살자니 내 몸이 말이 아니라는 것도 각오는 하고 마셔요."
 "그래도 그렇지 이 사람아! 하하하….”
 김원장은 어이가 없다는 듯 껄껄거린다. 규에 관한 소문은 장안에 파다했다. 최소한 있을 곳은 안다는 소문이다. 이런 성격에서 탈출한 날은 따로 있다. 수금이 되지가 않아 속상함에 술기운을 빌미로 넋두리가 많았다. 만취한 가운데 사람마다 불러드려 술을 권하는 버릇이 생겨났다. 이런 상황을 지켜보던 영모는 지나던 까마귀도 청해 보라고 야유한다. 이해 못 할 사람들과 가까이하는 일이 많았다. 그렇다고 거부할 관계도 아니고 살아가는 과정들이 피로했다.
 "시간이 몇 신데 집에도 못 오고, 지금까지 뭐 하고 있는 거야."
 영모의 푸념은 저녁이면 날마다 이어졌다. 규의 문제가 나날이 심각했기 때문이다. 날마다 있는 일은 아니지만 달포가 지나고 쉬어가는 나그네처럼 만취한 날이 생겼다. 순임이와 똥개 누렁이를 앞세워 어두운 길을 나섰다. 똥개 누렁이가 고랑으로 가더니 불러도 오지를 않았다. 영모는 전지약을 끼운 플래시로 비춰본다.
"에구머니나! 이럴 어째. 이럴 어떻게."
영모는 기겁하며 깜짝 놀라 소리쳤다.
"아버지! 일어나 봐요. 물고랑에서 이렇게 자면 어떻게요. 여기가 방인가."
순임이 놀라는 일은 당연하였다. 힘이 부족하여 움찍도 못하는 규를 흔들었다.
규는 자전거를 탄 상태로 고랑으로 빠져버린 상황이었다. 정신이 혼미한 가운데 기운을 차릴 수도 없는 지경이었다. 영모는 어이가 없어 환장할 지경이다.
"술만 마시면 어떻게 이 모양이야. 망신스러워서 정말 내가 못 살아…."
똥개 누렁이가 규를 살렸다고 생각하니 대견하면서도 어이가 없다. 오늘도 누구랑 어울려 고주망태가 되어서 돌아왔는지 생각하면 몹시 속상하다. 보나 마나 부아가 난 상황이 생겼다는 것을 짐작한다. 글자로 생업을 갖고 살아가는 사람을 어떻게 이렇게까지 사람을 망가뜨리나 싶어 부아가 치민다.
"더러운 세상이야."
영모는 순임과 힘을 다해 규를 흔들어 깨웠지만, 소용이 없었다. 규는 조금씩 의식이 되살아나는 듯 신음소리를 내었다. 살았다는 것을 안심하며 힘껏 일으켜 보기도 한다. 규는 실랑이 끝에 겨우 잠에서 깨었다. 비틀거리는 몸은 그렇다 치고 순임이 소리에 눈을 번쩍 뜬다. 규는 순임이 소리에 더없이 반긴다.
"아니 이게 누구야? 우리 딸 순임이구나!"
"아버지, 오늘은 누구랑 술을 마셨어요?"
"아버지가 오늘도 술을 마시지 않을 수 없었어."
"누가 아버지를 속상하게 했어요?"

"순임이 많이 컸네. 내가 우리 순임이 보고 살아."
"애 보는 앞에서 왜 이래요, 정말! 얼른 집에 갈 생각은 않고 도랑가에서 이대로 날밤을 세울 거야?"
영모는 규에게 구박하는 소리가 야멸찼다. 순임과 겨우 비틀거리는 규를 부축해 가며 힘겹게 집으로 향한다. 영모는 생각할수록 속상함은 이루 말할 수 없다. 자전거를 끌고 힘겹게 자갈길을 갔다. 얼마나 고주망태로 망가졌는지 헛것이 보였다고 한다. 헛간으로 사용하던 돌담집이 허물어진 외딴 곳이다. 주변은 야심한 밤이 깊었고 집과는 거리가 상당히 멀리 떨어진 곳이기도 했다. 긴 다리까지 도착도 하기 전에 흐무러진 돌담집이 있었다. 참으로 야심한 밤이면 소복을 입은 여자가 들어오라고 손짓한다고 했다. 그날은 달빛도 없는 거리는 어디가 길이고 집인지 분간이 어려웠다. 사방천지로 지나가는 사람마저 나타나지 않았다. 규의 눈에서는 낯선 여자가 길을 안내하고 있었다.
"사장님, 잠시 쉬었다가 가시죠?"
"당신은 누구요? 안면도 없는 사람이 날 아시요?"
낯선 여자를 살펴보았지만 얼굴은 볼 수 없었다. 규는 취한 상태로 눈을 부라렸다. 여자를 노려보며 힘을 잃은 눈길은 제대로 살필 수가 없었다. 그렇지만 눈을 부릅뜨며 살핀다. 눈이 휘둥그레지고 여자를 바라보니 소름이 끼쳤다. 얼어붙은 몸은 움쩍도 못 하였다. 자리를 벗어나야 하는데 몸을 가누지를 못했다. 생각할수록 등짝이 오싹했다.
"내가 아무래도 잘못 찾아든 곳인가 보오. 이만 가리다."
"당신은 이곳에 있어야 해요. 가긴 어디를 간다고 그래요."
규는 정신을 차려 급히 여자 곁을 피해 자전거 페달을 밟았다. 정신을 차려서 주변을 살피니 낮에 보았던 곳이 분명했다. 허리 정도까지 자란 탱자나무 곁으로 허물어진 돌담이 버젓이 있는 자리였다. 여자를 따라 계속 들어갔더라면 눈앞에 보이는 인분이 질퍽했다. 대략 짐작으로 한길이 넘는 깊이였다. 오래 묵혀둔 인분이어서 냄새가 고약했다. 정신없이 그곳을 빠져나왔을 때는 등골이 오싹했다.
"정말 생각할수록 끔찍하네. 내가 어쩌나 서곳으로 산 거야."
팔뚝은 이미 탱자나무 가시에 찔려 피가 굳어져 아렸다. 말짱한 정신으로 주변을 기웃거린다. 그 순간 자신을 믿고 기다리는 식구들의 얼굴이 떠올랐다. 작은 방 안에서 식구들이 모여 우글거렸다. 그들은 규만 빠지고 도란도란 밥을 먹고 있는 모습이 눈에 선했다. 이런 상황을 생각하면 정신을 차려야 했다. 다시금 생각하니 등짝에서는 땀이 났다. 소름 끼치는 상황은 자신도 모르게 이뤄지는 일이었다. 술기운에도 당황스러웠다. 어떻게 빠져나왔는지 생각하면 아득하다. 이튿날 오후가 되어 정신을 가다듬고 영모에게 그 상황을 말해 주었다.
"내가 어떻게 살아서 나왔는지 생각하면 등골이 오싹해."
규는 영모 앞에서 고개를 늘어뜨리고 있더니 정신을 가다듬고 숨을 몰아쉰다.
"귀신이 보였군요? 거기서 목을 매고 죽었다던 여자가 나타났나 봐요."
"내 눈엔 헛것이 보였어."
"폐가가 된 집이에요. 집안이 몰락했으니 모두가 버리고 떠났겠죠."
"생각하면 뒷골이 쎄해."
"제발 당신은 술이 문제야. 이제 술 좀 짝짝 마셔요."
"나도 후회는 해보지만 내 인력대로 되지가 않아."
"당신은 몸속에 술 귀신이 들었나 봐."

내면으로는 영모의 짜릿한 쾌감이 왔다. 규는 최근에 아주 뜸했던 술자리기도 했다. 영모는 정신을 못 차리고 술을 마셔댄다고 구박하였다. 그런 일이 불과 며칠이 지나고 있었는데 규의 태도가 막무가내다. 영모는 규의 버릇이 고쳐지기를 원했다.
"다시는 술 하고는 멀어질 거야."
"장담할 수 있어요? 당신은 작심삼일이야."
규는 술기운이 사라지면 후회가 막심했다. 혼수상태로 누운 그는 시간이 지날수록 머리가 맑아지고 술을 마신 과정이 후회스럽다. 어떻게든 살아가는 범위가 형편없었다. 눈망울이 초롱초롱한 자식들을 보면 각오는 진지했다. 무엇보다 해가 거듭할수록 손 떨림이 심해졌다. 알코올 중독자가 따로 없다는 것을 새삼 느낀다. 이런 현실은 후회를 거듭하면 할수록 괴롭기만 하다. 이 또한 자신도 어쩔 도리가 없는 버릇이라 생각했다. 식구들이 없었다면 모든 상황은 끝이 나고 말았을 것이다. 밤늦게 아무도 없는 조용한 시각이고 인적이라고는 없는 삼엄한 곳이다. 사방은 개울물 소리만 들렸다. 영모는 누렁이를 앞세우고 늦은 시각이면 순임이와 막내를 업은 채 규를 찾아 나섰다. 그날 밤도 밤이 깊은 겨울이었다. 바람이 상당히 불었다. 앞서가던 누렁이가 낭떠러지가 있는 개울물을 따라가더니 돌아오지 않았다. 영모는 낌새가 좋지 못하다는 느낌이 왔다.
"순임아, 가서 살펴봐라. 플래시로 누렁이 있는 곳에 잘 비춰보렴."
"누렁아, 누렁이 어디 있어? 엄마, 저쪽에 누렁이가 있어."
"가까이 가서 잘 비춰봐!"
"악, 엄마! 아버지다. 아버진 왜 또 도랑가에서 자는 거야."

순임이 가슴이 철렁한다.

"내가 미처! 뭔 놈의 술은 진탕 마셔갖고 이런 사태를 만들어!"

"아무래도 아버지가 꼼짝을 않는데, 어떻게 해?"

"순임 아버지! 여기서 이러고 있으면 죽어. 어쩌려고 여기서 자는 거야?"

규는 자전거를 타고 중심을 잃은 채 도랑으로 떨어져 잠이 들었다. 영모는 모습을 바라보며 속상함이 하늘을 찔렀다. 이런 상황을 발견한 순임은 놀란 가슴인지 어쩌지 못해 소리치며 운다.

"아버지, 아버지는 왜 여기서 이러고 자는 거야?"

"내가 내 명에 살사면 내 속을 바꿔야지."

영모는 어이없는 현실이 안타까웠다. 영모의 아우성에도 불구하고 규는 전혀 반응이 없다.

"음⋯."

규는 겨우 신음소리를 내었다.

"아휴, 정신 좀 차려 봐요."

순임과 규를 흔들어 깨운다. 어쩌다가 고주망태가 되었는지 처지를 모른다. 규는 흐르는 물을 이불 삼아 깊이 잠이 든 상태다.

"아휴, 네 아버지 살았나 보다."

영모는 통곡하며 부르짖는다. 얼마나 더 많이 놀라고 실망하며 살아야 할지를 생각하면 암담하다. 거꾸로 박힌 자전거는 한쪽으로 패대기 쳐져 있다. 영모는 현실적으로 도저히 이해할 수 없다. 이마로 돌에 찍힌 탓인시 피가 흘렀다.

"새끼들 생각하면 이러면 안 돼. 제발 생각을 하고 살아. 정말 왜 이래?"

영모의 아우성은 하늘이 알도록 소리쳤다. 이런 낭패감은 감당하기가 힘겹다. 하늘은 이 모습을 어떻게 두고 있느냐며 울부짖는다.
"엄마, 여기서 이러고 있을 거야? 집에는 가야 할 것 아니야."
영모는 순임이 소리치자 정신을 차렸다. 오랜 시간을 실랑이하였지만 요지부동인 규가 안타깝다. 추운 바람과 함께 발이 시렸다. 너무 오래도록 물에 젖은 탓에 발이 얼얼했다. 순임이 규를 밀치며 언덕을 올랐다. 영모는 자전거를 몰고 오르더니 다시 뒷걸음질이다. 힘에 겨워 숨을 몰아쉬며 있는 힘을 다한다. 규를 향해 매몰차게 소리치고 또 다그친다. 규의 반응은 깨어나는 시늉만 조금씩 할 뿐이다.
"어지간히 길 드린다. 뻑, 하면 훈련받는 군인도 아니고 식구들 명색이 불러 모아서 이게 뭔 조환지 모르겠어. 으이그 썩어져 문드러질 화상아…."
영모는 숨을 몰아쉬며 구시렁댄다. 악에 겨워 소리쳤다. 규로 인해 온몸은 힘이 빠지고 지쳤다. 이런 일은 참으로 힘겹고 고된 일이다. 숨을 몰아쉬는 순간 온몸은 기진맥진이다. 순임이 도움을 주어 천만다행이라 여긴다.

*

규는 사나흘 가까이 누워만 지냈다. 술에 만신창이가 되어 속 쓰림이 심했다. 그렇게 한동안 지내더니 겨우 정신을 가다듬었다. 예측이 불가한 상태로 온몸은 망치로 두들겨 맞은 듯 아팠다. 속 쓰림이 심한 끝에 다짐을 한다. 생각할수록 자신의 행동이 후회스럽기가 한심했다. 잔뜩 주눅이 들어 식구들 보기에 난처하였다. 황한 눈길은 앉은뱅이책상을 조심스럽게 살폈다. 술에 의해 빈둥거렸더니 책상 위에 쌓인 원고를 훑어본다. 그동안 주문이 쇄도하여 자료들이 수북이 쟁여져 있었다. 어떤 자료는 회의 진행 시간이 바로 코앞이다. 긴박한 상황이 따로 없었다. 시간 적으로 보아 독촉에 시달려야 할 일은 뻔했다. 조급한 나머지 긴장도 되고 손끝이 미세하게 떨렸다. 철필을 잡고 글을 쓸 수 있는 힘이 부족할 정도였다. 영모는 규의 속 쓰림을 달래기 위해 죽을 끓여서 먹였다. 한동안 가슴앓이로 말할 수 없었다. 영모는 화가 쌓였어도 가장이랍시고 지극정성이다. 그녀는 규의 아픔을 낫게 하려고 엄청 노력하였다. 아이들 아버지라는 것을 잊지 않는 지고지순함이 있었다.
"나 거우 진정되었어. 내 다시는 이런 일은 없을 거야."
"또 작심삼일?"
"다짐했어. 앞으로 이런 일 없을 테니까 걱정하지 마."
"…!"
영모는 신빙성이 없다는 표정으로 노려보더니 콧방귀만 뀐다. 매사에 실망이 거듭되었으므로 규의 말을 믿지 못하였다. 규는 반성의 의미로 작심을 해보았지만 자신도 믿을 수 없다는 생각은 떨칠 수 없었다. 아침이면 술에 깨어 정신을 차렸으나 후회만 가득이다. 모처럼의 다짐이었지만 핑계에 불가한 일은 자신도 어처구니가 없다고 생각했다. 항상 전과가 다분한 까닭을 들먹이는 것은 가족의 테두리였다.
"어디 언제까지 견디며 약속하는지 두고 볼 일이에요."
"이번엔 분명하게 약속해. 며칠 몸이 아프면서 엄청 후회를 했어."
영모는 기운을 잃은 규를 측은지심으로 바라본다. 화가 났어도 때가 지났으니 용서하자는 생각이다. 특히 순임이를 봐서라도 왈가왈부할 마음은 없어졌다.

"엄마, 나 놀다 올게. 찾지 마!"
 순임이 어디서 놀다 오려는지 황급히 사라졌다. 대답할 여지도 없이 횅하니 나가버렸다. 같이 작업할 일이 있을까 봐 쏜살같이 가버리는 시늉도 보였다. 영모는 뛰쳐나가는 순임의 뒷모습을 바라보며 웃음이 나왔다.
 "순임이는 못 말리는 애야. 저 애를 누가 말려. 천방지축이 따로 없는 애야. 순임이 이다음에 뭐가 될지, 너무 무척 궁금해. 순임이 공부에도 재주가 있어야 하는데 걱정이에요. 천날 만날 놀기만 좋아하니 무슨 공부가 될까. 공부는 항상 뒷전이고 놀기만 잘하니…."
 "공부도 하고 싶을 때 하겠지. 놀 때 실컷 놀게 내버려 둬."
 "당신은 애가 저렇게 놀기만 좋아하는데 앞으로 얼마나 더 놀게 하려고."
 "상관없어. 타고난 복대로 살면 되는 거야. 앞으로 큰 인물이 될 아이야. 신경 쓰지 마."
 규는 호언장담하였다. 순임에 관해서는 엄청 관대했다. 영모에게 가까이하는 마음보다는 더했다. 그는 자식이라면 끔찍한 성격이다.
 "글자로 먹고사는 팔자지만 내 새끼들은 하고 싶은 대로 밀어줄 거야."
 "그러자면 돈이 많이 모여야 하는데 어떻게요?"
 "때가 되면 기회가 오겠지. 내 돈은 먼저 본 놈이 횡령부터 하고 더니, 내가 어떻게 속이 상하지 않겠어. 그 같은 일을 생각만 하면 부아가 치밀어. 처음부터 곱게 준다면 얼마나 좋겠어. 썩어 빠질 놈들이 집행을 너무 인색하게 하는 거야."
 규는 며칠 전의 일을 접기로 했다. 밀쳐두었던 자료들을 정리하며 새로운 기분으로 일에 몰두했다. 소소함을 떨쳐 버렸더니 오히려 홀가분하였다. 집중하여 글자에 신경을 썼다. 서둘러 철판을 깔고 원고에 글을 쓰기에 바빴다. 삼각뿔 자로 글을 만들어 가는 움직임이 매섭다. 규는 각도에 준하여 자음 모음을 만들어 글을 만들었다. 이번 자료는 페이지 수가 월등히 많았다. 며칠 동안은 밤샘작업을 해야 할 것 같았다. 손가락이 굳어 마비가 왔지만 참고 견디었다. 손목에 무리가 가지 않도록 움직였다. 여러 방법으로 손가락에 힘을 실었다. 손에서 도구를 부여잡고 움직이는 속도감도 달랐다. 철판에 힘을 주고 철필로 긁는 동안 미세한 가루는 부드러운 천으로 닦는 기법이 있었다. 글이 만들어지는 소리가 예리하게 움직였다. 호롱불을 밤새도록 밝혀두고 작업에 몰두했다.

"출출한데 먹을 것이 뭐가 있을라나?"

규는 잠을 자고 있는 영모를 깨운다. 눈알이 따갑다. 미세한 칸에 맞춰 글을 쓰기는 동안 눈이 침침해졌다.

"저녁에 먹고 남은 식은 밥뿐인데 뭐가 있겠어요."

"뭐라도 먹어야 일을 하겠어. 배가 출출하네."

"물에 말아서라도 김치에 드세요."

"그렇게 하지. 며칠 빈속에 술만 먹었더니 속이 텅텅 비었어. 뭘 먹어서라도 배를 채워야 되겠어."

"기름끼 있는 음식을 먹어야 속이 차지. 밥만 먹어서 속이 차겠어요?"

"뭐든 먹어야지. 어떻게 해."

"술에 만신창이가 되더니 속에 저장된 똥이 밭으로 갔으니 빈속이지."

"생각이 그럴듯하네. 변명하시 말고 국수라도 삶아서 와."

"어휴, 자다가 뭔 일이래. 애들 깨우지 마요."

"알았어."

규의 속마음은 순임이만이라도 깨울 작정이다. 애들이 한꺼번에 일어난다면 정신없을 것이다. 규는 순간순간 와자지 껄한 모습을 즐겼다.

*

어느 금요일이었다. 생각지도 못한 안 과장이 불쑥 방문하였다. 그는 군청 문화공보부에 근무하고 있었다. 안 과장이 규를 보기 위해 불쑥 찾아온 일은 의아했다. 그는 시간적 여유가 넘치는 공직생활을 하는 인물이었다. 그의 아들이 규의 딸 순임과 친하다는 말을 해주었다.
"우리 성민이가 자네 딸과는 친하게 지내나 봐."
"그래요? 우리 아이가 과장님 아들이랑 같은 반이라 구요?"
"내 아들이 그러더군. 자네 딸 하고는 무척 친하다고 했어."
"금시초문이군요."
"정말이라니까."
순임이 뒷간에서 엿듣고 있었다.
"저 아저씨가 나를 왜 들먹이는 거지."
"순임이 너, 저 아저씨 아들 잘 알아?"
"누군지 어떻게 알아."
순임이 새침을 뗐다.
"생각 안 나?"
영모는 조용히 순임의 얼굴을 바라보며 묻는다.
"종관이라고 그러던데, 몰라?"
영모는 순임의 얼굴을 살핀다.
"종관이라면 우리 반 애가 맞아."

"종관이랑 친해?"
"아니. 남자애들이랑은 잘 안 놀아."
"근데 왜 저분은 아들까지 미끼 삼아 저러나 몰라."
영모는 고개를 갸우뚱한다.
"별일이네. 지 아저씨 심심한가 봐."
순임이 불쑥 말을 꺼냈다.
"자기 일이나 충실하지 않고 남의 영업장엔 뭣 하러 왔데."
영모는 예비 출출한 남자를 비웃으며 살폈다.
"무슨 꿍꿍인지 모르겠네. 오늘 저 남자가 아무래도 네 아버지를 구워삶으려나 보다. 꼭, 매의 눈같이 표독스럽게 생겨갖고는…."
영모는 동네를 몇 바퀴 놀고 왔을 때까지 남자는 마루에 앉아 있었다.
"쳇, 어느 빚쟁이가 저러고 있다더니. 딱, 그 짝이네. 왜 저러고 있나 몰라."
"밥이나 준비하지 않고 어디 갔었어?"
규는 영모를 채근했다.
"식은 밥이 그냥 있는데 무슨 밥을 하라고 그래요."
영모는 변명을 하며 누운 남자를 흘깃거렸다.
"뭘 얻어먹을 게 있다고 저러고 누웠을까."
영모는 규의 바깥 생활을 잘 알았기 때문에 불만이 가득했다. 규를 이용해 무슨 이득을 취하려는 것인지 살폈다. 흐릿한 날씨에 땀이 비 오듯 하는 날씨다. 날씨가 더우니까 온갖 망상이 떠올랐다.
"순임이는 엄마 좀 도와줘. 동생들 데리고 바깥에 나가 놀아."
먹을 반찬이 넉넉하지 못한 영모는 찬거리 걱정이 많았다. 순임이 동생들을 데리고 나서자 영모는 소리를 죽이며 말한다.
"오늘따라 저 양반은 왜 저러고 있나 몰라. 빨리 가지도 않고. 저러고 있으면 장땡인 줄 아나 보네."
빗자루를 들고 축담을 쓸었다. 뭘 하겠다는 걱정보다 지저분한 곳을 먼저 쓸었다. 아무리 생각해도 한나절이 너무 길다는 생각을 떨쳐버릴 수 없는 마음이다. 망설임 끝에 결단을 하고 말았다.
"찬이 부족해도 괜찮을라나 모르겠네. 순임 아버지! 아직 글은 다 못 썼어요?"
"왜? 그냥 있는 대로 차려. 김치면 어때. 뭔 말을 하고 싶어서 그래."
"찬이 없어서 그래요."
"그 참, 알아서 대충 하던가. 별 걸 갖고 신경 쓰이게 하네."
"아이고, 저 가야 해요. 잠시 잠이 들고 말았어요. 정사장, 나 그럼 갈게."
안 과장은 줄행랑치듯 가버린다. 영모의 행동이 낯설지는 않아서다.
"저 양반, 어떻게 왔데요? 먼 길을 걸어서 왔을까요. 자갈길 십리 길인데 어떻게 집까지 찾아왔는지 의아해서 말이죠."
"눈치도 없이. 어떻게 찾아온 손님을 그냥 보내게 했어."
규는 영모의 인상을 힐끗 노려본다.
"먹을 게 있어야 내놓던 지 말든지 하죠."
"아무튼 국가 돈은 눈먼 돈이지. 저렇게 놀고먹는데 월급을 주다니…."
규는 혼자서 구시렁거렸다.
"저 양반 아들하고는 친하게 놀지도 않는다는데 왜 순임이를 들먹이죠?"
 "순임이가 그래? 괜히 하는 소리지. 할 일 없이 와서는 애들만 들먹이고 가네."
 "뭘 얻어먹을 것이 있다고 저럴까. 저 양반 부서에서 회의 자료 맡은 게 있어요?"
 "맡은 자료가 있으니까 찾아왔지. 그 자료는 아직 날짜가 많이 남았어. 자기들 자료가 어떻게 되어가고 있나 싶어서 온 거야. 상황 보고 가는 거라니까."
 "그럼 그렇지. 순임이는 왜 들먹인 데. 자기 아들이 뭔 소리를 했다고. 왜 우리 딸까지 들먹이며 그런데."
 "부서에서 할 일이 뭐 있다고. 그냥 하는 소리야."
 "세부적으로 어떤 일을 한다는 것인지, 각자의 몫이니까."
 "무엇으로든 일복은 타고나야 해."
 "그럼 저 양반 똥은 특별하데요? 두둔하지 말아요."
 "뭐 그렇다는 이야기야. 예민하게 굴지 마."
 "아무튼 난, 텃밭에 가서 상추나 뜯어다 놔야겠어요."
 영모는 소쿠리를 들고 나섰다. 된장과 상추로 한 끼를 해결할 목적이다. 호박잎도 따다가 호박국을 끓여서 먹을 셈이다. 아까처럼 난처한 일을 생각하면 얼굴이 붉어졌다. 그는 모처럼 집에 찾아온 손님이었으나 양심으로는 미안한 마음이었다. 뭘 해서 대접을 할 것인가. 속내는 불안했다. 언덕 위 나뭇가지에 앉은 새들이 알아들을 수 없는 소리를 해대었다. 여러 마리가 입을 모아 떠드는 소리가 생기하다. 새는 숲이 있는 곳이 아늑한 곳인 줄 알까. 영모는 새의 움직임을 보았다.

*

 규는 최근에 글을 쓰는 직업이 순조롭지가 못하다는 판단을 하였다. 언젠가부터 새로운 변화를 보았기 때문이다. 그에게는 충격이었다. 새로운 문명이 도입됨으로써 자신의 일거리가 줄어든다는 것을 알았기 때문이다. 활자를 이용해 인쇄기술이 도입되었다는 소문이 나돌았다. 허리가 끊어질 듯이 아파하며 글자를 씌기며 밥벌이를 해왔다. 그런데 이제는 인쇄술이 발달함에 따라서 자신의 돈벌이에는 인기가 없어진 것이다.
 "송사장! 난 이제 기계를 도입해서 인쇄소를 차릴 계획이야."
 욱은 최근에 군청에서 심부름을 하며 출퇴근을 오래 하더니 갑자기 인쇄소를 차려서 일하겠다고 했다. 그는 한동안 그런 기술을 배웠다는 것인지 규를 찾아와 알렸다.
 "아, 그렇게 되었어? 잘 되었네. 나도 이제 글 쓰는 일은 힘들어서 못 하겠어."
 "송사장이 앞으로 내일을 많이 도와줘야 할 것 같아."
 "당신이 원한다면 내 힘껏 도와줄게."
 "아무튼 친구 자네만 믿겠네."
 "그동안 프린트 작업으로 할 수 있는 일은 이제 한계가 온 거야. 내용면에서는 원고에 글을 써서 한다지만 표지는 인쇄를 해야 만이 책 맛이 나거든."
 "아무튼 송사장은 내가 하는 일에 많이 도와준다면 좋겠네."
 "따로 일거리를 만들어 줌세."
 "고맙네. 자네 하는 일을 막아서는 안 되는 일인데. 미안하이."

"세상은 많이 바뀌었어. 손으로 하는 일은 사라질 위기야. 모든 일은 기계적으로 돌아가는 세상이 올 거야. 세상이 온통 편리한 시대가 온다는 거겠지."

규는 안목이 특출한 인물이었다. 헌 것은 가고 새것이 온다는 말을 즐겨하였다.

"책의 모서리를 절단하는 것도 기계가 있어야 해. 그동안 나는 손으로 모서리를 칼로 무 자르듯이 잘라서 책의 완성도를 갖추었지."

"자넨 정말 힘들게 프린트 작업을 하였어. 그래서 손에 굳은살이 있었군."

"쉬운 일이 어디 있겠어. 그동안 글쓰기 작업도 많이 했었지. 밤을 꼬박 새워가면서 해오던 작업이었는데. 그렇다고 돈이 된 것은 아니야."

"자네 술값만 해도 얼마겠어. 엄청 먹었다고 생각하면 많이도 벌어먹은 거야."

"내가 술 없이는 살 수가 없었네. 수금하기가 보통 쉬운 줄 알아? 속 썩은 생각 하면 혈압이 올라."

"그럴 거야. 세상인심 왜 그렇게 되었는지 몰라."

"자네는 외상거래만큼은 하지 말게. 외상거래 하다간 내 꼴 난다고."

"참고로 하지."

"그 사람들에게 떼인 돈만 해도 얼마나 되겠어. 떼인 돈만으로도 학교를 지었을 거야. 질기기는 쇠심줄이나 다름없는 사람 관계야. 정말 악질들만 득실 했어. 내 돈은 먼저 본 놈이 임자였으니까. 청구서만 올렸다 하면, 냅다 가로채서 몇 번을 재 청구서를 올리곤 하였지. 정말 질긴 놈들이 수두룩 했었네."

규는 욱과 마주하며 자신이 외면당한 경험들을 고백하였

다. 오랜 기억이지만 지난날의 밥벌이는 서로가 죽이 맞았다. 규의 괴로움을 많이 지켜보아 온 욱이다. 규는 자전거로 무거운 종이뭉치를 실어서 날랐다. 무거운 짐을 싣고 자갈길을 따라 집으로 향하는 일은 엄청 기운을 빼는 거리였다. 집에서 나와 대도시로 가서 종이를 구하고 원고와 잉크를 사서 날랐다. 그의 노력은 누구보다도 많은 사람이 알고 있었다. 한여름에 대문도 없는 초가집은 단출한 풍경이었다. 그런 공간에서의 밥벌이는 가족과 함께 해왔다. 오막살이 살림살이는 이웃의 풍경도 그랬다. 글을 만드는 재료는 항상 대도시를 택해야 했으며 어려운 난관이기도 했다. 그는 무거운 짐을 자전거에 의지하며 날랐다. 그가 마당가에 들어서면 채송화가 붉게 피어서 맞이하였다. 규는 이런 눈부신 풍경에 빨려 들었으며 힘겨웠던 마음이 안정되기도 했다. 여름 땡볕은 머리를 뜨겁게 달구는 날씨였다. 영모의 손끝으로 자투리땅 주변으로 꽃을 피웠다. 그녀의 손길은 파릇한 상추와 꽃이 자라게 했다. 꽃과 상추가 미세한 바람에 나풀거리는 모습은 향기가 좋았다. 여리고 야들야들한 상추는 이웃과 나눠 먹기도 했다.

창연 산문선 09

숨

2024년 8월 30일 초판 1쇄 발행

지 은 이 ｜ 황보정순
편 집 인 ｜ 이소정
펴 낸 이 ｜ 임창연
펴 낸 곳 ｜ 창연출판사
주   소 ｜ 경남 창원시 의창구 읍성로 36
출판등록 ｜ 2013년 11월 26일 제 2013-000029 호
전   화 ｜ (055) 296-2030
팩   스 ｜ (055) 246-2030
E - mail ｜ 7calltaxi@hanmail.net

값 16,800원

ISBN 979-11-91751-57-4   03810

ⓒ 황보정순, 2024

* 이 책의 판권은 저자와 창연출판사에 있습니다.
* 양측의 서면 동의 없이 무단 전재나 복제를 금합니다.
* 이 책은 경남문화예술진흥원에서 발간비를 일부 지원 받았습니다.